文学旅行者译丛　丛书总主编 / 孙越 /

Нежданный гость

不速之客

Виктор
Фёдорович
Потанин

[俄] 维克托·费德罗维奇·波塔宁 ———— 著

徐永平 ———— 译

華中科技大學出版社
http://www.hustp.com
中国·武汉

图书在版编目 (CIP) 数据

不速之客 / (俄罗斯) 维克托·费德罗维奇·波塔宁著; 徐永平译. —武汉: 华中科技大学出版社, 2022.2
(文学旅行者译丛)
ISBN 978-7-5680-7906-8

Ⅰ. ①不… Ⅱ. ①维… ②徐… Ⅲ. ①中篇小说–小说集–俄罗斯–现代 ②短篇小说–小说集–俄罗斯–现代 Ⅳ. ①I512.45

中国版本图书馆 CIP 数据核字 (2022) 第 009236 号

湖北省版权局著作权合同登记 图字: 17-2021-230 号

不速之客
Busuzhike

[俄] 维克托·费德罗维奇·波塔宁 著
徐永平 译

策划编辑: 郭善珊
责任编辑: 郭善珊 董晗
封面设计: 伊 宁
责任校对: 阮 敏
责任监印: 朱 玢
出版发行: 华中科技大学出版社 (中国·武汉) 电话: (027)81321913
武汉市东湖新技术开发区华工科技园 邮编: 430223
录 排: 华中科技大学出版社美编室
印 刷: 湖北新华印务有限公司
开 本: 880mm×1230mm 1/32
印 张: 8.625
字 数: 243 千字
版 次: 2022 年 2 月第 1 版第 1 次印刷
定 价: 45.00 元

華中出版

本书若有印装质量问题，请向出版社营销中心调换
全国免费服务热线: 400-6679-118 竭诚为您服务

目　录

等海

1

远望大海要比在近处看的感觉好。近处的大海是忧郁的，它想到高处去，忘乎了一切。看啊，它是活的，在动。特别是在早晨，在这个静谧、有太阳的早晨，更是这样。

这段故事也发生在海边，但开头是一次旅行。啊，那是一次什么样的旅行！假如有人问卡佳：“你会在火车上走多少天？你几岁？你的家乡在哪里？她会突然高兴起来，她会笑一笑——她只会笑一笑。她什么也不想说，什么也不会去想。从窗口看到的是另外一个天，不是在家里，不是在花园里的城市。外面是流着黄水的库班河，还有挎着篮子和包袱的欢快人们，所有的一切都在喧闹，在旋转。到晚上，醉人的水果香味扑面而来，到了夜里，黑暗蒙住了窗户，只有车轮的滚动声惊扰着夜间的安宁，整个车厢又是一番景象：走廊里的私语声几乎是在高声喧哗，毫不遮掩，士兵的吉他在包厢里铮铮作响，旁边是杯子的叮当声，其间夹杂着一个女人的声音，不是在哀求，就是在抱怨，但是很快就听不到了，很快就又被杂乱的声音淹没了。卡佳就躺在上铺上，半闭着眼睛。到晚上，她的心脏总会剧烈地跳动，让她感到窒息。但现在，在旅途中，疼痛消退了。卡佳眯着眼睛看着车顶的蓝光，想象着大海。她从来没有去过大海边。下铺的小伙子在看着她。卡佳觉察到了，但小伙子并没有发觉——他已经全然不顾了。他从进了车厢一个小时没有说过一句话。他戴着眼镜，有张丰满的嘴唇。他有点像她的女友西玛。这种想法让卡佳笑了起来。晚上，女友在泳池里游泳，而从早上开始就若有所思地嚼着糖果，糖果，一直不停地嚼着糖果，向往着遥远的事情。卡佳倒是喜欢这种远离日常真实生活的幻景。

小伙子把眼镜向上推了一下——又把目光对着她。她生气了，把眼睛眯起来，既有一点顽皮，又有一点生气：

“西玛，去拿些水来。”

“您要什么？”小伙子回过神来，但卡佳笑了，她对刚才的话已经有了悔意。

“我在做梦……我想，我睡着了。好想喝水！”

“没关系，我这就去……”

“对不起……”她又笑了，内心觉得轻快，敞亮。

“好了！太好了……”他说，他的开心已经不再掩饰。他感觉卡佳终于在向他这边移动，现在需要的是不要吓着她，不要让她难堪，而他知道该怎么做，他会做的。他喜悦满怀，开始唱起歌来。他的声音传到了走廊尽头，而卡佳突然感到一阵羞愧，一种不好的预感袭来。她蜷缩在角落里，用手帕在自己脸上扇了一下。

他很快就回来了，含有深意递过来一杯水。他在递出杯子的同时，把目光投向她短衬衫开口处露出的粉红色皮肤。

卡佳感到一阵恶心，她几乎要叫起来，但还是忍住了。

“别犯傻，西玛。”她疲倦地说，咬着嘴唇。

“我叫米沙。”小伙子刚说出口，就不再往下说了，他突然意识到她话中暗含的意义。

“是这样，米沙……”卡佳的声音低得几乎听不到。他的下巴在委屈地抽搐，目光也暗淡下来。

他把身子转向角落，闷闷不乐，在那里发了一会儿呆，很快他的瞳孔中又闪起决心，头抖动了一下。

“您看起来像我妹妹，她很漂亮……”

“我可不是。”卡佳笑了。他慢慢地坐回到铺位上，隐约感到他已经失去了她。但很快又回来：

“你是第一次去克里米亚？”

“是第一次……”卡佳悲伤地低声回答，闭上了眼睛。

“我去过了，我没有遗憾。”

“是啊，大家都看过海……”卡佳再次轻轻地叹了口气。

“海？那片海……不就是水？蓝色的水。但它还是退去了。”

“您在那里吻过女孩吗？”卡佳突然笑了，盯着他的眼睛。

“女孩？”他轻声反问，瞬间清醒过来。

他两个手指长时间地捻着一根香烟，随后点燃了香烟，很快又咳嗽起来，出于礼貌，他想走出去，但卡佳没有让他走：

“我还没吻过呢。可以对您说，我没有同任何人吻过。这不好吗？”她问得那么真诚，失去了理智和嫉妒。

“我不信，我不敢相信。”这句话他几乎要用鼻子哼出来。他笑了，他以为她会再说些什么，但卡佳没有作声。

2

每天夜里心脏都会发病。颤抖，发紧，又是颤抖，随后是疼痛，双手麻木，死亡的恐惧好像就在近旁，眼泪也会涌流。母亲会来把热水袋放在她胸部。热水袋没有用，而且有刺激，并不舒服，但卡佳不会作声，她自己忍着，不让母亲难过。母亲对她尽力呵护，那温柔的悲伤都在她的眼睛里，她默默不语，不再说那些安慰的话：卡佳也不再相信那些话了。

母亲斯乔莎不大会打理生活。迫于生活的贫困和忧虑，她胆小怯弱。斯乔莎没有在她的女儿面前展示出坚强的个性，这是她对女儿永远的愧疚。卡佳承受着母亲没有丈夫的悲痛，还有羞耻。母亲甚至没有过爱，偶然出现了一个人，斯乔莎对他生出了怜悯，她以为，他会因她改变，变得善良。但他并没有改变，甚至一走了之。他没有留下名字，没有留下姓，也没有留下照片。仿佛他从来没有在这个世界生活过。也许罪恶会在别处的某个地方折磨他，把他赶出这个世界。不然，他为什么要隐藏？为什么不写信？还一直让他的女儿牵挂。

女儿长大了。现在母亲喜欢逛集市、逛商店，喜欢给卡佳买衬衫、丝袜，喜欢在白色的木槽里洗澡，喜欢做梦，然后记下来，在公共汽车上谈论，在工作中谈论，后来还期待着更美好的最特别的唯一的那一天。卡佳长得很快，但病也随之发展。不知道是在外面着了凉，还是命运在惩罚斯乔莎过分的天真与软弱。斯乔莎不相信疾病，她不愿意相信："那是年轻人的心脏，什么毛病也没有。"但到了晚上，她没有睡觉，哭了。她一直紧紧地攥着拳头压在自己那柔软的消瘦的胸前，她以为是卡佳吃了不好的牛奶，但医院里医生的诊断意见是先天性心脏病、哮喘。卡佳还是去了学校，但班里同学们不大喜欢她，也许是因为他们害怕她那双看人时直直的眼睛。

到了晚上，卡佳觉得死亡就在自己的床旁边走动。她的心脏怦怦直跳，冰块在她的胸部融化，她认为是生命在结束，她走向冰凉的坟墓，但心情平静，像往常一样，只想着写诗。她想把最深的秘密托付给诗歌，而不是言语，哪怕是已经祈祷过的语言，但事实上，她又害怕把秘密交给诗歌，这些诗歌对她来说已经变得苍白。她在尝试别的办法。学校里的女孩们在制作大相册，收集明星艺术家的照片——迷人的俏丽，红唇皓齿，身穿令人炫目的毛衣或衬衫。卡佳也在收集。那些人——所有的男人和女人——嘴唇涂着浓艳的颜色。但很快，这些牙齿、笑容，还有照片都黯淡下来，他们的光泽和精致让她感到厌恶和恶心。但她担心女孩们会知道她的这些想法，会发笑，所以她一直把这些明星照片粘在厚厚的黑色相册里。在这些时候，斯乔莎经常会坐在她旁边。卡佳担心会吓着她。母亲抚摸着那些明星，答应带卡佳去莫斯科和黑海，买新衣服，买礼物，再找一个最好的让她永远健康的医生。母亲高兴起来，兴奋得忘掉了一切，脸颊红了，眼睛更亮了，卡佳也会用微笑来回应，而母亲并不知道女儿的病有多严重。因此，卡佳逐渐学会了三重生活：一个在学校，一个在母亲跟前，最后一个才是她自己的生活。而这最后一个，最秘密、最遥远的生活，没有人知道，也没有人触碰。但是，有某种担心在母亲心灵深处发酵。也许，这只是面对长大的女儿，一个活着的人的软弱的恐惧。等到卡佳睡着了，母亲就会做自己想好的事。她会走到床前，在睡着的卡佳面前弯下腰，轻轻地说话，低得几乎听不清："主啊，你是谁？丫头，你又瘦又丑，你从哪里来？好神秘。你在想什么？你会对我做出什么事来？……"她的声音听起来并不激动，轻轻的，听得出她的骄傲："你要活着，女儿，好好睡觉，睡觉。虽然遭受了伤害，但总比别的要好……"如果卡佳偶然醒来，母亲就会避开她的眼睛，或者拿起针线，假装她在睡觉，而自己在缝东西，在看着别处。

卡佳没有通过十年级的考试。毕业证书被提前注销了，她失去了参加毕业典礼的机会，她的心脏在那个春天异常疼痛。她害怕黑夜，斯乔莎就一直在她跟前，细心照看着她，就像对待一个小朋友，经常给她讲各种各样的故事，还讲自己的过去。到了晚上，母亲呼叫了救护车。值班医生来看她，老医生头发花白，很干净，有一颗金牙，给人一种狡猾的感觉。医生做的还是同以前一样的事情，给她注射樟脑液，给她吃药片。当要查看脉搏时，他给母亲使了一个眼色，就贴近她瘦弱的胸部。在离开的时候，他拍了一下斯乔莎的背，在香烟的烟雾中嘀咕说："斯乔莎，带她去海边吧。"然后又加了一句有点下流的玩笑话："结婚吧，哮喘就会好。"又用手指做了一个威吓的手势，笑着看了一眼卡佳的腿。卡佳恨得要死，真想叫起来，但他还在说："有钱吗，斯乔莎？海喜欢大钱……”“有的，有的！”母亲几乎是在尖叫，她脸色通红，担心激起女儿的内疚，几乎要哭出来。这时，医生离开了。他身后留下一股牙粉的气味，卡佳突然开始发起狂来。她把铅笔、钢笔扔到斯乔莎身上，只是尖叫，不说一句话，之后又把头埋在羽毛褥子里。妈妈待在那里，过了一会儿，卡佳又叫起来，斯乔莎去了厨房。她爬到高处的架子上，拿了一瓶酒，喝了一口，然后又喝了一口。酒力在发作，她一直不肯放手，慢慢地，她开始发笑，想象着从前的一个人，放声大笑，最后笑着睡在了长凳上。女儿找到她，唤醒她，把她移到床上。两个人一个上午莫名其妙地一言不发，就像吵过架一样。

夏初，卡佳的状况显得好了一些，疼痛在热天也渐渐消退。斯乔莎现在平静了下来，可以安静地睡一觉了，甚至对邻居们的那些家长里短也会会心地笑一笑。卡佳望着远方，感叹着大自然的神奇。

3

一个女人进了包厢，这是他们的第三个同伴。她很瘦，手臂灵活，天花脸。马上就问：

“卡佳，你来吃个苹果吧！ 我在这里买的，够吃一年的。”

“谢谢。”

“谢什么。给你，你就拿，不拿白不拿。”

米沙哼了一声，下巴动了动。女人感觉不对，转过身来：

“我们是去海边治病，你怎么了？害怕长肉？”

“是军事秘密，妈妈。对不熟悉的人要用‘您’。”米沙生气了，消失在门后。

“他发脾气了，一头小倔驴。”女人看着卡佳笑了。是那种缓慢的、甜蜜的微笑。好多人都是这样看着卡佳的。患病的眼睛在闪着亮光，十多岁少女拥有美好的细长脖颈，她已经不再是一个女孩，但也还不是一个女人——这份不完整让卡佳心里特别焦躁难安，让她觉到了一些美好的、没有实现的，但一样是痛苦的、自己的幸福。她还不明白这些目光的意义、微笑的意义，因此她躲开了这些目光，脸色苍白。

卡佳来自西伯利亚的一个城市。城市很小，但嘈杂、热闹，这里总有向往生活的人在十字路口等待。他们中的一些人陆续去了原始森林里，一些人到了城市里，还有一些人去了温暖的南方。年轻人经受了苦难，还有很多条道路可走，但对卡佳来说，生命只有一次。她不再期望健康，也不再相信疾病会好转，她不愿意见到人。她也习惯了这种生活，习惯了心脏的痛苦，习惯了胆小而轻信的母亲，习惯了喧闹的城市，还有她唯一的朋友——因懒惰和肥胖而苦恼的西玛。有一次，一个远方亲戚来看望她，那是一个大大咧咧的快活人，有一双干瘪的小眼睛，藏在里面的不知道是笑容，还是暗示着接下来可能的狡诈，但他的嗓音可不像他的眼睛——整个街上都听得到他的声音，搅扰着别人的生活。这位表叔硬生生地吻了卡佳，吻了她的嘴唇和两个面颊，又开起了玩笑，还常常无缘无故地发笑。他坐在台子后面开心地大声嚷嚷，一整个面包很快就被他吞没了，好像饿坏了。他不要牛奶，只要酒。每个角落都是他那喉咙里滚动的声音，他的快活就像在梦里一样吓人。

“斯乔莎，快点！ 我不喝母牛下面的东西。我要喝酒！”

母亲拿来一瓶红酒，他们两个就着糖果一口气喝了三杯，表叔又开始讲一个好笑的故事，声音大得吓人，说他经常出门在外，说他几乎要在火车上娶了那位列车员为妻，但一下子想起了他的卡波奇卡，想起了他家里那忠实的卡波奇卡，他马上又成了一个在外面听话的丈夫，他没有因为喝酒而犯错。

他当时说那些话的时候，几乎忘乎所以，但他并没有忘记自己。他住在南方，就靠近大海，据说所有人的疾病在那里都会被烧掉。

“一定要到海边去，我的亲姐姐。要去海边，带着卡佳去海边！”

他几乎是在咆哮，他强调一定要在活水里热身、游泳，要去看那些欢快的人，再爱上一个人，哪怕一点点也好，总归会对健康有益。而在这个时刻，他笑眯眯地直盯着她，而她因为惊恐，人都冻结了，也许是他猜到了什么真正重大和让人羞愧的东西，现在，他大概是在讥笑她，这样的病是用不着担心的。

“喂，眼睛！来吧，再来吻一次。你要习惯的，卡佳！”他在喊，他要再次过来亲吻她，而她没有从椅子上站起来的力气。

正如所有人在生活开始时一样，卡佳也一直在寻找爱，但哪怕是话语，哪怕是坦白，甚至就连远处强壮男人的手指也让她胆战。假如长时间看着他们，她的喉咙就会发紧，两条腿再也拖不动，她会为自己的羞耻而僵立在那里。她怕生活，她喜欢写诗。写起来很容易，一挥手就可以写出来，但随后就想撕掉，隐藏起来，为自己的堕落打个寒战，感觉到睡袍的沉重——喉咙紧锁，无法咽下唾液。她经常去药店，在卖女性私密物品的窗口站上好长时间，她担心有人偷窥到她，想到这里，她的心脏就会剧痛。

4

傍晚，他们的火车到了刻赤。大海就在一旁呼吸，在温暖的风中能感觉到它，嘴唇边有干燥的苦味。有人刚说了一句“闻到海的气味”，马上就有许多人似乎感觉到了空气中的盐味，在舔自己的嘴唇。许多人在抽烟，喝啤酒，卡佳也感受到了海浪的气息。很快，地平线上就出现了一条暗色的长带，在活动，渐渐开始亮了。窗口的一个高个子老人打着哈欠说：

“好像是亚速。”

卡佳打了个寒战，吓了一跳：

“您是在说海？”

“是啊，右边是黑海，左边是亚速海，会送我们去沙滩，然后再乘渡轮。”

“啊，还要坐渡轮？”卡佳很高兴，她平静下来，开始盯着那条暗色的长带，看着它越来越近。那些与落日贴在一起的蓝色海水一直在不停地动着。她想起了米沙说过的话，海是蓝色的水，平静，不紧不慢的；想起了他的嘴唇和他女性化的前臂；想起了与他的所有过往，这个小伙子变得如此遥远，如此渺小，似乎世上就没有过他。但他就在旁边，可以听到他的呼吸声，卡佳还是不敢相信地看了一下四周。米沙就在那里，他又在抽烟，侧目看着卡佳。

“水，水，四面都是水。”他高声笑道。她紧咬着嘴唇，害怕自己叫出声来甚至吼出来。他退到车厢里，打开车窗。风的味道扑面而来。

火车在慢慢行驶。空气新鲜、湿润。老人把他的睡衣拉到下巴处，士兵们也安静了下来。米沙一个人在走廊踱步，吹着口哨，眯着眼睛。卡佳在想：要是一个人在这里就好了。她走到远处的窗口，但身后又有米沙在呼吸，香烟的烟雾又扑进她的鼻孔。

“我多想留在此刻，这个历史时刻。”

她脸颊苍白，肩膀紧缩在一起，感到一阵厌恶，但她又克制住自己。米沙在喃喃自语，摆出架势吸着烟，但她决定忘掉他，马上忘掉。火车走得更慢了，发出重重的嗡嗡声。靠近水边的木桩上挂着渔网，一驾马车走在火车旁边，车上坐着一个没有戴头巾的女人，她在用鞭子抽打马。女人，马，还有渔网旁边跑着的孩子，他们忘了近处就是海——他们根本就不以为然，一切太平常了。他们的毫不在意分明是在吓唬卡佳，甚至是在激怒卡佳。她把头探出窗外：闻得到沙子的气味和一种苦涩的东西，可能是烟雾。卡佳用力呼吸，看着大海。大海静静的，只有岸边温柔的海浪在翻卷。但远处的海水是平平的，在阳光下有一点波光粼粼的样子。卡佳旁边是那位高个子老人，就是那位说过要坐渡轮的老人，现在他又让卡佳一惊：

“你现在可不能游泳。现在是死亡季节……”

“为什么？”卡佳惊慌起来。

“鲨鱼来了，什么都吃。特别是女孩……”

“真的吗？”卡佳焦急地理了一下头发，直盯着他的眼睛。老人大笑起来，他的肚子也在欢快地跳动，明亮的牙齿还是像年轻人的一样平整，卡佳也觉得好笑，她快乐起来，马上喜欢上了老者，笑了。但老人已经眯着眼睛在沉思，笑过以后的脸上显出一些疲惫，有一点暗色。他疲倦的声音继续响起：

“每年我都来，但也不习惯。毕竟，水就是水。它对我们是什么？活着就活下去，没有什么可悲伤的。”

他走在走廊上，弯着腰，身子在虚弱的病腿上摇曳。火车走近岸边，海浪可以看得更加清晰。卡佳立刻想起了她家乡的小河，小小的泥泞小河，它从城市中间流过，把城市分为两部分：旧城和新城。一边立着木头房子，岸的另一个边是白色的坚实的石头路面。河里的水总是浑浊的，夹带着附近一家胶合板厂剪下来的木片、木屑，在春季解冻的时候，河水就会淹没老城区水边的街道，拖着麦秸、树皮，再加上木片、锯末，还有地下室那些发霉的东西腐臭后难闻的气味。然后所有的气味消退，大水消退，流入附近的湖泊和市郊的湖泊，大河又变成小河，安静，但很脏。然而现在，卡佳克制不住地想看到那条河，哪怕它脏，哪怕它无处可去，但总归是家乡的河。伤心的斯乔莎——她的母亲，最亲爱的人，这时候就走在小河旁边。而现在，大海边的她，想着母亲的点点滴滴，充满怜惜，那是一种特殊的爱，然而，她越是想念自己的母亲，母亲越是离她远去，越来越远，无法阻拦。很快，这个想法完全消失了，散去了，卡佳的目光又被眼前静静流动着的大海吸引了过去。

火车行走得更慢了，似乎站住了，但水波在缓缓移动，岸边已经有人在卖鱼、虾、葡萄。火车停了下来。一声低沉的长长的嗡嗡声，海鸥在挂着渔网的木桩上高声尖叫。

不知不觉中太阳已经不见了，海水也暗了下来，远处已经完全是黑色的了。天色暗了，风有了凉意，海鸥也不叫了。远处的海岸有大城市的灯火闪现：这是刻赤在准备夜晚时光了。

他们的车厢被放在了渡轮上，人们都去了甲板，那里在播放音乐。所有的歌曲都在歌唱大海，歌唱欢快惬意的这一幸福时刻，仿佛在参加一场节日活动。渡轮很大，有两层，涂了新油漆。卡佳也站在甲板上，迎着海风贪婪地呼吸着。她走到渡轮的边上往下看，只见海水在螺旋桨上翻滚。下面似乎是一个深渊。心脏在疼，就像一枚细细的针轻轻地刺入，但又立即消失了，卡佳想象着远处陌生人用快乐的目光看着她，低声说："嗨，卡佳，海！"她又想起了母亲，但马上又模糊了，自己的城市和所有的街道，所有的想法和对话，都模糊了，她只想独自一个人待在这里，待上一段时间，不说话，不回答问题，只有大海、音乐和她。卡佳。突然，身后传来一个熟悉的呼吸声，还有沙哑的嗓音：

"游泳不会烦恼的！"

她没有回答，但她的脸沉了下来，热血冲到她的心脏。

"请您告诉我，您多大了？" 她突然问米沙，直视着他的前额。

"25 岁……"他说话吞吞吐吐的，他停下来，拿出一支香烟。

渡轮上的工作人员制止了他吸烟，米沙生气了：

"到处都有政府。他们说，他们要飞到月亮上去了，月亮上也有政府。"

"那就去火星？"卡佳笑了，但笑声惹出了麻烦，心脏又疼得厉害，她紧绷着脸。窝了一肚子火的米沙，又点燃了一支烟。渡轮慢慢地行走着，船舷两边不断地飞起浪花。

"这个海峡被称为刻赤海峡。"米沙说。卡佳看着他，一脸的惊奇和开心，又笑起来，这次是发自内心的愉快。起风了，她把围巾捂在头发上；音乐声低下来，渡船要靠岸了，人们叫嚷得更厉害了。米沙与渡轮的工作人员又争吵起来，冲上去骂了对方，然而奇怪的是，那人默默地忍受了，并没有要打米沙。现在，岸边已经看得清清楚楚，岸上也有火光，人们在走动，汽车挤在一起。渡轮走得很慢了，音乐也停了下来，船下面的海水一下子变成了可怕的黑色。渡轮上的工作人员拿着扩音器发出命令。岸上的汽车喇叭乱响。

渡船碰到了码头。已经是晚上了，但没有人入睡。可能是大城市闪闪的灯光吸引了人们，还有那里隐隐约约的噪声。汽车在远处的街道驶过，甚至还可以听到人们的笑声。她多想跑过去，哪怕只停留一会儿，感受这里的印象，留下所有的气味，然后再走，再走。但是乘务员用钥匙锁上了所有的门，他一脸气愤。火车又抽搐了一下，灯火闪烁，刻赤很快就从旁边闪过，消融在夜色中。卡佳的心情又沉重起来。妈妈怎么样了？去吧，她去邻居家过夜吧，她害怕只有她一人的空房子。他们家有一个大十字架，那是“一战”之前政府授予她祖父的。而斯乔莎经常在想，等她离开这个世界时，该把它交到谁的手里，谁的脚步声会在坚实的橡木地板上回荡。她不会相信那些卡佳的追求者：谁会忍耐一个病人？但她希望会有这样一个傻瓜，总不会所有的人都是聪明人，会有傻瓜的。最近她常在问：

“卡佳，你有什么人没有？”

“会有谁来？”女儿感到惊讶，虽然她马上就意识到母亲的意思。

“那就是说没有？”斯乔莎追问，眉头紧锁。

“会有谁来？……”卡佳也许是在问，也许是在自我重复，接着就是疯狂的笑声。

“你要告诉我，别隐瞒。”斯乔莎已经没有别的办法了，只好去了厨房。突然间她明白了，现在不会有下一个，将来也不会有。而卡佳在她身后笑痛了肚子，大着嗓门，几乎是在喊着，在问自己："卡佳，卡佳，你有什么人没有？"

她一想到这里就发笑。她心里在说："开过海湾了。那里原来是大海。现在，卡佳，什么会让你轻松一刻呢？"她想象再次从远处看着自己，但眼睛不是她的，而是别人的，还有一个正在思索的头脑。但它很快就过去了，消失了，奇怪的是，这次心脏根本没有痛，平常这一段时间它总是要痛的。"也许，它害怕大海。看来，当然，肯定是大海！所以，大海就是大海！"卡佳感到惊讶，她立即对自己有了信心，深深地吸了一口凉爽、潮湿的空气。但这还不够，她把玻璃窗口开大，把头探出窗外。呼吸变得更轻快了。

窗外早就是黑乎乎的了。她身后又响起说话声，但都被车轮的滚动声淹没了，又是愤怒、发狂的声音，火车激昂起来，呜呜直响，车厢轻轻地摇晃，催人入睡。卡佳站在走廊里，心脏没有痛。有时一个孤独的篝火会撞到她的眼里，篝火旁边还有移动的身影，也许是人，也许是马。看来，已经进入克里米亚草原，青草、灰尘的味道从窗口扑面而来，她已经在追思遥远的古代鞑靼。瞬间，一个身穿连环锁子甲的黄脸勇士站在她面前，但很快就消失了，没有再折磨她的想象力——她被火车和车轮的声音吓坏了。她想睡觉。进了车厢。米沙假装睡着了，那个女人不在了，去了刻赤。卡佳想摘下头巾，米沙睫毛抖动起来，一阵兴奋，期待。她做了一个厌恶的鬼脸，转念一想："什么样的母亲会生下这样个米沙？真不知道他母亲会怎么羞愧……"她没有脱衣服，和着裙子就躺下来。下铺的米沙激动地深吸了口气，传出一阵咳嗽和毯子的沙沙声。

她醒来的时候已经到了辛菲罗波尔，那位高个子老人叫醒了她，同她告别。旅客们都在准备下车。车站是一座淡淡的灰色的石头建筑物，高大，庄严。卡佳把手提箱放到脚下，高兴地环顾四周。这是早晨，但到处都是人，很多人在跑。又闻到了水果和鲜花的香味。这里到处都是鲜花，有高大的，有低矮的，蜜蜂和蝴蝶围着鲜花飞来飞去，还有小虫子和蜻蜓也来凑热闹。卡佳觉得，她不是来到一座城市，而是一处夏季度假村，空气特别轻盈，不声不响地流进了她的胸膛。只见许多人都朝着一个方向跑去，那里，水泥柱子旁边停着几辆无轨电车。熙熙攘攘的人群不但没有不愉快，反而很快活，几乎所有的人都在兴高采烈地呼喊，放声大笑，许多人拉着孩子们的手，把最小的孩子抱在身上，给他们手里塞上一支鲜花或者一个苹果。

卡佳拿起手提箱，微笑着，她想起了母亲的训示："不能把箱子交给任何人，必须在自己手里。不能把箱子交给搬运工。他们都是一个样。他们会跑掉，你别想追上他们。"她又想起一件事，一个开心的晚上，一个亲属同斯乔莎家的一个叔叔在一起。他一个人喝完了一瓶红酒，又要喝白酒，那时候他已经东倒西歪，站不住脚了。他又朝着卡佳爬过来，他想亲吻拥抱卡佳，卡佳就像蜜蜂一样躲开了，并大声尖叫起来，其实她是假装的，她最怕的就是胳肢。叔叔当时已经喝醉了，他看着四周，大喊：

"你们告诉我，我是在哪里，是在城里，还是在村里？"

"在城里，是在城里，我们的父亲大人。"母亲笑了，又给他添上一杯，让她高兴的是，大家在家里开怀豪饮，放声大笑，而不是像以前那样哭泣。现在的话题很特别，是爱情，是苹果，是愉快的话题。

"嘿，你们告诉我，斯乔莎·彼得罗娃现在住在哪里？你们带我去，你们现在就带我去！"叔叔不知道是真的醉了，还是装糊涂，斯乔莎笑出了流泪。

"我就在这里，就是这里"妈妈又给他添上一杯，而不去安慰卡佳，只管对付叔叔一人。

"我要送她去海边。我会尽一切努力，让她治疗，让她痊愈。他们去活着，我们去死。"

“对，我们去死。”叔叔是个倔强脾气，他咬了一口黄瓜，舔着嘴唇，卡佳也感觉得到母亲真的决定了，真的在高兴。说到大海，母亲看着窗外，陶醉在梦幻之中，好像要去大海那里的是她，而不是她女儿。叔叔用三个指头小心翼翼地去拿茶杯，但还是被烫了一下，她又开起了玩笑，朝着斯乔莎挤了一下眼睛：

“拿茶来，人们常说的，茶杯摇起来，日子好起来。”

大家又笑起来，斯乔莎很高兴，但很快又哭起来，大家都来安慰她，她慢慢地看着大家，拍着膝盖。

“哎呀，这不是好兆头。我笑了，哭了，哭了，又笑了。”

“这是酒在吼你。”叔叔龇着牙，仰起头。

但斯乔莎有自己的道理：

“可我并没有喝多呀。我只不过尝了一口。哎呀，肯定不是好兆头，肯定是出了什么事，叶夫根尼·帕夫洛维奇……”

但斯乔莎的担心是多余的。疗养证很快就搞到了，钱也弄够了。所有的事情都搞定了，邻居们都同意出借。这笔钱分成三部分：路途用的，买苹果的，如果突然想在集市上买苹果的话，再一个是置装用的。衣服要漂亮的，但价格不要高，要国外的。斯乔莎认识一个售货员，她把衣服直接带回家。

卡佳现在穿的是新裙子，又短，腰身又紧，收紧腰部的织物面料缝在后面，裙子在膝盖以上，她觉得很尴尬，还有领口，低到颈部以下，冷飕飕的，她总觉得有一点寒意。

“总算找到您了！”又是米沙在背后，他一脸开心的样子，身边是两只皮箱，肩后背着背包。她已经忘了他，看着他那欢快的胖乎乎的脸，恼怒地皱起了眉头。而米沙已经喜欢上了卡佳的那条裙子和她的长腿，他那双眼睛流露出让人无可忍耐的厌恶。

“商贩在打量客人！”她无法忍受，脱口而出，但马上又觉得后悔了，不该这样同他说话。

“是啊！”米沙更高兴了，“外套要，衬衫要，音乐也要……”

“还有音乐？”

“转过去。我们的马车就在那里。”

卡佳的肩膀抽搐了一下，但不是她的错。米沙同她坐上了一辆无轨电车，看来，是要去一个镇上的。手提箱被单独放在了一边，无轨电车的空间很宽敞。道路延伸到了山里。卡佳没有感觉到高度，因为车子跑得很平稳，速度也很快。四面都是绿色的森林和鲜艳的罂粟花。这里的森林是那么整齐，安静，所以感觉有点沉闷。但一个大弯转过就现出了大海。一瞬间让人分不出哪里是海水，哪里是天空。旁边人对卡佳说这是大海，她毫不迟疑，马上把半个身子探出窗外，但海已经消失了。她心情失落，孩子气地噘起了嘴。有人告诉她：

“你会厌倦它的，孩子。你去游泳吧！”

“专套女孩的近乎。”米沙在背后低声说道，但她听到了，她紧紧握住手掌，手指嘎嘎作响，鬓角也在刺痛。她想移到远处的角落，但怕别人看出自己的想法，那就更难堪了。前面第一排座位上的几个运动员游客在唱歌，他们的声音很快就变成了喊叫，并且占满了整个车厢。没有比他们更蛮横的了。她十分讨厌这些人对别人健康和生活信心的侵扰。他们的声音越来越响亮，卡佳的脸颊在抽搐，感觉心脏就要升到她的喉咙，手掌在出汗。她开始数数到一千：有时这样是有用的。让她感到受辱的不是歌曲，而是合唱团的自信和歌手们坚毅的黄铜般的面孔。她突然想到了西玛，西玛的母牛步态，西玛的愚蠢和习惯，她多少平静了些，呼吸平稳了些。她的朋友经常会去游泳池，希望有所长进，但是并不成功。她脑海里响起一个绕口令：“西玛，西玛，谢拉菲玛。”但最后一个字总是结结巴巴的，在那一刻，西玛还在非常近的某处不慌不忙地信步，走着自己的圆圈。这时，又冒出一个绕口令，又是在最后结结巴巴的，她卡住了，无法继续卡佳的回忆，但心脏安静了。她把脸埋在抬起的膝盖里，平静下来。她又把半个身子朝着大海，前排的歌声终于停了下来，大家都不出声了。大海蒙在雾中，平静如蓝色的大地。一块岩石浸在海水中，岩石顶部有一棵树，就像一个人站在那里一样。这棵树似乎还活着，道路在颠簸。电车开始减速，很快停了下来，电车司机在麦克风里说，旁边是士兵的坟墓。所有人都下了车，站在路边。司机，那个腼腆的金发小伙子说，他的父亲就躺在这个坟墓里，他每次都要在这里停车纪念他的父亲。卡佳看着灰色花岗岩柱，上面有金黄色的字迹，她想到了她的父亲。这些金色字母下面的星星也在闪光。

卡佳很小的时候，斯乔莎跟她说父亲在军队里，很快就会回来。但是，父亲从来没有回来过，后来卡佳就发现，自己是一个没有父亲的孩子，私生子，她在别人面前总是感到羞愧，但所有人对她的悲伤都无动于衷，卡佳也不会去想到父亲，但母亲总是无法放下。现在她又提到了父亲，说他长得什么样子，什么样的眼睛，耳朵。也许，他现在还活着，在什么地方，而且很快乐，那些最好的女人都会喜欢他，喜欢听他说的每一句话。

人们在坟墓旁边站了很长时间。许多人已经无聊地吸起烟来，捂住手掌打着哈欠。而卡佳怜惜那个司机小伙子，同情司机和他对他父亲的爱。周围有一大片红罂粟，她跑过去要摘几株红罂粟准备放到坟墓上。这时，米沙大声呼喊卡佳：

“走吧，该走了！”

卡佳把手里红罂粟放下了，但米沙又在喊她：

“快点，卡佳！”他说话的口气如此亲密，似乎他们是一起生活了很长时间的家人。他站在花岗岩脚下，肩膀懒洋洋地耷拉着，抽着香烟。他的姿势、语气、眯着的眼睛，重重地伤害了卡佳，她又感到她的心脏在颤抖，口干舌燥。司机在米沙旁边发着愣。

电车现在跑得很快，没有再停下。汽车迎面而来，骑自行车的人兴奋地奔向大海。他们整齐的队列和漂亮的背心，车轮碾压沥青路面的嗡嗡声和弹性座椅，都让卡佳安静下来。背后的米沙想要说话，她便假装打瞌睡。很快，她真的打起了瞌睡，头脑里静静的。突然，电车沙沙作响，人在往前移动，好像是到了道路的终点。她睁开眼睛：窗外有很多人，旁边是一个大广场和城市建筑。司机祝贺大家旅游快乐，并打开了车门。大家都走到门口，米沙在卡佳的身后尖叫着：

“我们在哪里见面？我们不能分开来。我是个孤僻的人，您呢？”

“随便吧。”卡佳心不在焉地回答，然后看到一辆白色的大巴车，车身上写着“‘霞光’疗养院”。与她手里疗养证上的名字相同，她叫起来:

“您快看，在我身后！”

所有的人都笑了，只有米沙打了个寒战，不再眨眼。公交车里的司机——男孩已经看到了她：

“在这里，在这里，年轻人！”卡佳跑过去，就像见到了自己的弟弟一样。

再没人上车。米沙站在窗口外面，在招呼卡佳。她转过身去。

“年轻人，您别急！”男孩笑了笑，启动马达。

“我赶时间……”卡佳笑了笑，坐在座椅上。然后，朝窗外看去。米沙脚踩在皮箱上，在向她挥手。他身边没有一个人。从远处看去，米沙像一个穿裤子的女人。而卡佳喜欢这种比较。

5

大巴行驶在一条狭窄的山路上。路边是柏树和绿色的落叶松树。树下湿漉漉的，烟雾在蒸腾，飘进了公交车里。气味就像家里篮子里蘑菇的气味。

“你们这里蘑菇多吗？”

男孩笑了，并不理解：

“我们这里吃的东西多得是！你就别琢磨做生意的事了。”

“看你在说什么！”卡佳皱起了眉头。

不久，大巴穿过了森林，驶进了一处有着高大圆柱子的大门，车子停了。男孩帮她拿出行李箱，嘴里在不停地开玩笑，但卡佳没有怪他。她挺开心的，他身上有一股强烈的香水味，还有一头长发。大巴开走了，留下卡佳一个人。她凭着自己的感觉走上石头台阶，进到安静的大楼里，地毯淹没了她的脚步声。一个身穿白大褂的女人看到她，指了指一扇宽大的房门。那里是接待室，卡佳又看到一个身穿白大褂的女人。她坐在绿色桌子后面，她的脸看起来好像老早以前就见过，但说话的声音，又冷又硬，就像男人的声音。她说话时，嘴唇向前伸，眼睛眯起，因为在她看来，卡佳就像个孩子。医生量了她的体温、血压，填写了所有的表格。显然，她喜欢卡佳，现在想留下她。她开始问卡佳的母亲、父亲，他们在哪里工作，他们是否生活得很好。在问到卡佳的父亲时，卡佳停顿了一下。医生没有注意到，再次问到卡佳的父亲，卡佳猛地抬高了头。

“我没有父亲。甚至没有……”

还是没有弄明白的医生在朝着她笑，她把卡佳看作一个小女孩。

“这么说，是鹤的翅膀把你带来的，是吧？”但她突然意识到了什么，从桌子下面取出一支香烟，用打火机点燃。她的脸颊紧绷，显得疲倦、灰暗。“听我说，卡佳，请原谅我的打扰，但我是个医生，我需要对你做多方面的了解。我们会治好你的病。我们会尽力……年龄对你有关系。你 18 岁了吗？”

“17 岁。”

“我的上帝，心脏已经……”

卡佳现在已经完全平静了下来。

“对不起。”

“你呀，小女孩，没有人责怪你……”医生深深地吸了一口香烟，伸出手摸了一下她的发髻。“来吧，孩子。让我们开始健康之旅。”医生没有把她交给服务员，而是亲自把她带到二楼，打开房间，里面有两张床。

“现在只有你一个人住这里，过三天会有人来。”她微笑着，那是一个长长的微笑，然后她离开了。

卡佳打开窗户。远处是大海。大海上空空荡荡的，既没有轮船，又没有小船。水面上又有雾气飘起，一只大鸟在水面上飞翔。大鸟飞得近了，变成了一架直升机，随着巨大的轰鸣声掠过疗养院的屋顶。直升机飞走后，一切又恢复了静谧，仿佛在森林里一般。

卡佳坐在床上。白色床单平平整整的，她想躺上去感觉一下。她很快脱了衣服，躺在了床上，那种舒服、快活让她开心地笑出声来。枕着羽绒枕头，卡佳想起她母亲教她如何在枕头里藏钱：“你放得越远，拿起来越近。”她想到这里，又笑起来。“在南方，人们都不挨饿，不像我们一样，整天都在田里劳作，他们才不会去偷什么……”

斯乔莎一生都害怕小偷。她年轻的时候，拿着的一袋土豆在车站被偷走了。从那以后，就再也没有发生过这种事，但她就爱提那袋土豆的事，一说到偷窃就一脸警觉，就要提出警告：“不要乱花钱了，裙子是新的，披肩也是新的。赚钱不容易。晚上就放在头下面。早上熨一熨就可以了。”

说到这条披肩，还有一段曲折的故事。卡佳把披肩借给了她的女友几天，因为西玛的披肩在更衣室里丢了。衣帽间的索尼娅阿姨因为这件事病了，但西玛还是怀疑她。一个星期后，索尼娅阿姨病情依然未愈，被送到了医院，到现在她还没有出院。而健身房里发现了一条披肩。有人开玩笑，把披肩塞到了垫子下面，并在上面写了字：“有地雷”。后来，小偷被抓到了——是西玛的弟弟。他们家里发生了争吵，他到学校里来发泄不满。而现在，卡佳觉得对不起索尼娅阿姨，索尼娅阿姨也要去海边疗养，但她没有子女，一个人的生活冷冷清清。现在，也许，她在床上呻吟，窗外炙热难耐，鸽子在医院院子里扇动翅膀。西玛可能会在河边晒太阳，晚上会跟瓦利亚·鲁卡宁拥在一起，没有人会去看索尼娅阿姨，没有人会去看母亲。他们的亲戚都疏远了，除了那个快乐的叔叔。斯乔莎在车站这样说：

“你要写信，卡佳。我一人在家会做糊涂事。要不就会拿起酒杯……有你在就不会……”说着，她看了一眼卡佳，颤抖了一下就转过身去。再转进来的时候，斯乔莎已经哭了，下嘴唇黏着葵花籽。斯乔莎喜欢嗑葵花籽，现在手中就握着一把。

“妈妈，不要哭，别伤心。我会健健康康回来的，我会去上班。”卡佳安慰她，但母亲没有回应，也没有收起眼泪。

“昨天做梦，我走在泥泞的水中，泥水淹到我的喉咙。我憋得透不上气来，有人一只手抓着我的头发。哦，卡佳，不吉利，这太奇怪了。也许，有祸事……是你从没去过的地方。你怎么会一个人下到海里？水是冰冷的，有危险，心脏也会猛跳的。你最好不要下去，只在远处看着就可以了。你还是站得远一点，这样安全，海水不会碰到你身上。人们常说……”

她话还没有说完，火车就启动了，母亲吻了她的脸颊。卡佳跨进了车厢，过了一秒钟，她再要跑去看母亲的时候，母亲已经到了旁边开着的窗口，她大声喊着：“你去吧，去吧！我去睡了。我晚上八点就去睡。”

又是泪水。母亲把泪水甩在一边，勉强微笑着，卡佳的心情更沉重了。

母亲曾在一个印刷厂做装订工，整天与那些旧书、旧报纸、过时的公文资料打交道。所有的猫狗都躲着她，因为斯乔莎身上经常有松节油和胶水的气味，双手一直就是肿胀的，晚间疼痛不已。就在车站的这一次，她笨拙地摸了一下卡佳的脸颊，留下一个潮湿的印痕，卡佳几乎被她那装订工气味刺激得透不过气来。而现在，卡佳看着大海，再次伤心地想起了母亲，但总感觉有一点生疏，像是在思念一个不相干的人，而不是一个亲人。她从海边跑回房间，好新鲜，心脏竟然一点都没有疼，呼吸轻松，她想去游泳。

6

午饭后，一位男医生再次给卡佳进行了检查。他们说是他负责对她的治疗。卡佳不知道为什么有一点怕他。这是一位瘦高个子的老医生，有一张冷漠的脸，显出不经意的样子。他在房间里走动的时候没有一点声音，缓缓地，两只脚好像就没有落到过地板上。他同样缓缓地抬起头看着她，并马上就打了个哈欠。但他听到她的心脏在快速搏动，就皱起了眉头。

“不准游泳。但是，您可以去跑一会步。别晒太阳！以后在食堂的三号餐桌就餐。不准吸烟。”

“怎么，您！……”卡佳很困惑，几乎要逃出他的办公室。

医生笑了笑，掏出他的眼镜，通过眼镜看着她，笑道：

“现在连女孩都吸烟。您别争辩。昨天，我在我女儿那里发现了一根香烟。她与您一样年龄，卡佳·彼得罗娃……是的，你听好了，我已经治愈过一个卡佳·彼得罗娃。”

“您治愈过？”卡佳脱口而出，神色紧张。

“她高血压、失眠。睡着也净是说胡话。”医生轻轻地说，好像在自言自语。

“您治愈了她？”卡佳期望地问道，她激动地红着脸，呼吸也在加快。她很害怕，她想接近医生，但他的眼睛让她害怕，她又想迅速离开。

“为什么不？！ 她还不到 20 岁。我要她去打排球，我交上了一个朋友……对不起，是她自己与我成了朋友，高血压没有了。”说完后面的话，他笑了，他的目光很慈祥。

她立即意识到这一点，半开玩笑半认真地提出了下一个问题：

“那么您也会治愈我？”

“治愈我，治愈我！”他变得急躁起来，“您为自己的病感到苦恼。早早地就把苦恼压到了自己身上。您母亲也已经为您痛苦不堪，苦恼到了极点！但是请您记住，在您这样的年龄没有任何疾病。是您自己找出来的……”他的眼睛里闪过疲倦，他又谈到了别的，关于海，关于他的女儿，但卡佳已经不想再听这些话——卡佳心里放松下来，她很想告诉他一切，包括父亲的事，毫无隐瞒地全说出来。她想看他一眼，但他掩上白大褂，朝着窗口走去。“卡佳，您可以走了。两天后您再来。”

她又喜欢上了他这种直率的态度，高高兴兴地同他道过别。但在门口，他叫住了她。

“您在这里看书吧，还可以……”

“什么书？”卡佳惊喜，笑了。但他仿佛没有听清楚她的话。

“您不要写诗。诗歌需要激情，那对您有害。”

“我不会去写诗……”她的回答含糊、犹豫，别人几乎听不到，但医生还是笑了。

“您来看，来看那个卡佳写的诗。柏树，波斯，还有蓝色的水。”

他的眼睛又亮了，卡佳被他吸引，再次半开玩笑半认真地问：

“蓝色的水——这是海？”

“是啊，还会是什么？”他们都笑了，他清澈的眼睛有父亲般的感觉。

现在，卡佳全身自在，现在已经晚上了。

附近的公园里花香浓郁，柏树清新。太阳的光线最后掠过树梢，将树梢染成了鲜绿色。卡佳没有停下脚步。大海在闪闪发亮。海面上的船也在不停地闪烁、发亮，一动不动。旁边的林荫道里蹿出的一只带着笼嘴的狗朝着卡佳而来，后面跟着一位身穿白色碎花点上衣的老太太。但卡佳一直在看大海，没有看到狗和老太太。大海显得越来越亮，海面上的那些船的身影变得模糊，难以区分。她的心脏乖乖的，一下也没有再疼，卡佳也觉得有那么一会儿——她高兴得哭了。离大海这么近，内心如此沉静。突然间，林荫道深处有人在弹钢琴，琴声急速、激昂，卡佳皱起了眉头，刚才的喜悦一下子不见了，消失了，她感到头晕目眩。她从来不喜欢钢琴和演奏钢琴的人，为什么不喜欢，她自己也说不上来。但乐声很快就平息下来，仿佛在梦中一般。

人们从她身边走过，有人在空地上打球，她不敢相信，她就在这里，就在大海旁边，而且会在这里住上很长一段时间，没有尽头。大海安静了。带着狗的老太太来到卡佳身旁，招呼她吃晚饭。狗没有一点活跃的样子，也许是讨厌它的笼嘴。

晚饭后，她想睡觉，但不会马上就入睡，脑子里好多画面：大海就在跟前，瘦高个子医生说她的病是她自己虚构出来的，心脏完全没有生病。她似睡非睡。现在，卡佳安下心来，她会在这里长期生活，相信会有变化，她愉快地把下巴埋在两个膝盖中间，胸脯下面有冰块在融化，痒痒的感觉。

早上，巴士把所有人带到海边。车子又在沿着狭窄的山路跑，最后停在城里狭窄的街道上，旁边都是灰色的混凝土防堤墙。那里有许多带着相机的外国老年人。一个人看到卡佳，就笑起来，好像他们是熟人一样。卡佳跑下台阶，他的目光一直没有离开她，卡佳朝他挥手，他却站在那里没有动一下。

海滩上一片嘈杂。一些人兴奋得大喊大叫，直接就从岸上冲入水中，全速向前游去，还有一些人在打牌，围着小收音机吃葡萄，眼前的一切让卡佳很伤心——她没有资格参加这样的活动。但是，当她下到水中时，她就什么都忘了，她不顾一切地大声尖叫，潜入水中游起来。周围的人在玩球，叫喊着，互相举起对方，再落入水中。但没有人注意卡佳，也没有人招呼她。她游得很轻松，躺在水中，两脚不出声地划着水，眼睛看着天空。天空好像就在她旁边，近得似乎触手可及。她一直盯着天空，眼也不眨一下，直到眼睛累了。她闭上眼睛，已游得很累了，鬓角开始疼痛，接着是嘴巴——一贯的干燥。她转过身去，几个潜水的人在相互争抢一个橙黄色的球，一边叫喊着。这里的水比较浅，她站起来。心脏又在猛烈跳动，但她想起了那个高个子医生，他那平静和慢悠悠的声音，呼吸一下子轻松了，鬓角也平静下来。她躺在日光浴床上。一旁是不肯停歇的录音机里的歌声，唱歌的是当时的年轻歌手维索茨基。她也经常听他的歌，她喜欢他的声音，不过，她在想，要是唱得再低沉一点可能更好。心脏安静下来。“你怎么会一个人下到海里？水是冰冷的，有危险……”一点也不危险！卡佳笑了。母亲要是来就好了，她哪里也没有去过。无论她多么希望，母亲也不会想象到眼前的海边，无法想象到沙滩，无法想象到晒黑的人们、欢快的人们，无法想象到身穿紧身泳衣的人们。她呼吸轻松，身体有一点舒服的刺痛感：因为皮肤在发干——皮肤上有盐。她舔了一下嘴唇，嘴唇是咸的，感觉头发上有一点说不来的新的味道，手掌的味道也不一样了，她再去看自己那细长瘦弱的手指。“你有一双音乐家的手。人们幸运了。”西玛经常这样说她，用温柔的目光看着她，再长叹一声。卡佳咬着嘴唇，生怕笑出来，看着西玛的脸颊：“你这个傻丫头，我一点都没有想过……”但这一刻卡佳也欣赏起了自己的手指，想象着那个还未到来的最神圣的婚礼的场面，想到这里，不知道为什么她觉得心情愉快，又有些羞涩。皮肤干得越来越厉害，太阳一点也不温柔，只管烧烤她的膝盖。她把膝盖藏在下面，看着前面。那是大海，蓝色的大海，远处是透明的，几乎就是一片白色。“简直就是蓝水。”卡佳想到了米沙，笑起来，脑海里闪过一句话：“他现在会在哪里？”这一刻，就像一个雷声，一个奇迹，她听到了他的声音：

“我们总要相会的！您叫塔尼娅？不对吗？那叫什么？”

米沙就站在日光浴床旁边，床上坐着一个留着红色刘海的快活女孩，她在吃苹果。旁边还有一个女孩，戴着眼镜和防晒头巾，也在笑。突然，红头发女孩跳起来跑走了，另一个也马上尖叫着跑走了，冲入海中。两个活泼的青春少女。卡佳也明白了她们为什么会喧闹，为什么会狂喊大笑。她有时也会很想去拥抱一个人，闻着他的体味，然后嘴里大声呼喊，连自己也不知道在呼喊什么。她哭起来。米沙朝她们挥挥手，一转身就看到了卡佳。他稍微愣了一下，但很快就回过神来：

“卡佳，你去了哪里？我昨天来过这里……”他关掉了录音机。

“对不熟悉的人要说‘您’。”卡佳提醒他，但立即陷入沉默，她在感受自己的心脏。心脏又在乱蹦，要爬上喉咙，她总算把它送回原处，刚才因为心痛和对米沙的一股怒气几乎让她喊出来。但现在，他眼睛里隐现着不服，而且又是厚着脸皮带着某种意思的笑容。她的脑海中马上又浮现出在火车上的情景，他黏着她，在下铺恶心地偷看她，还有他那递给她水杯的一双胖手，她现在就想报复他，给他一个一生难忘的羞辱。但她没有找到：

“您不该同小学生这样厮混。她们还是七年级学生。”卡佳说，气愤是被她压住了，但心情并没有平息。

“她们才十岁……”米沙有一点困惑，看着在大海那边游泳的几个女孩，突然问，“您也想去游泳吗？”

“不……”

“我想也是的。语言的巨人和行动的矮子。”米沙看了一眼她的腿，递出一个眼色。她脸红了，羞于她细弱的双腿和未经晒黑的白皮肤，这样的身体在海边似乎是无法想象的。她回头看了一下，从背包里掏出一件长外套，一把盖在膝盖上。外套是旧的，衣料上的颜色已经被洗掉色了，米沙看着这样的外套扑哧一声笑出来，很快又打开了录音机。她再次压住自己的怒气。乐声够高的，一个尖叫声，但在结尾又分成了男声和女声两部，女声后又是尖叫声，而且是突然爆起的。米沙点了一根烟，吐出一串烟圈。

“连一个漂亮的画面也没有。这样的游泳，连一声喝彩的也没有。”他说完又看了卡佳一眼。

“您是冠军吗？”

“这我说不上，我也不知道。但我们是上了级别的！”米沙得意地说。他突然换了话题，忘情地说起了自己的过去，说他在工厂的时候去了游泳池，并且已经是二级运动员水平，就是到了技术中专才不得不放弃的，因为没有时间，但有必要的训练。在工厂里大家都喜欢他，会付钱给他。现在，他在度假，自由自在，生活过得很快，他要四处走走。他说话时，大拇指一直在揉擦玻璃镜片，她又想起了西玛，他就像她一样，一样丰满圆润的脖子，也戴着眼镜。

“我什么都有。就是想着到四处旅游。我要去列宁格勒。那里有冬宫，有斯莫克图诺夫斯基！当然，还有剧院！所有的一切都要……还有，我看到了叶夫图申科。他来过我们工厂。然后，一些小伙子去找他。他看一下四周，并要了一支香烟。”米沙神色匆匆，前言不搭后语，他想用自己的生活把卡佳吸引住。他的眼镜掉下来时，他会用手掌接住再抛起来，但这次没有接住，眼镜直接掉了下去，在鹅卵石上摔破了。

“眼镜没有了！”卡佳的话不知道是真的替他惋惜，还是幸灾乐祸。

“啊！它们离我而去了！它们不过就是用来装门面的。现在人们都喜欢戴眼镜。”米沙好像在嘲笑，又像是在炫耀。这时候卡佳又觉得有些气喘，心脏在她的喉咙里跳动，米沙说的话她一个字也听不到，再有一刻，她就会歇斯底里地发作，只有斯乔莎看到过她那个样子。她要摆脱窒息，摆脱袭来的痛苦，她向着大海冲去，嘴里呼喊着“冠军，快来追我”，游走了。米沙一时没有反应过来，没有行动。他猛然意识到他丢失了什么。卡佳已经往远处游去，笑了起来。他转过脖子——没有人看到他的窘态，他突然感觉到升起一股怒火，奋力冲入水中。水花在他的身下泛起，向后退去，一旁的游泳者感觉到了他的愤怒，纷纷朝旁边游去。球又飞了起来，大家又都冲了过去。米沙轻快地向前划动，水在用力把他推开，他兴致勃勃地游着，轻巧地就像一只小船。卡佳看了一下四周，两脚使劲击打水面，水雾升起。米沙紧咬着嘴唇，把手臂举了起来。他追了上来。卡佳听到了他划水的声音，她在紧张地分辨，飞溅的水花越来越近，她使出力气往前游，先是左手臂用力划，然后右手臂用力划。她的手掌变得那么有力，重重地击打着水面，她的身体没有了感觉，好像已经融化在水中，她要欢快地大喊一声，但海水钻进她的嘴里，又苦又咸，牙齿也在作痛。她两脚更加使劲地击打水面，潜水员和红色浮标——游泳区边界，已经被她远远地抛在后面，而她的兴致越来越高，心情更加好，看到远处的白色水翼船，快速冲了过去。疼痛早已被她抛到九霄云外，水翼船激起的水浪涌来，身体随着水浪摇晃，但空气变得沉重、稠密，一个念头浮上来——返回。她决定这就返回去，但身后响起了米沙的笑声，还有他的呼吸声。笑声几乎震聋她的耳朵，她的手臂瞬间麻木了，她差一点被海水呛住，随后又是米沙的笑声和尖叫声，已经在前面，在她前面，她吃力地呼吸，向前冲去，两只脚用力击水，这一刻，米沙在她脑海里浮现出来，她想赶上他，而现在，就要到跟前了。她已经清楚地看到了他的后脑勺，不知道为什么黑色的后脑勺躲进了水里，她高兴极了，但气流在阻拦她。它穿过她的胸膛，收紧她的身体。但米沙已经在她近处，她一下子轻快了。她又深吸了一口气，米沙落在了后面。突然空气堵住了她的嘴巴，她害怕了。水翼船朝着她这边驶来，就在近旁，母亲好像站在船上，她的眼睛在闪烁，她想游过去，伸手过去时，发现那是一个男人。他站在船上，灰头发，高个子，船身下面有翅膀，她又想伸手过去，但气流阻拦住了她。随后，她变得更加轻快，手臂和身体飞了起来。到后来，她看到的是炫目的蓝光。蓝光让她无法睁眼……人们在船上大声呼喊。

不速之客

初秋的日子，寂静、透明。有太阳的日子多起来，但阳光已经平静、温和，不再炙热。如果雨来了，落到地上，大地也会感激地呼吸，所有的生物——花、树、草，都会像夏天一样呼吸，绽放最后的看不到的美丽。如果雨下在了小镇上，那就又是一幅欢快的图景：雨水先落在沥青路面上，在晃动，那是因为乌云在退去，接着，街道上像小河一样形成弯弯细流，水面上升起了水雾。还有树木！它们就当着人们的面不停地抖动，挺起身子，树叶也在发亮，在伸展。不清楚它是要奋力朝向太阳，还是朝向大地。毕竟，九月是告别的时候了，是该让我们的星球安静下来的时候了，但它怎么也不肯离去。“那好吧，这样也好。看来，夏天还要有一段时间，那就……”你喜悦地想，打开窗户，然后站在窗帘旁边，抽上一支烟，烟雾飘到外面。你的心情再次激动起来，究竟是因为什么，你也说不上来。突然，墙后面传来钢琴声音，你感到高兴。为什么？是有人在琴键上弹奏悲伤的音乐，而你在抽烟，在微笑，你心情舒畅。但你仍然不敢承认，承认弹琴人是邻居列诺奇卡，你也不敢对自己说出最为重要的东西，不过，你的心情不错，蛮好的……

就在这一刻，有人敲门。

我颤抖了一下，转过身子。门口站着一个身穿黑色西装，配着黑色正装领带，身材高大，一脸笑容的男人。

我打量着来人，我不认识……

特别是他那张黑脸庞尤其显眼。淡白色，圆圆的，有一些快乐的歉意，他的眼睛直视着，绿色的眼睛。通常，有这样眼睛的人头发是红色的。

他右手紧抓着一个鼓鼓的公文包。

“你认不出我了？”

我没有认出来。

尤其是他那被打理过的发型梳理得光溜溜的，而且涂上了发蜡一类的东西，有一股气味，气味拥抱了整个房间。我感到假日结束了，心也瞬间抽紧了。

“好了，好了，财主认不出他的农民了。”他笑了，眼里的绿色褪去，不见了，阴沉下来。额头上横着一条的皱纹，下嘴唇微微发肿，我想到了：

“马尔秋舍夫？雅沙？”

“总算认出来了。对别人，我是雅科夫·瓦西里耶维奇，对你，好了，就是雅沙……”

我看着他，高兴极了，我们两人的话越说越多。在学校里，我一直和雅沙坐同一张桌子，他身体健壮，圆滚滚的，大家一直在想，他不会长太高，但他说长就长高了，看来上帝不想委屈他。

“你一个人生活？没有结婚？”雅沙看了我的房间一圈，一直疲倦地眯着眼睛，仿佛他是个近视眼。

他在学校里经常是吊儿郎当的，经常在最枯燥的数学课上打哈欠。老师注意到了他，无法忍受：“到黑板上来，马尔秋舍夫！你也不感到耻辱！……”他就像死刑犯一样朝着黑板走去。雅沙回答问题的腔调怪怪的，慢吞吞的就像老人的声音一样，沉闷乏力。

现在的他变了！我上下打量着雅沙，很高兴。新西装，领带，红头发，发蜡是在理发店涂上去的，一双算是名贵的鞋子，圆头。他一身新装，一副新郎打扮。雅沙也在看我，他的眼睛又恢复了鲜活的神采。

“我来找你，同乡，好长时间了。也许我会在这里过夜，你的主人会生气吗？”他听到钢琴声，“来吧，他们坐在那里弹钢琴，工资总是有地方领的。对吗？”

“我不知道……”

“我也不知道，你不知道，那就没有人会知道了。”他笑得很勉强，坐在椅子上，纠正了一下领带，转了一下头。也许是因为领带太紧，脖子有一点难受。

“我有难处来找你，费奥多罗维奇。我有事求你，你不会赶我走吧……”

“说真的，你知道的，雅沙，我不是领导。”他的话让我难堪。我很困惑，不知道该说什么。他的眼神变了，下嘴唇绷得紧紧的。

“我好不容易找到你，还是通过问讯处才找到的。你还单身吗？”

我点点头，他笑了。

“一个时代过去了，一个人一套住宅！”

“不，这是一套三居室的住房，那个房间里有另一个主人。还有，那里一个母亲和她的女儿住在一起。”我也不知道为什么说了这么多，脸红了，但他没有注意到。钢琴声一直在幽怨地响着，这些美妙的音乐一点意义也没有。就连音乐似乎也在嫌弃雅沙。

“那我们就把话说透吧。要这么说，费奥多罗维奇，你是把同乡关系忘得一干二净了？读过书的你，你还要充当…… 而我们可以，可以……”他一字一字说道，一边解开外套，领带又宽又重，好像一直在下坠。

“没事，雅沙，你是个明白人。”我试图为自己辩护，但他很狡猾，好像知道我的什么事情，而又不明说。

“你住惯了城里？不累？”

“不，雅沙，不累，每个人都有自己的位置，我们必须坚守。”

“坚守。”他笑了笑，把领带拉直。他的手很大，厚实，指甲下面还残余着防晒油。这只手让我有一点感动，我急忙发问：

“发生了什么事，雅沙？不要折磨我，快告诉我。”

“你也不要紧张。晚上我们……”他在椅子上向后仰了一下身子，眉毛抽搐了几下，脸色突然开始发红，眼睛也红了，很快就变得像一个深红色的大苹果。皮肤光滑、干净，就像刚洗过澡一样。我又想起了学校的事。当时我们用酸黄瓜挑逗雅沙。但他没有生气……

我还在回忆往事，他从他的上衣口袋里拿出一支钢笔，然后一直盯着钢笔看，看了很长时间，这种目光里有种奇怪的含义。然后，他把一条腿架到另一条腿上，又撤了下来，这种姿势表示的是有了什么要紧的事。我笑了。“这是你吗，雅沙？真的是你？”我心里在问，慢慢地看着他，但他没有注意到。他依然高昂着头，正襟危坐在那里。

“你为什么不写你的同乡？报纸，是一个伟大的力量……”他现在直视着我，眼都不眨一下。

“我是在学校工作，雅沙。已经是第五年了，而且很受尊重，雅沙。这是学校给我的房间。”

“你在报纸上叫什么名字？或者，也许这不是你？”他那严厉的、愤怒的目光对着我，好像他是检察官、侦查员，我觉得可笑。

“是我的，是我的，你冷静一下！……但那要看兴致。下班以后，我在家里，总得找一点什么事情……”

“这就是说你认了。可是我就不明白，你会昏了头。我们可是一直在一个锅里喝粥的。”

“我们是在一起的，是在一起的。”我安慰他，只要让他高兴，随便他去说什么。

“好吧，让我们画一条线。”雅沙打断我的话，在他的眼睛闪过邪恶，他的脸再次发红，“有人在工作，有人写一点东西。但离了我们，你们什么也做不了……”

“离了谁？”

“离了我们，费奥多罗维奇，包括离了雅科夫·马尔秋舍夫。我，我去工作，你写东西，让我们交换一下？”他笑了，在椅子上扭动身子，又是那种不自然的笑声，好像是我偷了他的什么东西，被他抓获在审问。“好吧，好吧。我尊重你。就当是在开玩笑，理解。但是你，同乡，你却傲气起来了。不能，你不能脱离群众。”他又笑起来，我吃了一惊。“这是你吗,雅沙？哪里来的这样硬的底气？你手里究竟抓到了什么？”我想冷静一下自己。我去了窗口，拉开窗帘，新鲜空气立刻扑面而来。楼下的花坛里种了花，有烟草和紫罗兰。现在是傍晚时候，它们的气味浓烈，这些清新、令人愉快的气味围住了我，我无法离开。不知怎么的，我一时想到，也许我这位老同学的行为只是一个恶作剧，但我不明白他说的任何事情，我相信他。当然，我相信他！而雅沙他现在心里又在笑我。想到这里，我走到他跟前。

“雅沙，要喝啤酒吗？我请你。”

“不要来这一套，同乡。你看错人了！我已经喝过一大桶了，现在我喝不下去了，打住吧。你别想引诱我，我不会过去……”

“啊呀，你呀！想引诱你……”我笑了起来，摇了摇头。他看到我的惊奇。

“我不会阻止你。”

“啤酒还是可以来一点。”

“狼也是可以被射杀的。”

“与狼有什么关系？”我还想再补充几句反驳他，但看他的样子很激动，我只好低下眼睛，不再说话。

“世上就是有这样百依百顺的好人。你可以把他套在大车上，你再骑在他背上。他只会拉车，不会多问上一句……”我给陌生人讲过这种事情。雅沙再一次直视着我，用他那带着指责的目光，我屏住了呼吸。然后，他的脸变亮了，仿佛洗过一般，那条疲倦、悲哀的皱纹，也从他的额头上消失了。

“我也戒烟了，费奥多罗维奇。现在已经是戒烟的第二年了。不过我不会劝你。不会。”我已经看到，他在吹嘘。算了，算了，他根本不会在乎我的感受，我在想着如何改善一下当前的紧张空气。毕竟他这样的人，爱吹牛，易冲动。我决定夸赞他几句：

“你厉害，你有自制力！我也在戒烟，结果又开始抽上了。已经一百次……”

“那你再试试一百零一次，你一定会成功的！大家都会称赞你的。烟是毒药，习惯是邪恶。如果你戒掉了，那就是幸运！如果没有戒掉，那就当去了排水沟！就是这么回事，同乡。”他看上去一副赢家的样子。我再次称赞：

“好诗啊！不是你写的？”

“那还会是谁？我在墙报上写的。他们每次都要我……”

“都要你来写？”

“经常吧。”他沉默了，开始查看指甲。骄傲分明就在他那沉默中，他在等着我说点什么话，也许是等着我的赞美。然后，他开始摆弄他的领带。

“你穿着外套热吗？脱了吧。”我觉得他会热，但他不高兴。

“别让我脱衣服，我的同乡！我想保持正装……”

“为什么？我穿着衬衫都热……”

“你是你，我是我！”他说这句话的时候一本正经，而且深吸了一口气，下巴紧绷，他这副严肃和傲慢的样子把我逗乐了。我好不容易才忍住没有笑出来，努力保持平静。眼前的事情就这么搞笑。其实这种事情屡见不鲜：你在看一个人大声哭喊，痛不欲生，两手高高举着，而你一点也没有被吓到，只当是奇观，他会哭喊得更加厉害。但是你是冷静地、理智地在看一个人，看到他眉头紧锁，两眼冒火，他的手指攥成拳头，而你没有害怕，没有伤心，相反，你甚至觉得愉快，因为你知道这个人是善良、率直的人。过上一个小时，他就会冷静下来，现在所有的话、手势——都是烟尘和雾气。雅沙就是这样的，坐在那里装腔作势，我没有害怕，甚至想到了一些过去发生的愉快的事情……就那么出乎意料地冒出来：五年前，我去看我母亲，回到我的家乡。一家人坐在一起，聊天，然后我出去游泳。一上岸，我就看到一个可笑的渔民样子的人。他手里拿着一根钓鱼竿，一会儿飞起，一会儿又入水。他身材矮胖、结实，就像一个牛肝菌。帽子压在前额上。我走近一看，立即就认出了那张脸。圆圆的，白白的，没有什么表情。看来，他没有注意到天气这么热，也许是因为帽子遮住了阳光。

“嗨，雅沙！好久不见。”

但他连身也没有转，他的脸上也没有一点动静。

“嗨，那又怎么样？”

再次沉默。我不知道该说什么，也只能沉默。雅沙旁边坐着一个三四岁的男孩。男孩一样不作声，脏兮兮的黄色小背心里伸出细长的脖子。从孩子瘦削的样子，身上穿的破旧背心，看得出来他身体不好，让人感到同情。钓竿卡在男孩的腿旁，他侧身看着水面，也许是在盯着蜻蜓，也许是在想着跃出水面的小鱼，也许什么也不是，就是一个人在那里发呆。水边的事只有这些，没有什么说得清的……突然，老渔夫起竿，笑起来。一条鱼在鱼钩上摆动，但男孩连一下也没有动。“孩子就应该是这样子的！”我心里很钦佩，大声咳嗽了一下，以显示我的存在，但谁也没有转身。只见老渔夫把鱼摘下来，在鱼嘴上吹了一口气，把它抛回水里：

“是你不走运。”他轻轻地说了一句，但我听到了。

“你放了它，还要就着耳朵告诉它吗？”我大着嗓门快活地问，但他没有回答。然后我蹲下来，看着他。雅沙又在抛鱼，一条小红鳍鲈鱼蜷缩在沙滩上，死了。另一条河鲈躺在那里，贪婪地张开鳃喘气，并没有往水里去的意思。已经有另一条鱼在空中闪过，落在沙滩上。雅沙笑了笑。第二条鲈鱼也静静地躺在那里，一动不动……

“它们死了吗？”我问，想要他说话，要他动一动身子。

“谁死了？”

“鱼呀。”

“不知道……”

“好热，雅沙……去游泳吧！”

“游泳会吓到鱼的，我不去……”他的这些毛病都传给了孩子。

“怎么称呼你的儿子？”

“就叫萨沙……”

当我坐在他们旁边，这个萨沙连一句话也没有说。他有几次看向我，然后眼睛又转过去看着远处。在那里，在黄色芦苇丛里，一只蜻蜓一直在挣扎着要飞起来，但就是飞不起来，看样子是因为它的翅膀被打湿了的缘故。雅沙朝着蜻蜓走过去。他挥动了一下钓竿——他动了，假如浮子不动，他就又会很长一段时间一动也不动。有时我觉得，我的四周空空的，他们两个人是在故意保持沉默，而不动一下……

突然，一个声音惊了我一下……我转过头，从幻梦中醒来。我不是站在岸边，而是在自己的房间里，雅沙在问我什么事。我笑了，揉一揉眼睛。有意思，跟前好像有什么事……

“我不明白，费奥多罗维奇，你是睡着了，还是聋了？”

“对不起，雅沙，我在做梦……”

“是这样，而我一直在等着。”他的口气已经软和了，眼睛里透出善良。我的心也松下来，我的回忆开始散去。

“雅沙，渔夫的收获怎么样？鲈鱼落网了？”

“别来这一套！”他受了刺激，他恶狠狠地说，看来，我的话触到了他的什么痛点。但他的愤怒并没有持续多久。很快，他又好了——眼睛看着打字机。

“你自己打字？”

“不，要雇人……是我自己，当然了！”我得意了一下，没有谦虚——因为这一切都是对着老朋友。而我喜欢打字机就像对自己的亲人、心爱的人，也许更甚。雅沙的眼睛也在闪闪发光，他振作起来，从椅子上站起来，迈着大步测量房间。

“你一天要打多少？”

“打什么？”

“打文章呀！”雅沙说，开始认真地看着我。我笑了，心里在欢喜：“你呀，你呀，雅沙，简直不可救药。

我又开始自夸，逗他：

“我每天都在写文章！这么说吧，雅沙，应该能够……在学校的时候我也是这样每天写的！”

但不知道我的话触动了他什么地方，他情绪突然低落下来，变得伤感。他坐在椅子上，盯着打字机，看不出他是要评估打字机的成色，还是喜欢上了打字机。他说话的声音那么轻，几乎听不到：

“干得很糟，费奥多罗维奇！我不能奖励你一个假日了。你得干两倍、三倍的活，一样可以干好……那么别人呢？”

“什么别人？我一周也只写一篇文章。”我甚至没有发笑，但我很想借机逗他，再套他一点话——他到底要干什么，来找我想干什么？

“万一打字机坏了，怎么办？”他声音压得低低的，问我。他的脸又开始发红，肿胀。他在难过、着急，但究竟为什么，我也不知道，也无法猜测。他到底对这台打字机有什么想法？

“雅沙，打字机现在就有问题。字母‘O’掉了，滑架老要卡住。但我有个修理师……”

“有修理师，修理师。”雅沙重复了一句，摇摇头。他的脸颊抽紧了，

“这么说，你现在还是一个平民？”

“我是在学校工作。”

“你在学校干了什么？……看来，这些天你没有写东西？”雅沙抬起头，等着我的回答。

“我在写，我必须要写！我整天都在写作中泡着，即使做梦也在爬格子，就像蚂蚁一样从不停息。我快要死了，雅沙，你把我从写作中救出来吧，带我去钓鱼吧！”我笑了，打开两扇窗户。最后一缕阳光从屋顶后面偷看过来。街上静悄悄的，清新得就像乡下一样。我深深地吸了一口气，眯起眼睛。我想站在窗台上，飞出去。

“等一下，费奥多罗维奇，我们的话还没有说完。有人付钱给你吗？”

“什么人？”

“你文章里的那些人？”

“为什么？！”我很惊讶，我所有的好心情都不见了。“他是不是疯了？我不知道，不，不太可能。”

“为什么？为什么……”雅沙大叫起来，他的嘴唇鼓得更厉害了：“为什么，费奥多罗维奇，你把自己的生命都交给了文章，你抬高了那些人。他本来不过是一匹普通马，突然，因为你，他变成了一匹奥尔洛夫快步马！太好了！他不仅马上会掏钱，而且连他的母亲也忘掉了。就是因为文章发表了，名声就提高了。就是这么一回事，同乡！名望要比金钱值钱……”他又激动了，脸涨得更厉害，而且在出汗。

“不，雅沙，没人给我钱，这是我的爱好，而登上报纸，是因为我是报社的通讯员……”

“什么，什么？你没有说过，从来没有提过，是报社的秘密吧？我可是有事来找你的，是有大事才来找你的。你听我说，别插嘴……”

“你说吧，雅沙，有事你就说吧。”

但他连动也没有动一下。他那条喻示着悲哀的皱纹又爬上了额头。

突然，他问了一个令我意想不到的问题：

“我们认识多久了？”

“老早，老早，孩童时候就认识了。”

“他人怎么样，马尔秋舍夫·雅沙，他是个好人吗？”雅沙大笑起来，仰着头，但他笑得不大自然，仿佛只是为了主动出击。我意识到这一点，马上打断他：

“你是好人，雅沙！我知道得清清楚楚，别人怎么说，随便他们。”

“他们，他们是谁？”

而我已经觉得好笑：“他不是精神分裂，只是坐在我面前，在卖力表演一幕喜剧。一个人在五年之内不会有改变。不可能！”

雅沙现在喘着粗气，就像是一口气跑了六千米没有休息，声音也变得断断续续。

“你一直在笑……你笑够了，同乡，不要笑，不要嘲笑我，你知道的……不然我不会进城来找你，现在正是秋收期……你应该理解的。”

“我知道，雅沙，我都明白。你可以完全信任我，只要是我能够帮得上的，我一定会帮。”我收起笑容，一脸认真，他再次开始说话：

“好的，好的，费奥多罗维奇，你要支持我。我们是在同一口锅里吃过粥的。你要帮一帮雅沙，你不会吃亏……”

“你不是雅沙，你是雅科夫·瓦西里耶维奇，”我笑着纠正他的说法。但他脸上那特有的笑容，马上就变了：他的脸鼓起来，不，是肿起来，他的手在颤抖，仿佛是因为兴奋，显然，他心里又在难过，也许是过分高兴。最后，他无法抑制自己，朝我走来：

“你别笑，同乡，也别作声！我在报纸上有了父名，可是，它来之不易……”

“你不会明白。”

但他根本不听。

“你是不是认为雅沙我是草包一个？错了，亲爱的，不是那么回事。在这里，你拿去看……”

他从公文包里拿出一堆剪报，小心翼翼地放在桌子上。剪报有编号，用夹子夹在一起。我在快速地翻看，但雅沙拉住了我的手。

“不用着急，让我们从第一个开始，从这里。”他展开一张报纸，把它单独放在一边。

“你从标题开始，慢慢来。你很快就会知道他们在写谁了……”他笑了，我在看报纸上的文章。

“标题：严寒，再大也不怕！”我带着看热闹的心情看了第一段，没有认真去看——就当在看一个无聊的不相干的人，但过了一分钟，两分钟，我真的看进去了——我把雅沙忘了。遥远的区委报社的一位同行在详细叙述：“冬天，暴风雪来了，铺天盖地的大雪，就要一月了，我们已经忘了，而奶牛不会忘记，在一些集体农庄奶牛在病死。为什么？大家没有注意到吗？不，这里的问题更复杂——问题在干部。是的，同志们，问题在干部！你们农场的年轻人在哪里？这些话是我们说给普希金集体农庄主席谢尔盖·帕夫洛维奇·斯克利亚鲁克的。主席给我们的回答是：‘奶牛的这些情况我们去年就遇到过。现在农场在向青年发出号召。虽然我们的年轻人不多，但每个人顶三个人。举个例子？举个例子！就拿索斯诺夫小组的饲养员马尔秋舍夫·雅沙来说吧。当然，是雅沙，而对大家来说，就是雅科夫·瓦西里耶维奇。而以前很长一段时间，他一直都不被人们注意，是十分低调的，但在报纸上写了他的事迹以后，小伙子就完全变了。现在的他执着、坚强，困难面前从不退缩。我们把他的肖像放在荣誉板上。我们没有做错。马尔秋舍夫把自己的全部时间投入到了工作中。在我们图书馆的农场红角经常可以看到他那专心一意的身影。他在这里阅读专业书籍，研究自己的业务。最近，我们授予他一件珍贵的礼物——最新的晶体管收音机。现在，每当他值班，他都会用音乐和多种语言的歌曲来给大家提供娱乐。饲养员的文化素质得到了显著提高。他还有一个温馨的家庭。他的妻子，小学教师法因娜·涅切乌欣娜·马尔秋舍娃，在丈夫工作所需要的方方面面，大事小事，都给予了帮助。她的帮助，既有友好的话语、无私的支持，还有不可缺失的人类朴实的爱意。毕竟，男人也是人，她不会忘记这一点。在这里，我们有着十分动人的画面！现在，我们即将迎战严寒，我们坚信：目前冬天的所有挑战，我们必将克服，当然，必将是在像马尔秋舍夫这样的人的把握之中。’”

“是这样的人……”我机械地大声重复着，放下手里的报纸。我的心里轻松了。隔壁的邻居在弹奏肖邦的曲子。与鲜花和凉爽的傍晚混合在一起的空气，正在向着窗口飘来，正在清洗胸腔，在将我淹没——这一切都让我感到舒坦。我多想延长这一瞬间，但雅沙又把我打断了。

“喂，费奥多罗维奇……像我这样的人，不会躺着不干事。你再来看。”他把一个新的剪报推到我跟前。

我取出一支香烟。雅沙的眼睛在微笑，可能是为自己的文章而高兴。我还在揉捏香烟，他已经欣然点燃一根火柴，俯身靠近我，几乎碰到我的头。这里有某种讨好的意思，不是简单的点烟，我移开来，但他没有察觉到。他的眼睛仍然闪耀着，他那强壮的身躯带着一股热气和紧张，他的呼吸沉重，仿佛身后有人追着他。“他怎么了？他是变了……以前的东西一点也没有剩下，但为什么呢？” 我还想问自己一些东西。我从椅子上站起来，走近窗口。在这里，钢琴声听得更清晰，更真切。音乐在召唤人们，召唤人们到大自然去。路人从下面走过，看着窗口。太阳不想下山，边缘仍然钩住屋顶，似乎不想放弃，但这只是不长的一刻，也就一分钟，也许连一分钟也没有，屋顶就暗下来。然后天空映起了霞光。柔和的霞光，深红色的霞光，霞光映起的地方就是太阳刚刚在过的地方。这像一个躺在地平线上的巨大番茄，只要一压，它就会喷出汁来。突然，出了一个意外——我错过了钢琴弹起另外一个曲子的那一时刻……怎么回事？什么事情干扰了我？我咬着嘴唇在想。也许是我晚上的工作，也许是突然冒出的别的心情？但我无法判断清楚，也无法拒绝新的乐声。它们在不停地抽泣，不，这不是肖邦的悲伤，这是非常古老的东西，比鲁勃廖夫的圣像还要古老。“多么优秀的年轻人，列娜！弹奏得太好了！真想不到……”我被音乐俘虏了，像带走了……我的灵魂飞走了，已经飞得很高，很高……当你在听古典音乐——合唱，众赞歌——你会想象，这是早已死去的人在同你对话。你被吓坏了，你会看到好像还活着的他们。他们走在山上，走在草地上，走在河流上，迎着波浪。他们穿着一身白衣，看着还没有出生的我们。一切都在近处，这些步伐就在近处。我甚至能听见他们的呼吸声。再等一下，你就会知道全部秘密。但就在这一刻，雅沙又把我打断了：

“怎么！费奥多罗维奇，你有什么不开心……”

“什么不开心？”

“你一直不作声，只是叹气。你是不是埋葬了一个朋友？我在说话，你没有在听。”

“你要我听什么？”

“就那个！你转过身就跑到窗口……我抛下拖拉机，跑到这里来，把全部报纸都带来……”他再次瞠目逼视着我，他的眼神在斥责我，他的两只手激动得颤抖，他无法隐藏自己的内心。随后，他拿出一把梳子仔细地梳理了自己的头发，拿出一支香烟，机械式地折断香烟，扔掉了。他目光又转到我身上。眼睛恶狠狠的，绿色的。他是在仇恨我，看上去很痛苦，也有一点好笑……

“怎么！费奥多罗维奇。你怎么像个陌生人。人们都希望手拉着手，而我们两人还是同乡。”

“对呀，雅沙！我明白……那时我们一起去上学，一起玩，而现在的命运不同……”

“不，亲爱的，不是那么回事！”他像个检察官似的看着我。

“命运？你是说命运？……”

“你到底想说什么？你把话说完，雅沙。”

“那我就说完。你甚至连你的同乡都不想接待，而我口干舌燥连饭也没有顾上吃。不吃，不喝，匆匆忙忙赶来找你，但这些都不是问题。我们都不是挨饿的人……”

“那问题是什么？”我微笑着，示意他来一个平心静气的对话。他注意到我的笑容，然后，他又整理了下自己的领带，摇一摇头，厌恶表情还没有从脸上退去。

“可以说，我是急着来找你的。这条领带不合适，衬衫也不合适。我也是经常去见人的，我明白……”他停下来想了想，然后继续说，“兄弟，你就简单些吧……这样，来一瓶酒，再来点泡黄瓜。再来一点小菜就行了。”

“你今天别再喝酒了！‘现在我喝不下去了，打住吧……’”我在模仿他说过的话、他的语调，虽然将了他一军，但我心里总觉得不畅快，是他对我的新称呼——兄弟——激怒了我。“他哪里来的这种语气？一股傲气？我为什么要容忍，为什么不反击他？”所有这些问题一下子冒出来，搅在脑子里，让我心烦意乱。什么时候能够平静下来，我不知道，但雅沙又在笑，分散了我的心事。仍是含有取笑意味的笑声：

“好了，兄弟，你是在开我的玩笑。马尔秋舍夫对他说过的话负责。我不喝了，说话算数，这下行了吧？全村的人都可以作证。你可以去问任何人。”

“我相信你，雅沙。”我赶紧顺着他，但他已经生气了，再次用检察官一般的目光看着我：

“你还是不相信我！所有的人都相信我马尔秋舍夫，群众都敬重他！随便你去写，千万别忘了。”他笑了笑，整个身体像狼一下一转。我也笑了，也附和他：

“好，我来写，雅沙，我一定会写的！”

“好吧，亲爱的！我信你……”他的话中有一些高高在上的意味，它又一次刺痛了我。但他还是不给我安静。

“我们就这样见面，你不觉得有一点……我们两人就干坐着，连一个证人也没有。”

“你不是说就这样算了，雅沙？”我决定再次还击他，但他又转了回来：

“倒也算不上什么正式会见，不过有一点小吃才好。我的要求也不多：一根黄瓜切两半，番茄……我不是那个科利亚·济林，我做客吃得不多。”

“谁是科利亚？”

“我怎么跟你说的？ 你已经忘了群众。你严重脱离群众，你已经死了……”

“我没死。”

“好吧，是我说走嘴了……”突然，他哈哈大笑起来，甚至冒出了汗，他拿出一条手帕搓着。他虽然在笑，目光却一直饱含责备，甚至是蔑视——“坐在他面前的这是谁呀？”“你难道忘了木匠科利亚？就在村子尽头？一处有栅栏的大房子……”

“我知道，我记得，是尼古拉·伊万诺维奇。我想，他有七十岁了，你和他……”

“你又要做一次议论了，亲爱的？你还是先留着备用吧，留在你的学校用吧。”他笑了，做了一个鬼脸：“我跟他打过两次交道。那是一个爱干活的老头子。你只要一转身，他就吞下去了。”

“他又不是狗鱼。”

“你别误会，别误会。我不是骂他，我甚至羡慕他。”

“为什么？”我又感到孤独一人，绝望重担压在身上。我就像走在秋天泥泞的道路上，天上在下雨，旁边也在下雨，我的衣服都湿透了。而这条烂泥路没有尽头，我的两只脚几乎走不动了。“前一个小时我呼吸舒畅。有阳光，有音乐，心情很好，很好……而他来了，一切都没有了……”

“怎么回事？你说，兄弟！是我姑妈告诉我的。你认识她吗？”

“我认识，雅沙，你来……”

“你还是听我说。有好处。老年人也一样会给自己打算的。她说，浴室屋顶的漏缝需要用木板条钉住，不然麻雀会把所有的茅草抽出来。她指给他需要修补的范围。他当面叹了一口气，咳嗽了一声，然后开口要 百卢布。我姑妈是个傻瓜，答应了。于是，济林就牵住了我姑妈的鼻子。你在听我说话吗，兄弟，你有没有睡着？”

“我在听着。”我的回答有气无力。他说话的声音传到我耳边已经很低，然后又像被棉花过滤了一次。忧郁在袭击我。或者，也许是疲劳所致：看来是我的命，是福不是祸，是祸躲不过。老天就是要这个雅沙来折磨我，纠缠我，让我痛苦，让我厌烦到不堪忍受的地步。我已经在努力求得平和、冷静。一切都在我这里睡着了，一切都被装进了一个温暖舒适的包裹里。我本来可以在这种状态下待很长一段时间，但雅沙发起了进攻。他的声音变得更强，调门更高：

“我不会让你打哈欠，费奥多罗维奇！我对济林有了兴趣，你来看他究竟是个什么人！”

“我在听，你继续讲。”

“我说到了哪里？啊，我来继续说这个济林。姑妈让他坐在桌子旁，老头发了令：‘给我来一锅肉，你什么话也不要说。’满满一锅，满到锅边缘。还有酸奶油。‘周六你要做好煎饼，再准备好酒杯。’喝了第一杯，接着第二杯。他就是这么一个贪吃的人。至于那一百卢布，修理屋顶根本就不够，他说：‘那得看老天爷的意思。’老—天—爷！谁能把他怎么样？你有办法吗？就是这样。趁着我姑妈还没有弄明白，他又拿了二百卢布去喝酒。喝了个干干净净！怎么，兄弟，你有什么好说的？我是看明白了，物质利益第一。所以说，济林的一切都是有道理的。斧头砍不出钱来——肚子却得到了。哦，他可真行！”雅沙大笑起来，笑声震动整个房子。他的脸红通通的，眼睛变成了一条狭缝：只剩下一条切口，不见了瞳孔。“你在想什么，兄弟？一直坐在那里，你把脸转过来呀！”

他说对了，我不想看他。忧郁过去了，代之以忧郁的是愤怒。我在生我自己的气，生雅沙的气，还有狡猾的尼古拉·伊万诺维奇，我从来也没有看上过他。我在尽量克制，因为他又开始夸赞济林：

“这才是真正的主人！他没有亏待自己！”

“这是鼹鼠，不是主人！”

“你别嫉妒。我猜你是嫉妒了。你会得到别人的尊重，但不是马上。要得到群众认可。我对你是尊重的……”

“谢谢你，雅沙！我不值得……”我笑了，但他没有注意到那是讽刺。他的眼神很亲切，是那么柔软，像要流动开来。

“这么说，你的冰箱是空的？这样不大好！那我来请你的客！马尔秋舍夫·雅沙总是有备而来的……”他把手伸进他的公文包，掏出一瓶白兰地和一些巧克力棒。他把巧克力扔在桌子上的姿势是那种宽怀大度的主人的样子。

“来吧，亲爱的，为我们的见面，然后再开始其他话题。”

“我不能，雅沙，我还有事要做！”

“做什么？”

“我得去写东西！每晚都得写。”我在说假话，然而不知道为什么假话有了效果。我在他眼里看到了尊重。

“写文章——好事情！我明白！但我不会把酒瓶子收回。有它你会更开心。”

“开心。”我机械地重复了一句，离开了他。他把我的话看作是一个挑战，立即发起攻击：

“我可不是传染病患者，兄弟！你在躲避什么，是在躲避伤寒？”

“你别生气，雅沙。我只是想静一静。”

“你在想什么人，一切都清楚了。我怀着尊重来找你，你却端起了架子。”他笑了笑，看着酒瓶子。

“来，尝一块巧克力，作家！你没有妻子，谁会照顾……”他嘿嘿一笑，做了一个鬼脸，“如果我是你，我可不会像你。房间是私人的，没有人会来打扰。我会为自己找个女人……你呢？”

“我想静一静，雅沙，我想静一静……”我已经忍无可忍。

“你要想什么，你来看报纸就是了！我给你把报纸都带来了，你把你的鼻子一拧，你牛气。唉，同乡……看来就得让科利亚·济林来对付你，教给你该做些什么。你说呢？我们总不能就这样坐着，无谓地浪费时间。”

“好吧，雅沙，你的报纸呢？”我这样问是想摆脱他，但又一想，这样是不会摆脱他的，还是应该保持沉默。

这篇文章的题目是《大地——我们的根》。标题采用了大黑体，内文中所有的词语都是在颂扬：“在热火朝天的普希金农场，到处都是年轻人的身影。他们要完成的农活是一样的。田里的谷物荡来荡去，在不停地波动。当然！我们就拿索斯诺夫小组的雅科夫·马尔秋舍夫来说吧。近年来，他已经掌握了多个专业：他是饲养员，是司机，是联合收割机手。小伙子有一双金手！现在他在仔细研究自己的‘CK’收割机，我们对他满怀敬意。小伙子很清楚：机器决定当前农忙季的一切，马尔秋舍夫的联合收割机打破了所有记录。还有一件事给这个人的命运添了彩。今年春天，他成为集体农庄小组的老师。马尔秋舍夫·雅沙负责年轻一代机器操作员的培训，应该说，他完全胜任。周三和周六都在上课。二十人坐在课桌后面，他看着这些年轻人认真的面孔，听着暂时还不够条理的回答，在想：‘这是一些聪明的小伙子！不会让你失望！’这还是不久前，而现在这些小伙子都是农庄的主力军了。根据他们的要求，最近在当地电台播放了一首好歌。如果您要问‘那是一首什么歌？’歌曲的名字就是《大地——我们的根》。事实就是这样，他们把根扎在了自己的土地上！”

我把文章推到一边，点燃了一支香烟。雅沙不失时机地再次给我划着了火柴。他的眼睛在放光。他让我想到了百米赛起跑听到发令枪响的那一刻，他向前冲去，什么力量也别想让他停下来。

“怎么样，费多罗维奇？文章吹得我都有一点受不了了！”

雅沙心中狂喜，又用手摆弄着他的领带，咧着嘴。他发自内心的喜悦不经意地流露出来，让他有飘飘然的感觉，这就是他。突然，他似乎要离开我，他推开椅子，站起来，两只眼睛居高临下看着，似乎丢失了什么。就这样持续了一分钟，像换了一个人似的，他开了口：

“那些成绩不是马上得到的。不是的，同乡，不是马上……”他说最后一句话时好像很是神秘，突然又满脸涨红。而我也心情不好——墙后面的琴声不响了。我很烦躁，真想去外面。我又迁怒于雅沙，一切都在惹我发火：他那一头红发，他那像所有的胖子一样粗野的呼吸声，即使是他那白色的湿睫毛也让人联想到是在生气。我想去街上，想去呼吸几口夜晚新鲜的空气，但雅沙突然又提高了嗓门，而且口气强硬：

“听我说，你记住！我说，你听！你有相机吗？”

“干什么？”

“你呀，兄弟，你猜不到的。”

“你究竟要相机干什么？”我又要失去耐心了。他的目光、声音，他那目中无人傲慢的样子，都在激怒我。他四仰八叉坐在那里，椅子在他屁股下面吱嘎作响。他那姿态再清楚不过，那是在向我挑衅：你说，我两个小时来一直在讨好你，而你，跟个傻瓜一样，蠢货……

“别逗我笑了，费多罗维奇！我永远不会相信你。也许你是在开玩笑？我们可是文盲，是乡下人。”

“够了，雅沙！别来这一套。”

“你不要听，你就打开你的相机。你看——我全身大汗。”

“那你脱掉夹克，摘下你的领带！”

“我不脱！你听说那个士兵的事了吗？一个士兵在餐厅吃饭的事？你没有听说过吗？那我讲给你听。”

“你讲吧。”我挥挥手，望着窗外。

雅沙大着嗓门快活地讲起来：

“一名士兵来到餐厅，要了一份煎包。端到他面前的是热乎乎的两个包子。士兵眯起眼睛，说：

“‘服务员！您自己来尝一尝！’

“‘我在工作。不允许。’

“‘不，您来尝一尝！’

“‘请您不要找事。您不是来就餐的，是来闹事的。我会叫班长来。’

“‘去叫吧。’

班长来了，问士兵：

“‘您有什么事？我们是一流餐厅。’

“‘您来尝一尝包子！’

“‘我没有必要去尝每个包子。’

“‘不，您来尝一尝！’士兵再次要求，‘您来尝一尝！’

“‘您不要找事。我去叫经理来……’

“‘去叫，去叫吧！’

“经理来了。那是一个身穿黑西装很严肃的人。士兵对他说：

“‘您来尝一尝包子！’

“‘我很乐意，但餐叉在哪里？’

“‘您问到点儿上了！’士兵称赞。”

“到这里一切都结束了。我所以说餐叉在哪里，就是在说相机在哪里？”雅沙笑着从椅子上站起来。我不知道该怎么对付他的笑声。他在房间里不停地走来走去，仰着头。我觉得，墙壁也会被他的笑声震塌。“我在想，同乡，你是个精明人！你却说要相机做什么？谁会把马尔秋舍夫拍下来？因此，我要穿西装，打领带，坐在那里。文章怎么可以不配上照片？你试一试，没有餐叉怎么吃东西！”他又大笑起来。我又忍不住了。

“够了，雅沙！我说。”

他立即不作声了，盯着我。

“我没有相机。我从来就没有相机。”

他沮丧地皱了一下眉头，挥着手：“好吧，那我去拿我的照片。你现在拿一支笔，笔记本！”他口气强硬，好像在下达命令一样，而我只能服从。雅沙皱着眉头，板起了面孔。“我们是什么？ 啊哈！我告诉你，成绩……成绩不是马上就能得到的。我自学了许多东西。我学到了最好的技术。我经常在晚上醒来，拷问自己，辗转反侧：我的生活目标是否正确，我是否实现了我所瞄准的一切？……同乡，为什么你不写？你不高兴？但是你只要关注我，只要深入我从事的工作，你就会高兴起来……”

“我写，雅沙，我来写。”我看着他，惊讶、害怕袭上心头——不知道他是在拷问我、戏弄我，还是他的头脑不正常……几个问题再次折磨我：他为什么变得如此不可理喻？为什么我无法看清以前的雅沙、眼前的雅沙？为什么他现在这样专横，要命令我，而我会顺从于他？

“有时候，心灵会被疑虑所占满：我是不是要去城市，去找复杂的、智能的机器，但我阻止了自己：不，你更需要留在大地上……”他犹豫了一下，我借这一机会，放下手里的笔，问道：

“这些都是你自己的想法吗？你从哪里听来的，告诉我……”

“是我头脑里的，就在这里！”他对我眨了一下眼睛，我马上不作声了。我当时以为他在给我读一篇文章或者是某个片段，但他手里没有一张纸，他是直接口述出来的，如此清楚、明白，仿佛是在读写好的文字一样。所有这一切都很美，有吸引力，我在那一刻忘了一切，不知何故有一点精神恍惚。他坐在那里，在生气，像一只刺猬，似乎在等待有人称赞一句，但没有等到，然后他又说话了，自信、饱满，听起来就像一个政论家的演讲，而且里面有一些深刻、严肃的内容：

“我们怎么停住了？啊，说我的工作。城市在向我招手，我没有去。当时我已经做出决定，我要去农场！只去农场！这里是主战场，是方向。这里有意思——你要写下来：索斯诺夫小组旁边有许多自然水域，而这里遍地的芦苇丛再加上三叶草和苜蓿，为牛奶产量提供了巨大的牧草储备。挤奶工高兴，我们牧民也高兴……”

“你有几个职业身份？牧民、机械师，还有……”我想再补充下去，但他没有在听，没有注意我的话。我的话音在减弱，而升起的又是他那饱满、干练的嗓音，直直向我冲来：

“你记得再快一些，别停下！我不喜欢拖拉。再来说一说作家：冬天和夏天，他们都会来我的家，我当然欢迎！我同许多记者有来往。他们会采访我，一起午餐。在新鲜的空气中……”他突然在眨眼，笑了起来，“哦，费奥罗维奇！我不想说，但还是要说，我可是对得起你们这些兄弟的……我总是备下的东西给他们。我会把白兰地、泡菜冷藏在冰箱里，然后取出来。他们知道，当然，他们不会那么容易从马尔秋舍夫家离开。而其他食物总是新鲜的和热乎的，所以，他们喜欢我的家，总会来的……”

“你自己不喝酒？”

“在客人面前不喝！为的是尊重客人！哪里有没有润滑过的文章？”

他笑起来，这时谁也无法阻止他。他的眼睛在笑，他的脸颊、他的整个滚圆的身体都在笑。我想：现在它一定会持续很长一段时间，但突然，雅沙目不转睛地看向我，仿佛他是第一次看到我。

“他们的生活就是这样：卖了房子，买了大门。但我们离题太远了，费多罗维奇。你还是去看报纸吧。”他递给我一张新的剪报，我开始读。首先，我看到一个大大的雅沙肖像。他站在一张白色的桌子旁边，衣服脱到腰间。雅沙对面是一个身穿白大褂的粗壮女人——也许是一位医生，或者是医士。然后，文章标题进到我眼里：“你是供血者，专家！”我开始阅读。开始内容都是医学方面的议论，只是到了文章的中部才写到实际的东西：“普希金集体农场的专家们不分白天和黑夜，随时提供血液，从不间断。在这些踊跃的供血者，这些高尚的人中间，应该特别提到雅可夫·马尔秋舍夫。我们号召全区居民以他为榜样。这样的人总是在引领着那些落后者。我们很快将在献血日与他相见。届时我们会满怀敬意地迎接他。向雅可夫·马尔秋舍夫看齐！”

我抬头看着雅沙。他微笑着，并再次现出骄傲的笑容。我感到无聊：“他为什么要收集这些剪报？他想要什么？我不理解……”

墙后的钢琴很长一段时间没有再响。列娜奇卡也许现在看着天花板，心情愁闷。也许，她又钻进了字典里，她在学英语，梦想成为一名翻译者。而且我经常在脑海里看到她在一群优雅的游客中。她对他们说了些什么，笑了起来。她是最优秀的，她最漂亮，所有的客人马上就喜欢上了她，我已经在嫉妒了，嫉妒得很痛苦，对所有这些陌生人。这些陌生人有一些可笑的怒气，我没有再见过这些陌生人，最好，永远不要有这些陌生人。但我一点办法也没有，无论我多么努力……

"现在你听我说，作家。"雅沙尖着嗓子说，"你要写下来，不然你会忘记的。不过，你是单身，你不会明白……"

"你说，雅沙，你说……"

"你别着急。家庭也是一件大事。这是我们所有生产成功的基础。"

"你是个官僚，雅沙！" 我不由地脱口而出，但他没有发现。

"我是远距瞄准建立自己家庭的。那些一起工作的同志们在这方面帮了我。他们提醒我去结识法因娜·涅切乌欣娜，她是师范学校毕业后来到我们这里的。"

"同志们的提醒？"我实在无法忍耐，笑了。

他皱了一下眉，打断我的话：

"你别插嘴！我不喜欢这样！我接着说，是这样的：我去找了法因娜，看完电影后，送她回家。很快我就发现，法因娜是一个要求上进和机敏的人。她读了很多教育学和其他相关必要的书籍。不知怎么……"他犹豫了一下。我仰起头，他用仇恨的目光直视着我，右手握成拳，又松开来。我能感觉到他在尽力克制自己。过了不大一会——一切又回归原处。

"你，作家，收起你的笑容！这样不好！"他说出最后一句，把整个胸脯贴在桌子上，呼吸声显得很急促，"你不要轻视我的法因娜！她是个样样能干的女人。我们产生了分歧，我们分开了。这就是我来的原因。"

"为什么，雅沙？"

"为什么？你只管坐好，写下来！"他再次对我下命令，我慢慢地冷静下来。他的呼吸渐趋平缓，他的眼睛里重现了善良。

"就是这样，同乡，你要记住。家庭一直在帮助我。我的妻子在方方面面帮助我。无论大事小事，我们没有琐事。正如人们所说：妻子驾辕，丈夫赶车，大车才能走起来。如果你想知道，我可以这样说，在普希金农场没有第二个这样幸福的家庭！这一点特别重要，你要记下来！”雅沙眯起了眼睛。然后，他又开始了：“妻子在方方面面帮助雅可夫·马尔秋舍夫。有时，她会从书架上找到需要的图书、杂志，并朗读年轻人关心的整个章节，朗读厨艺菜谱的内容。而丈夫这个时候在厨房围着炉灶，油炸、煎烤……”突然，雅沙不再作声，叹了一口气。“我累了，你呢，费奥多罗维奇？好了，你去坐一会，抽支烟。”

我拿出一支烟，转过身去。他在笑我。我现在明白他滔滔不绝的口才是怎么来的了。他一定是把区里报纸上的整版内容都熟记了下来。那些报道他的文章，他都熟记了下来。现在我的头都被他搞晕了：哪些是他的话，哪些是报纸上的话。“然而，他为什么要来找我，为什么要用他自己的那些故事来折磨我，为什么这样张狂、神气？”光影在闪烁，四周寂静，只有树叶的沙沙声。窗口的那棵树站在那里一动不动，不再抖动树叶，那棵安静的树不会再怀疑人会想到它的存在。而你坐在房间里，就在它近旁，而且一直都在检阅自己习以为常的思绪。在这个思绪中，有树，有生命，有未来的日子。过上一两分钟，你可以听到树叶活了，在动，在呼吸。这是什么？没有风，连微风也没有。这时候，你会想到，你会明白，一只鸟从树上飞过——翅膀扇动的空气会让树摇摆，树叶也一样会动起来。一只鸟，一只鸟……这时候，一只灰蓝色的鸟也躺在路上。恰好这时候，不远处来了一辆大车，车轮咕噜噜响着，朝着那只鸽子碾来，驾车的马打着响鼻。而在车上坐着的是手拿鞭子的济林——就是那个济林，就是我们说过的那个济林。他在抽打马，而马已经非常疲惫。他在着急赶去什么地方，眼看已经晚了，他在不顾一切地往前猛跑：如果一个人在他前面的路上，他不会眨一下眼，会直接碾过去。而现在他面前的是鸽子……啊，济林，济林！如果他看上一眼就好了！如果他把马勒住一秒钟就好了。要是有一个气愤的人看到这一险情就好了，只见雅沙朝着鸽子跑去，用自己的胸脯护住了鸽子。但一点用处都没有，它已经死了。鸽子的一只翅膀还在动，但血水从喙里流出，就是说，它的生命已经结束了。雅沙早于其他人理解了这一点，于是伤心地哭起来。然后，他把鸽子抱在怀里，把它带回家。他大概是要去埋葬这只鸽子……他带着它，抽泣着。在我得知消息之前，雅沙一直抱着鸽子，他爱它们，并为每一只鸽子的离去感到伤心。他这样悲伤，痛哭不止！不，这只是无法忍受的一刻……雅沙追上了我。鸽子的头向下垂着，一层薄膜盖在它的眼睛上，翅膀也已经下垂。但雅沙仍然寄予希望：

“也许，我给它点牛奶……”

“你这个怪人！他死了！”我突然迸出一句话，他的眼里闪过一丝愤怒。

“你来验证它！你来验证……”他瞪着我，眼中流露出心里的剧痛——这样高尚的、伤心的场面，我只有在童年看到过。我停了下来，他也停了下来。眼泪从他脸上流下来。我看着他，觉得对不起他，但我没有办法帮助他，无法让他从极度悲伤中解脱出来。他的眼睛没有离开我：“我们还活着，可它被杀死了……”而济林连看都没有多看一眼。那有什么了不起，不就是一只鸽子。有什么了不起，就算是一个孩子又怎样！雅沙转身离开我，静静地向前走去。他的肩膀弯曲得像个病人。只有高尚的灵魂才经受这样的痛苦……但那个灵魂现在在哪里？发生了什么事？为什么这么多年他变成了这样？我的思绪又转向另一边，我的心情又开始悲伤、沉重。“到底为什么呢？”我在吸烟，在检阅记忆中的东西，看着窗外。天已经变蓝了，很快就是夜晚了，可以闻到淡淡的花香。气味从下面升起来进入我的房间。我喜欢打开两扇窗户，整夜都不再关上，那样可以睡个好觉。现在花香抚过我的脸庞，我好想到外面去。我看着雅沙，克制住了自己。他像在餐馆里一样恣意坐在那里。“他为什么要指使我，命令我做这做那？……他那声音、派头——俨然一只孔雀！……”他又在公文包里翻弄，纸头在沙沙作响。

“再拿一些，你来读！”

“雅沙，我不想读了！我累了……”

“我知道你在想什么。你，同乡，你不要羡慕我！你把工作做到那里，他们也会写你。你先坐着，别作声。”

“羡慕什么，雅沙？”

“你还不明白？那你就打开这张报纸……”

我犹豫了一下，他皱起了眉头。

“你读呀，读呀，不要觉得困惑。也许，过一会你就有话要说了……”他不耐烦地挥着手，皱着眉头——不管怎么说，我被缠上了，而且已经缠住了，现在说什么也无济于事。

我只好依了他。这篇文章的题目是《父母——这是两个什么字！》，故事是逐渐展开的，而且兜了一个大圈子：“孩子的生活从小就受到长辈的影响，而这些长辈我们称之为父母。父亲和母亲！谁能够取代他们？地上什么样的爱最自然，最原始？未点燃的蜡烛如何从燃烧的蜡烛那里点燃，正如孩子的爱是被父母的爱所唤醒。宝宝的妈妈总是最美丽的，爸爸总是最强壮的。谁没有听说过孩子为他们相似于自己的父母而自豪：‘我也像我的妈妈一样，喜爱巧克力和蛋糕。’小伊琳卡就这样说。‘我也像我的爸爸一样，会驾驶拉达小轿车。’六岁半的托利克傲气地说。‘我会做一个牧民或饲养员！’萨沙·马尔秋舍夫总是这样说。这也是他父亲的功绩，是他伟大的工作。有谁不知道普希金农场的雅科夫·马尔秋舍夫！这里当然有原因……”后面的文字就此停止。文章的边缘已经被磨损，显然，它已经在许多人手中流动过，现在要读完已经不可能。

“萨沙，他是我的儿子！”雅沙大声说。

“我明白……”突然，我眼前又现出很久前河边的那次相见，雅沙和他的儿子，当时两人坐在岸边，一句话也不说，平平静静的，两人在钓鲈鱼。‘时间真的会改变我们吗？还是别的什么？为什么我不再认识他？……’这时候，我的思绪又被打断。

“怎么，同乡，你拿了我的户口簿？现在你是不是要称呼雅沙·马尔秋舍夫的父名？我不介意。来吧！”他笑着站起来。他的领带歪到一边，眼睛发红。我不喜欢他的笑声，也不喜欢他的眼睛。他一脸得意扬扬。

“上报纸——那可是一件了不起的事，了不起！自豪吧，费奥多罗维奇！人家愿意抬举你，就能把你抬起来；人家不愿意抬举你，你就什么也不是，就这么简单！”

“不，雅沙！你干了工作，你就该得到……”

“哈哈！”他嘿嘿一笑，用手擦了擦嘴唇。圆脸涨成了红色。雅沙激动起来，眼看要冲过来。“扯淡，同乡，你来试试看！你觉得我比别人干得好吗？不，亲爱的，我没有。有比我干得更好的傻瓜。从天亮到黄昏，有什么用？应该先上报纸，然后再去做事，这才是正道。第一步走出去很困难，然后滑雪道才会变硬……”

“你是个哲学家……”

“而你，亲爱的，不要笑！如果你想活着——你就得头脑灵活！还记得钓鱼的事吗？我和萨沙当时在当渔夫……”

“记得，雅沙！鲈鱼都咬钩了。”

“不，不是那回事。后来在佩萨诺湖我们的收获才有了起色！只要有报社记者来，我就带他去佩萨诺湖，煮肉汤给他，一起喝酒，湖里的鸭子在嘎嘎叫，到黎明再去抓住它们。然后，他就会写湖水和鸭子，还要写我——这才是主要的。”他眯着眼睛，抬起头来思索。然后又坐在椅子上，脸色变得开朗了，在想象。从那一刻起，我们两人的角色颠倒了。他变得柔和，平静了下来，而我开始急躁、上火。我已经对他的一切感到恼火，对他的白皮肤和红头发，甚至对他的领带和他的声音。但我还是克制了自己。问他第一个问题：

“这么说，他咬钩了？”

"谁咬钩？"雅沙皱着眉头。

"你的记者……"我看了他一眼，但雅沙没有回答，他的眼睛看着远处的什么地方。他又在自我表白，我看得出来，他喜欢夸夸其谈，卖弄自己。他沾沾自喜于自己的聪明，自己的机敏。他的每一句话、每一个动作，让我看到的是骄傲、得意。

"后来我买了渔网，选了一个结实的，那是用细线织好的渔网。我有一个做生意的小兄弟。而接下来该做什么，作家？现在才开始：你为我工作，我为你付酬。"

"你刚才说了，你想活着——你就得头脑灵活？对吗，雅沙？"我微笑着，伸手抽出一支烟，但他没注意到我话里的嘲讽意味。又开始他的那一套：

"渔网不是钓鱼竿。事情已经过去了。我知道我该做什么。我知道鲈鱼在哪里，狗鱼在哪里，鲫鱼会在哪里游，你也来吧。我们一起玩，一起乐……"

"不能用渔网！"我止住了他。我实在听得厌烦，忍耐不住了。

"谁说不能用，他们就会邀请谁。你想想吧：所有的老板都是我的人！来的人或许就是新闻记者，是来找马尔秋舍夫的。我们一起乐，就像人们所说的，要投其所好。而我嘛，总是热烈欢迎。将渔网搭在肩上到湖里去。我在那里有一个窝棚。然后我们海阔天空地聊天，木头一直烧到早上。我们说好了，他会写下来，过上一个星期，就上了报纸。报上会这样写：我如何如何卖力干活，反应机敏。"

"反应机敏，你是这样说的？"我浑身一颤，仿佛人被抛到椅子上。我鄙视他，也在生自己的气——为什么我还坐在这里，没有离开？我可以借口我有课，有重要的会议要离开，说上一声再见，但又有什么东西在阻止我，也许是雅沙影响了我。也许，这样做会让对方难堪。有时候，我们也不知道为什么自己忍不住与老早就觉得无聊讨厌的人争论。而且，再过上多少天以后，我们不仅不会把他推出门外，不仅不再与他争吵，相反，还会继续容忍他，听他讲完话，还会握手问好，甚至祝贺他生日快乐。有的时候，这个人得到荣耀，我们还会喝香槟，致祝词，虽然我们此前有过脸红和不愉快的过去。这个人会变得更加厚颜无耻，傲气十足，他毫不掩饰地鄙视我们，完全不把别人放在眼里，而我们的回应就是公开承认他是我们的主人，尽量不去破坏与他的关系。我们的内心已经在未知的恐惧中冻结，假如他紧皱眉头侧目看我们的话。但是，那时候我们是快乐的，像孩子一般在追逐嬉戏，如果此人之前看我们的目光是那么善意，甚至开上一个小小的玩笑。是的，我们的内心很有意思，并不总是那么符合逻辑！或者，邪恶也有它的魅力，有强大的磁力，可能会吸引和折磨我们，不肯放手。而我们也并不特别急于甩开这些羁绊。是的，一个令人费解的灵魂！……

我完全沉入自己的思索之中，但雅沙没有忘了自己的事。他猛然做了一个粗鲁的举动：用拳头猛敲桌子。

“费奥多罗维奇！不要分心！你是在睡觉，还是在数苍蝇？这样不好！……你不愿意和我喝酒，也不愿意听我说话，这还能叫同乡！我在棺材里看到了这样的同胞，穿着白拖鞋……”

“你别嚷，别发火……”我刚想补充一句尖刻、坦率的话，但嘴唇马上就粘在了一起。

“好吧，我们不再嚷了。你，你是不是烟草中毒了？你不是在抽烟，是在吃烟。”他的声音已经平和下来。看来，他是原谅我了。过了一秒钟，雅沙又说：

“我是从报纸上站出来的，这样我才进入先进行列。这不正常吗？你为什么要用眼瞟我？”他抬起头，喘着粗气。他的额头又出汗了，脸颊也鼓了起来。

“正常，正常。”我违心地回答他，他的呼吸开始变平稳。

“对，绝对正常！我一点也没有亏待你的那些兄弟。请客，招待，这才是首要之首要。”

“钓鱼，套近乎……”我笑了一下。好在我赶快克制住了自己，不然又会惹出新的麻烦。

“钓鱼是最好的办法。最近我买了一台‘拉达’。现在渔网就放在后备厢，再方便没有了。然后，晚上我们就到窝棚那里，你就坐在火堆旁边写东西。我来讲，我——来——讲……”

“他们会经常报道你？”

“当然，经常！当时的情况就是这样，我是报纸新闻的热点。只要打开报纸，就是马尔秋舍夫在微笑。还有各种各样的照片、文字、素描作品。”

“你明白我们报纸所有的套路。”我笑了起来，但他是以自己的方式在理解。

“我对你们的一切了如指掌，同乡。你不能空着手碰我，你懂的。我一直在等待你，哦，等待你，同乡！目不转睛，望眼欲穿。我盼着你来，就像女人渴望男人。而你没有来……”

“我没有来。”我喘着气，突然感到一种奇怪的不安。眼前什么事情也没有发生，但我在颤抖，呼吸已经开始变得急促。我知道，他已经感觉到了：很快就会有一件沉重的、不愉快的东西落下来，让我提前就把心抽紧了。雅沙俯身到我跟前，神神秘秘地用眼睛扫了一下四周，低声说：

“帮我一个忙，同乡。你介意吗？”

“那你说，快点说……”

“你给省里写个东西，写我！我信得过你！”

他的这一击比我预期的要轻柔一点。但接下来的会是什么东西？他就着我耳边低声说：

“要让全省都知道我。在咱们区里还有谁？就由你来打前锋冲进省里，我会付钱给你……”最后一句话好像烧到了他。我走开了，伸手抽出一支烟。他划着一根火柴。“你来，费奥多罗维奇，你歇一下……”他看着我很长一阵子都没有眨一下眼。他眼睛怎么就不累？

“这么说来，雅沙，你要收买我？”

“我在花钱，同乡，我在花钱来找人犯罪。”他笑了，但笑声不大，似乎是专门对着我的，然后，他停顿了一下，补充说：“唉，你呀，诚实的家伙，我不相信别人。我昨天杀了一个人。在灌木丛里，牧场后面的灌木丛里，我杀了他。”他又笑了，看来，他对刚才的玩笑感到开心。但笑声很快就结束了，就像没有发生过一样。他的脸又耷拉下来，变成了灰色的。

“我苦闷得很，作家。法因娜离开了我，还有萨沙也被带走了。”

“她走了？”

“任何事情都可能发生。你别眯眼。别人身上发生的事，在你身上也有可能发生。就这么回事。我的法因娜走了，只留下门‘砰’的一声响。她不想同泡沫共事。”

“什么？”

“泡沫，泡沫，就是泡沫！这是我妻子给我起的外号，她在损我。她说，他们吹捧我，把我抛上天，而我把自己关在泡沫里，就是那个泡沫。”

“我不明白，雅沙……”

“泡沫是空的！这有什么不明白的，这就是她给我的评价。你听着，我讲给你听。她把一些衣服收拾在她的手提箱里，就离开了。去了丈母娘那里，去了她母亲家。我的平静日子结束了，就像一首歌里唱的那样：生活呀，生活，就像人们说的，该开心就开心，不痛快的时候，就低头数眼泪……”

“那首歌不是你说的这样，雅沙。你自己搞混了。”我笑了。

“你在说什么？老师……是法因娜把我的生活搞乱了，但生命只有一次……也许，会有两次，或者三次？你认为如何？”他笑了笑，从头到脚看着我，仿佛在用他的标准评判我，“而你，老师，你得……”

“我什么？”

“体验婚姻关系！我读了一本有趣的书。书名叫作《婚姻关系》。”

“那本书在哪里……”

“哪里，哪里，你来猜！”

“你呀，雅沙，黑马不要碰！”我越来越不耐烦了。他那双可疑的眼睛让人讨厌。那双眼睛再次打量我，评判我。

“你在说马？我不会骑马……”

“我想告诉你，雅沙，我想起了一个谜语，你肯定猜不到，是吧？”我笑了。笑声激怒了他。

“你别吓唬我。我还在想着吓唬别人……听着，亲爱的！我会吓跑她，她说，我会吓跑她，我拿起她的外套翻出衣袋……”现在，他自己笑了。我在等他后面的话——她会有什么动作。但他已经后悔自己发脾气。也许，他顾忌到我的感受，担心我不再理他。他毕竟还是需要我的。“我们不要吵了，兄弟，什么也别说了。你得结婚。你会发现结婚的好处，你会体验到婚姻关系……”他突然向我眨眼，把我看作他的同谋。“会给你套上颈箍，放上马鞍，驾辕的事就不用说了。你就乖乖地去拉车吧。”

“你的描绘，雅沙……”

“事情就是这样的，费奥多罗维奇！老人的话你要听：人的一生有三步：出生开始，然后结婚，最后是死亡。我提醒你，婚姻在中间。正好就在中间！”

“雅沙，你知道的够多的，你都读过了！”我笑了一下，但他没有觉察到我在挖苦他，给了我一个自信、饱满的回答：

“我应该知道的！”

“为什么应该？”

“哎，哎，你不要追问我，你不要追问我马尔秋舍夫了！我看得穿你，看得穿你的脚下，兄弟。我也想到了法因娜。”

“家家都有这样的事。争吵，然后和好。”

“为什么要争吵？她骗了我。她抓起手提箱就走了。而一个月前，我就有预感，狗开始号叫。它不让我睡觉……”他深吸了一口气，擦了擦脸上的汗。

“什么狗？ 我不明白……”

“我的狗，同乡，我的……挺好的一只狗。丁卡。嗯，这是它的名字。在库尔干花了 38 卢布买的。它给我生了一只小狗。莱卡和牧羊犬杂交的。”

“这是什么种？”

“见它的鬼去吧。叉子与瓶子杂交的种！”雅沙哈哈大笑起来，又眨了眨眼睛。但现在他的脸显得很和善，甚至愿意与人亲近，这是小狗带来的好处，他一想到它就变得柔和了。

“我有一只喜欢的小狗。长大一点就开始训练。它什么都懂，一个小无赖！”

“你的丁卡是母狗，而你把它当男孩……”

“我才不管那么多……我还是开了枪！”

“为什么？”

他大概没有听到我的问话，又回到了他的话题：

“我开始给它简单的训练。它已经学会衔东西，从邮箱里衔来报纸，然后有一天它好像变傻了：它张开喉咙，死命号叫。白天黑夜不停地号叫，好像谁欠了它什么！它有吃的，有喝的，但它就是张着大嘴号叫。明摆着的事，我看出来了，它要招来什么不干净的东西了。我拿着枪，我的枪是比利时制造的，有两个扳机，我把丁卡带到园子里，把木棍抛出去，对它说：追，丁卡，追！它飞奔着追过去，尾巴像螺旋桨一样旋转。我朝着螺旋桨开了枪，它马上就死了。只是，爪子还又抽动了几下，但已经离开这个世界了。我的萨沙有一点伤心……”雅沙说话说累了，喘了一口气。他的呼吸很吃力，好像人很热。

“你是说，它爪子还抽动了几下？”

“当时的事……我也忘了。”

“你还记得，雅沙，济林是怎么在你眼前碾死鸽子的？他只管驾着大车往前跑……我记得你号啕大哭，一直不能平静下来。”

“当时我是傻。”

“不，雅沙。”我想同他争辩，纠正他，但我迷惑了，脑子里乱成了一堆，在我眼前又出现那个红头发小男孩。他在大哭，手里拿着一只死鸟，他环顾四周，请求救助。他追上我：“能不能，我来喂它一些牛奶……”他的眼睛里有泪水，很多的眼泪……一个高尚的灵魂才能承受这样的痛苦。只有好人才能这样悲痛万分……但他这一刻在哪里？那个高尚的灵魂在哪里？难道它进了这个傲慢男人的胸膛？为什么？这个灵魂究竟发生了什么？这个遥远的灵魂怎么了？为什么时间会改变我们，为什么我们要屈服于它？……一连串的问题、问题，涨满我的头脑，我无法摆脱它们，无法躲避。我忘了客人，这些思索把我带进了一个危险的世界，这里没有出口，也没有退路。但是客人记得我。他首先咳嗽一声，发出警告，然后轻拍了一下手掌。

“你脑子又短路了？是不是该点着的地方没有点亮？那就得先清洁蜡烛，同乡。不然，你就是来上课，也是昏昏沉沉的，对吗？你们这些学生，兄弟，这些学生……”

“我们说到哪儿了，雅沙？”我低声问道，我的脸色肯定是死灰色的，这惹得他笑了起来：

“你应该获得一项表彰，这完全是你所应得的。我们停在了最危险的地方。主要的危险……法因娜把萨沙，把我的儿子带走了，音信全无。但我知道，当然，他们在岳母家。已经一周时间了，没有露面。她们不允许萨沙回到我这里来。他们把男孩关进了监狱。”

“你们因为什么争吵？”

“我们吵了，但算不上争吵。她不理解我，这个婊子！”

“为什么要骂人？”

“你不是也会骂人吗？她把所有报道我的报纸都撕毁了。那些报纸一直放在抽屉里……”他坐在那里，脸色苍白，神情沮丧，脸颊的肌肉很松弛。他现在的样子就像从前那个手拿钓竿站在岸边他儿子旁边的雅沙。他的眼睛里也一样流露出萎靡和无奈，但很快就从他那里消失了。“来，同乡，帮我一把。我信任你……你来为我出一口气，也算你荣幸！”

“谁的荣幸？”

“你的荣幸，也是他们的荣幸……你这样写。我的法因娜发傻了，像我这样的人不会到处撒谎。让集体农庄的人都看到。”

“我是个老师，雅沙。我写东西得有新内容。有关你的报道已经那么多了……”

“多？不多……再多点储备也不会撑破肚皮。到时候，法因娜就该回来了，还有儿子——不仅如此。你还不明白吗？”

“我明白什么？”

“她会拿到报纸，报纸是省里的，她就会知道我马尔秋舍夫是什么价值。好了，同乡。我得让她给我系鞋带，你看着，她一抬头，人就跑了……”

他还在喃喃自语，语言含混不清，然后挥了一下手，灰心丧气。我为他感到难过、好笑又恼人。刚刚我还在生他的气，抱怨。现在，你看，一个善良的灵魂，一个很容易息怒的人，很容易，什么也不用多做……

“我们一切都有，费奥多罗维奇，我们用不着去邻居那里借什么。汽车我们有，钱我们有，我的萨沙长大了。是她把事情搞乱了，这个婊子，对不起，同乡……不，你说，她还想要什么——就让萨沙扑在我身上。有一天很好玩……你在听我说话吗？”

“我在听，雅沙，在听着……”

“那我继续说。这样的事……我在等彼得·洛吉诺夫斯基，他从编辑部打电话给我。彼得是他们编辑部的摄影师，我们老早就熟悉。他叫我去湖边，那天是他的休假日。我准备好了。我去商店买了食品。事情就发生了……”雅沙用手捂住了他的脸颊，他的肩膀在抽搐，很快，他自己笑得全身抖起来。“你想一想，发生了什么事。他们把茶水灌进了我的瓶子里。白兰地变成了茶水。他们又把塞子塞好——没有破绽，就像原封的一样。到了晚上，我招待朋友，篝火也点好了。彼得喝了一杯，瞪起眼来问谁干的。我们大笑起来。嗯，我和他在一起，大吃大喝……不，你想象不到当时的场面，同乡！我们说着笑话。萨沙帮助妈妈在家干活。两人后来都意识到……”他这次没有笑，皱着眉头，“我回到家，我没有给她不好看。我显得很有耐心，哦，很有耐心。我一次都没打过她。那么，是什么事情让法因娜不和我住在一起？她身边有一个女友——尼娜·富加诺娃。什么事情都要她做：要用的锅具、炉叉、水桶、伏特加，那是一个十足的酒鬼。而我没有去碰过她。在众人面前我总是叫她的父名——法因娜·格里戈里耶夫娜，是的，法因娜·格里戈里耶夫娜。这就是我现在得到的……”

他又从椅子上站起来，在地上走着。地板是干裂的，在他的重压下拱了起来，吱吱发响。他皱起眉头，好像身上在疼痛。

“你坐下，平静一下。”

他坐下来，喘着粗气。他的额头苍白，出着汗，脸色发红，脸紧绷着。我又觉得他很可怜，想安慰他：

“你别生气，不然可能更糟……”

“还能糟到哪里去？她给我起了好多个外号，她说，她要向上面反映，说我算什么斯达汉诺夫工作者。我很痛苦。为了家庭我只能忍受，但这一切都走到了最后：法因娜开始威胁我，我就把门指给她。她已经准备好了：背包在她肩上，拉着萨沙的手——去了她妈家。”

“她会回来的！”

“如果有你帮我，当然会。难道她会不相信报纸？假如是地区报纸也就罢了，但这是省里的报纸！你来把我描绘一番，色彩随便你加，我要看那个婆娘还能不动心？不会的，她会明白的！你是我的全部希望！拿起笔来，写下来，然后你去安排……你怎么不说话？”

我想笑，转过身，但是一想，算了，我服从了。我倒要看一看，接下来雅沙会怎么说。他已经开口了：

“你开始这样写：‘雅科夫·瓦西里耶维奇·马尔秋舍夫出生在一个贫困的农民家庭。从小他就习惯了田地劳作，但他没有想过创造新的纪录。再说，他也不敢去想，一头奶牛可以产出比原来相比两倍以上的牛奶，如果一台拖拉机由一双有力的手操纵，它可以多耕原来几倍的地……’”

“要我说，雅沙，你不能自己标榜自己。我不能这样……”

“不是我自己说的。这是洛吉诺夫斯基写的。你再加工处理一下。你就可以交给省里报社了！”

“你的洛吉诺夫斯基在花言巧语地骗你！”

“你这样骂他，法因娜也是这样说的。你就这样写，我老婆会喜欢这样的文章。”

“哦，雅沙，我不知道。个人的事是很复杂的……”

“你要刺激法因娜，要让她知道，我在为别人活着，我一干就是两个班，我晚上不睡觉……”

“两个班？”

“当然是撒谎，没有人会去查你。你不是靠真理生活的。”

“你想活着——你就得头脑灵活？你是这样说的，雅沙？”

“你真可恶，费奥多罗维奇！我真的小看你了，这么说来，你是非要把人压成脂肪不可。而你还是老师！”他又开始走起来。脚下的地板在下陷，吱吱作响，雅沙的肚子向前鼓起，外套紧绷在身上。他看着地板，仿佛在寻找什么东西。我又想起了那个遥远的雅沙，沉默不语，平平静静，手里拿着白桦鱼竿。而他旁边的那个男孩，同样沉默不语，显得很压抑——脸上没有一丝笑容。难道，像他这样一个孩子长大了，也会一样用枪指向一只小狗？然后扣动双筒火枪的扳机？谁会回答我？……而也许，萨沙现在是最倒霉的，也许，他离开父亲后都不想活了。

“雅沙，你儿子呢？”

“我告诉你了，在岳母那里。我老婆直接把他拖走了。她不会放手的……我不会去求这个法因娜！你看到了，她在打算什么…… 这个恶心的婆娘。”

“这么说，萨沙是在他外婆家。他要到父亲这里来，她们也会阻止他。所以，他已经经历了沉重的悲哀？但他为什么要痛苦？你能帮助他吗？我想，就这样拖上好多年，萨沙还有希望吗？他们这是干什么！他身边不会有父亲，虽然他的亲生父亲就生活在旁边的街道……他只是一个活在父亲旁边的人——孤儿！……”想到这里，我的呼吸也沉重起来。“人是多么奇怪的生物。有时候，我们好想拥抱，好想怜悯所有的人，特别是我们在外面遇到孤单、有难处的时候，我们看着他们，听他们诉说，脑海里会浮现出他们所有的痛苦，我们的心会很痛，眼泪会抑制不住地涌出来。我们会哭泣，会难过，但过后我们的情感很容易就会平息下来。而对已经发生的事呢？毕竟，我们帮不了这些不幸的人。或者，也许我们甚至没有为他们落过泪？当然，没有为那些未曾遇到的他们落过泪。

我们只为了自己，只为自己落泪，只为自己曾经的过去落泪，为还没有被饶恕的罪落泪。我们落过泪，而后又平静下来……”我也许会久久地在这些想法里徘徊，但雅沙开始敲桌子。人们就是这样敲领导所在房间的门的，如果你想进入的话。我醒过来，转过脸。雅沙皱着眉头盯着我看，眼睛里流露出决心和痛苦。

“而你，顺便说一句，必须来做。你坐下，别想溜！这样的客人不是每天都有的。”

“什么客人？”

“你不知道吗？你要尊重村里的领导人！”

“我是在尊重你。”我用平静的语气说，他咧嘴一笑。

“嗯，谢谢你的尊重！只是我的法因娜被消了磁，但我不会第一个去给她下跪。针不会去找线的。”他的眼神是如此悲伤，仿佛他是来参加一个葬礼的。怜惜再次向我袭来，如此迅速地改变了我们的灵魂。一分钟前，我在鄙视他，嘲笑他，但过了一分钟，我又屈从于他。天就要黑了。我好想看到天空和星星，但看不到。还缺少了什么东西，让人伤感。墙后面的钢琴睡着了，显然也是因为伤感。雅沙咬着嘴唇。他可能认为，我们之间的暂停在拉长，是他在哪里犯了一个错，他需要再次聚集他的全部力量，继续发起攻击。而我是他的敌人，他要刺刀见红。

“说到明处吧，他们在等待你的文章！ 我们得给法因娜擦鼻子。省一级的报纸，那可不是彼得·洛吉诺夫斯基他们的！她会和萨沙一起跑来。外面的人都会嫉妒我们兄弟。你写我的文章一发表，她很快就会把尾巴夹起来了。”

“为什么？”

“这还不清楚吗？我成了我们省里的红人。任何一个婆娘都会上钩的，你挡也挡不住。最好是她自己快点回来。我们两人一起来，费奥多罗维奇！ ”他笑了，“精明的我！我们的生活，就让人们去嫉妒吧！他们宰了两头小牛。她一挥手，把他们赶走了。不，我们现在不说这个。我要被他们折磨死了……”

我笑了，我了解雅沙。他在童年就是这样一个多疑的人，再加上迷信。

“你呀，雅沙，不觉得脸红？你还年轻，你怎么会相信那些魔鬼。射杀丁卡，杀死一只狗，不是好事！”

“好了，不要争了，作家。最好快点，你要拿到第一手的事实。你是这么说的吗？”

“我是老师，雅沙！报纸是另一回事……我的职业在教室，是教孩子们的。”

“别扯淡。去拿笔，快点写下来！”

我机械地拧开钢笔，他马上就说起来。说得流利、自信，就如书本一般：

“就这样写。‘在任何生产现场，他都会投入自己发自内心的创造，都会闪出火花。最近，马尔秋舍夫出席集体农庄车库的会议，他在会上发言，提出了一项建议——接受每一台修复好的机器的活动。当然，这不是一件新鲜事，但在集体农庄一直没有实行过。但饲养员马尔秋舍夫想到了，发出了个人倡议。请大家注意，工作的视野扩大了，饲养员在帮助司机，在帮助机器操作员！……’而今年的收获季节，我又把联合收割机纳入了行动计划。这是去年他们在报道我的文章里写的……”

“是洛吉诺夫斯基那些人？”

“还会有谁？当时还有我的照片。我在场，我举了手。”

“你真奇怪，雅沙，你为什么把这些荣誉看得那么重？”

“这有什么好奇怪的，是你不懂。现在名声比钱更值钱。这一点，你知道，我也知道。谁有了名声，他就得到了别人的尊敬。我要不惜任何手段实现目标！”

“使用任何手段，雅沙？不要这样。”

“哎，兄弟，你呀，你就像我的法因娜。人不能靠诚实来生活。你看一看其他人，其他人！他们在做什么？你就看济林，尼古拉·伊万诺维奇。你还得称呼他的父名。这是对的，应该尊重这些老人。他的棚屋现在烧毁了。全烧了，烧得干干净净。但到底烧了些什么，其实就三块朽木，两根原木。济林说是电线引起的。他说电线太细，是电工犯的错。他不但嘴里这样说，还马上动身找到村里。他的棚屋是上了保险的，保险公司给了他三百卢布，后来又给了两百卢布。老年人真会过日子！其实，是他自己把朽木点着的。别人都知道是怎么回事，我敢肯定……或者，你来试一试：你到商店来，货架上是空的。你给售货员眨一下眼，所有的东西都在柜台下面。他会给你，你也得给他。要想活下去……”

“就要学会头脑灵活！是你说的，对吗，雅沙？”我笑了，转身向着墙。

“呵呵，费奥多罗维奇！我不会欠你的。你只要把我写下来，让他们都看到就行。快，拿起笔来，别啰唆……‘最近，先进饲养员雅科夫·马尔秋舍夫接受邀请到学校参加课外教育活动。孩子们十分高兴。他回答了同学们的许多问题。雅科夫心情激动，因为他曾经在这里读过八年级。而在这间教室里，也许，就有他童年坐过的那张课桌。’”

“停下，雅沙！我们两人在旁边的村子里念过书。整个冬天我们两人都是徒步上学。后来，我们村里也有了学校。”

“就算是吧。但洛吉诺夫斯基不会说谎。”

“啊，当然，洛吉诺夫斯基……”我笑了，但他没有注意。他又说下去：

“孩子们的问题五花八门。有问喂牛问题的，有问饮水问题的。而最后的问题是‘雅科夫·瓦西里耶维奇，你的梦想是什么？’他回答说：‘永远走在前头！’”

“他是谁，是你吗，雅沙？”我问，笑了起来。

“你别张嘴！要有耐心！你只管写，不要打岔。不然，我们再换一个地方谈。”

而在这一刻，电话铃响了。我走到过廊，拿起电话。是从夜校打来的电话，他们要我去那里，因为我在那里做代理教师，现在他们每到夜里都会找我去。这不失时机的电话就是我的救命恩人。我返回到目光炯炯的雅沙这里：

“抱歉，朋友，他们要我去学校。下次你再来，我们接着写下去……”

他不作声，甚至没有动一下，只有眼睛瞪得大大的，就像塞进了两颗未成熟的李子，绿色李子。他的脸颊也肿胀起来，好像被人抽打过似的。我意识到，这是暴风雨前的沉默，事件的爆发在加速。很快！……

“我得马上去学校。我收拾一下。”

他喘着粗气，喉咙发出嘶嘶声，扑哧——扑哧，好像轮胎爆裂发出的声音。他喘着气说：

“我要让你见识见识‘马上去学校’！……我会当众把你揭穿，你有什么了不起，摇着尾巴的臭书呆子……”

“雅沙，是他们找我！”

“那你取消今天的课程呀！……我不是你的拖把。我会找出来龙去脉的！你要尽力维护好你的先进工作者……”他一直不停地威胁我，但我已经站在门口，将钥匙插向锁孔。我的手在颤抖，不听使唤，总算插进去了……

“我要发动所有的领导来对付你！我要当着众人的面扒光你的衣服。”

但我已经在走廊里。他紧跟在我后面，我“砰”的一声关上门，沿着台阶从他面前走过。他跟在后面骂骂咧咧，大喊大叫，还一边用靴子跺地。我以为他会朝我扔东西。走到街上，我才轻松地呼了一口气。钢琴的声音突然从楼里传出来，是从我那一层传出来的，但会是谁？啊，列诺奇卡！我一下子明白了，加快了脚步。欢快、清脆的音乐在飞扬，乐声上升得越来越高，好像气泡在高处爆裂。我几乎是在跑步，就像在逃命，但尖叫声和诅咒声好像还是穿过乐声传给了我。只有到了宽阔的大街上，我才渐渐冷静下来。行人匆匆，风衣沙沙作响，笑声连连，一派安详、幸福的景色！我混入到了人群之中。

蓝珍珠

“我们村里有这样一个湖！”斯拉夫卡弹了一下舌头，眯起了眼睛，“水，就像天空一样。是蓝珍珠！……而且很深！任何船只都可以驶过……”

“那轮船呢 ？”一个女孩打断了他的话。

“您！”斯拉夫卡生气了，但很快就平静下来。这不，笑容又出现在他那有斑点没有眉毛的脸上。

“微风是我们村里的一匹马！它跑起来可以追得上小汽车。”

“那飞机呢？”

“什么飞机？”他看着我们，一脸的惊讶和无奈。他的眼睛里流露出悲伤：真不知道要到什么时候结束。但悲伤并没有持续很长时间。他仰起了头，肯定地说：

“我们村里很快就会找到石油，我确信。有地质学家，他们说的……”

“他们说过有黄金吗？”有人又来故意为难他。他紧咬着嘴唇，一时间满面通红。

于是，大家就给斯拉夫卡起了一个外号：我们村里。他也知道这件事，但没有去计较。说到底，起外号也往往是出于对一个人的爱。当然，说到爱……我们大家也真的爱他。不过，我可不能为每个人打包票，也许，有人对他有不同的看法。毕竟大家好久不见了。已经过去了这么多天，这么多年。

时间，时间……时间究竟是什么？这个问题很难回答，也很复杂。每个人都有他自己的答案，都有他自己的想法。但有一个答案大家都会同意：有快乐的时候，也有悲伤的时候；有开花的时候，也有凋谢的时候……但我最好不要谈论这些，否则我也会不知所措。只是不得不说，我得承认：我们与斯拉夫卡的青春年华已经是遥远的二十世纪六十年代的事，当然遥远，让人不敢相信……毕竟，当年我们都喜欢那些剪短头发的女孩，她们穿着短裙，脚蹬细高跟鞋，走起路来微微扬起头，又蹦又跳，就好像她们总是在仰望，比如，望着云彩。而那里有什么，云彩里到底有什么，那你就去猜吧。但她们一定知道，她们一定猜到了……

我的天啊！那是什么时候的事？但当年……碧姬·芭铎和吉娜·罗洛布里吉达，让·马雷和阿兰·德龙的电影冲进了我们的生活。我们看着这些美妙的外国人，梦想着要像他们一样——面孔要像，声音也要像。当时我们多可笑，但那就是大学生的需求……

是的，我们当时在师范学院学习，生活在外乌拉尔的一个小镇。哦，那是一个什么小镇，尤其是在我们郊区！……小城镇都有这样的郊区：向前拓展，小路蜿蜒，突然间又向两侧后退，敞开来……满眼都是桦树、灌木林，你要是继续往前走上一千米，就会发现云雀在天上欢跃，蜜蜂在花间穿行。蜜蜂和云雀在享受大自然，但感觉最好的还是人。辽阔的田野寂静无声，心灵在这一寂静中也立即沉静下来，释放开来，把所有的悲伤、痛苦放下，仿佛刚刚开始生活，然后一直向前，向前，只管生活和呼吸，不要回头，就像这片草叶，就像那片桦树，就像那只在空中翻滚的快乐小鸟……一小时过去了，又一个小时过去了，现在这个人已经完全平静下来，他的眼睛仍然在寻找快乐，再次被辽阔的田野所吸引。于是，他兴奋地长叹了一口气，仿佛在呼喊别人来作证：“为什么，为什么这里这样美好？为什么会有周围的这些树，这些草？这个小城就在旁边，转一个弯就是。这里有阳光，还有养蜂场……”怎么回答，真的有必要回答吗？你就只管自由地生活在这样的地方，放松自己。任由你呼吸野外桦树林的空气。任由你踏着碧绿的青草漫步，任由你去做任何事情。无论你是在思想，还是有什么突发奇想的愿望，或者干脆就是幻想，都可以。什么样的愿望在这里都会涌现！你没有把它告诉任何人，你也没有承认过。也许，你只告诉过一只小鸟，或者云朵。难怪我们的姑娘们总是在仰望，在仰望云彩……

对了，我就住在这个小镇上，住在这里的学生宿舍。和我同住一层的还有语言学专业的一年级新生。一群金色的伙伴，你不会觉得无聊。可惜的是，我现在失去了他们，失去了！当然，有时我会得到一些消息。前不久我得到消息，其中一个学生成了远处农场的一所实验学校的领导。我打开电视，他正在挥舞着手谴责一个人。另一个永远地离开了教育系统，去了工厂。但第三个呢？我的第三个室友，他在哪里？为什么没有他的一点音讯？只有他的声音会闪烁一下，还有他的微笑，闪过——又熄灭了。但我总要冲向这火花，并用力吹燃它。

“喂，小伙子们，我们这里有湖！四周还有桦树。是白色的桦树林。还可以钓鱼！一条十千克的狗鱼刚刚从我这里跑掉了…… ”

“它就没有上钩吧。”又有人打断了他，笑了。斯拉夫卡发怒了，皱起眉……

我现在得承认，我是在激怒他。这又是斯拉夫卡·季霍米罗夫的声音。当然，当然，他在遭受我的折磨，在痛苦。他又出现在我的脑海里，那个记忆中的火花在燃起来。我觉得，我明白了，我不会忘记那些日子，不会原谅我自己……

我不会原谅自己，有时我开他的玩笑，挖苦他。然而，斯拉夫卡从来没有板起面孔与我计较过。他对每个笑话的回答就是三个笑话。不过，这些都是笑话。我们毕竟彼此友好有加，就像兄弟一样。我能说什么？他现在就在我面前：他的脸、身材，甚至步态……他高高的，瘦瘦的，就像一根木杆——从下面一直往上，直直的，到顶部稍微向一旁倾斜，驼背，他的两只手也是那么笨拙地张开来，就像树上的树枝，而且这些树枝总是不停地挥舞着，做着手势。总之，斯拉夫卡不帅。然而，我还是不知道应该怎么看他，他算不算是一个真正英俊的男人？

不过，斯拉夫卡身边的朋友却数不过来。不是这个人来找杯子，就是那个人来讨香烟，还有第三个要借钞票。就这样，没有一个完的时候，从早上到晚上。我记得，那天夜里，已经很冷了，说是秋季，但冬季的严寒已经来临。学生们都跑回自己的家乡去拿暖和的衣服。一次，斯拉夫卡正要去汽车站，二年级学生科利亚·索洛维约夫来找他。他冲进我们的房间，一副慌慌张张好像出了什么大事的样子。他的眼睛直视着斯拉夫卡。

“听我说，朋友，你去接一下娜塔莎。一小时后她乘坐一班火车要来。本来我应该去，但是院长给我打来电话……”

我马上就看到斯拉夫卡皱起眉头，眉毛弯成了冷冷的圆括弧。然后，他挥了一下手。

“好吧，清澈的大海。那就这样！只是……”

“只是什么？”科利亚·索洛维约夫脸色苍白，紧缩了一下身子，准备承受打击。但打击已经从一旁过去了。只见斯拉夫卡笑了。

“但只是有一点，亲爱的，这事不合规则。我的意思是，你该去讨好她，你去拉箱子，她回来就同你去看电影。是这样吗？好了，好了，你别转头。我们村里对这种事会惩罚的。”他又笑了。然后和气地说：

“好吧，我去接人……她在哪里，你的克星，大约？”他发出的是戏剧的颤音——谁知道他从哪里学来的？反正他喜欢这样考验自己的舌头。我们对他这一套很快就习惯了。

娜塔莎也习惯了。她与我们在同一个组里学习，住在同一层楼。哦，娜塔莎！她在唱熟悉的歌曲。歌词美好，但娜塔莎本人比歌词更美，就请原谅她的多愁善感吧。啊，娜塔莎，娜塔莎……我清楚地记得我们的第一次见面。她走到我的床头柜跟前，摸了摸上面的一堆纸片，眼睛一亮。

“您是在写小说吗？”

“当然，是小说。”我们都笑了，我注意到她的牙齿是那么白，雪一般白，她的眼睛更好看，长长的，蓝色的，像冰块一样闪闪发亮，而睫毛在这些冰块上面不停地乱动。它们总在乱动，似乎很痛苦……

“真的是在写小说？”她又眯起了眼睛。

“这有什么？我只是想浪费墨水。”

“而我喜欢蛋糕。我喜欢把所有的空闲时间都花在蛋糕身上。”

“我不信。”我轻声说。这时候斯拉夫卡出现在我的身后。

“我相信。作为证明，我请你去咖啡店。”

“就现在？”娜塔莎很惊讶，她的睫毛一下子僵住了，然后又像一群小鸟般乱动起来。

“就现在，宝贝，就现在！”他抓住她的胳膊，把她拉向门口。我很气自己：“好了，收音机……”还有什么东西在盘旋，威士忌在焚烧：他们走了，然后，抛下我一个人。就我，就我独自一人……只有娜塔莎淡淡的气味留在门口。这是她的呼吸，她的香水。但是有什么意思，她人已经不在了。我难过，该怎么办？这样的事时有发生：突然你开始生气，抱着对整个世界的怨恨——对朋友，对亲戚，对自己。而这种时候没有人会帮到你，一个人也不会有：忧郁突然向你袭来，就如同一袋重物压在你头上，你痛苦不已，但还得背着这个重物袋子继续前行。心情就是这样的，当时的心情就是这样的……我吸了一口丁香的气味，一直看着窗外。外面，正在下雨，一些光柱在这个灰蒙蒙的天空中闪现。“哎，娜塔莎，我该怎么办？……”头脑里再次响起一首没有一点意义的歌曲。我已经在鄙视娜塔莎，还有那首歌，也许，两者都让我心烦，因为她选择了斯拉夫卡。窗外的雨在悲伤中呻吟，我的心也在呻吟，在抽紧。因为她选择了，她选择了……但只选择了斯拉夫卡吗？说到这里，感觉心胸还是放远一点，不要现在就……

他叫她宝贝。宝贝。娜塔莎也不介意。现在几乎每个星期六，他们都要去咖啡馆，事先要好了蛋糕和冰激凌。而她不幸倒霉了，喉咙被吃坏了。喉咙痛、感冒，一起向娜塔莎袭来，她整整一个星期没有来上课。斯拉夫卡很郁闷，人也瘦了：脸上只剩下了鼻子和眼睛。好在她终于露面了！脸色苍白，仿佛扑上了粉。我们大家都为她生病而怜惜她，但最疼她的还是斯拉夫卡。

“好了吗，宝贝？你要照顾好自己，不要让恶劣的生活委屈了你。”

“一定。”娜塔莎同意。

“就这么说定了。”斯拉夫卡满面笑容，“我们再也不看冰激凌一眼了，我们不是企鹅。”

“对，我们不是企鹅。”娜塔莎乖巧地重复着，充满温情地看着他，她的眼睛里却升起了悲伤，然后是内疚…… 我早就注意到了，所有的美丽里面都有一点令人失望的东西。而斯拉夫卡也想到了这一点。

“宝贝，你变了。我在说眼睛，眼睛！就像葬礼后那样……”

娜塔莎很尴尬，她的脸颊变成粉红色的。但她没有阻止斯拉夫卡。

“这全是冰激凌惹的祸，说实话。要是杀了它，就把它吊在桦树上。我们村里的人们都不想听到这个冰激凌。”

“你说得太对了，在我们村里……”娜塔莎高兴起来。她的眼睛又一次闪闪发亮，睫毛也在飘扬。斯拉夫卡也神采飞扬起来，弯着他那纤细的脖子，开始练起自己的舌头来。然后是一串串的笑话、俏皮话。接着，两人飘出了房间。就像被风舔走了一样，就像从雪堆里升起的一根轻轻的稻草，在头上盘旋，盘旋，然后就不见了。这根稻草，就像是一个梦。我当然知道，娜塔莎很着急，她急着奔向科利亚·索洛维约夫那里去。科利亚是当地人，他父亲在做生意。听别人说，他们家有一套大房子。“可怜的斯拉夫卡…… ”我的心在痛。娜塔莎需要的是科利亚，斯拉夫卡对她有什么用？也许，她在为自己准备一个仆人，一个贴身侍者……我的胸部发紧，太阳穴也很疼。

然后，期中考试到了，这是第一场灾难。这些天对斯拉夫卡来说简直就是一场噩梦。他花了一夜功夫，面对奥维德[①]和米南德[②]准备功课，而在准备民俗课考试的时候，他想出了乌拉尔工人的一支歌。我正好听到他在向娜塔莎吹牛：

“哈哈，宝贝！ 我用尽了力气，就像在参加一次星期六的义务劳动，就像我一个人装满了一个车皮的煤。但我干完了……我骗了她。你知道的，我骗过了她，我甚至还当面唱了一段，我说的是实话。她就像老鼠一样坐在那里，一动不动。她只是用手里的铅笔在桌子上敲着，就像一只山雀在敲击窗户玻璃——笃，笃，笃……她啄食了我的歌，还要我唱，但我说了不，这就够了。”

“哈哈哈！”他笑了起来，眉飞色舞。娜塔莎和他在一起，眼睛都要跳出来了，她想说什么。但他打断了她，他不听，又开始说起来：

“嗨，太搞笑了！太神了！然后，我看见她拿起笔写下两个字：‘及格’。她是用粗笔画写的，那么大的力气，指甲上的油漆都被她震落下来，我说的是实话，我没有撒谎。而我，心中的一块石头落了地……现在，宝贝，你下令吧，你来下令吧。我们去庆祝我们的成功。”

娜塔莎高兴得直喘气，把他拖到自己身边。

过了一小时，他们到了我们宿舍，斯拉夫卡两臂张开，作了一个慷慨邀请大家的姿势。我看到他把一个沉重的袋子高高举起，各种各样的食品撒在了桌子上，有三明治、面包卷，甚至还有柠檬果汁。很快，隔壁的女孩子们也跑了过来。大家熙熙攘攘，都看着斯拉夫卡。而他，就

---

① 奥维德（公元前 43 年—17/18 年），古罗马诗人。代表作《变形记》《爱的艺术》和《爱情三论》。

② 米南德（公元前 341 年或 342 年—公元前 290 年），希腊新喜剧诗人。米南德只传下两部完整的剧本《恨世者》《萨摩斯女子》和残剧《公断》《割发》《赫罗斯》《农夫》等。

像一个商人，像一个富有的吉卜赛商人，就差再穿一件红色衬衫。就连娜塔莎也兴奋得脸红了。她知道，他卖力地表现是为了她。然后，他打开了我们的旧电唱机，那是他最近从一楼带上来的。放上唱片，让人难受的声音响起，好像在抽抽噎噎地哭诉：

“我从云杉和白杨旁边走过，哦，好可怕，女孩子，独自去了森林里。”

这个声音好像是从上面来的，在我们头上，而我们在下面笑着，被戏弄着，喝着柠檬水，又傻笑了一阵。安娜·赫尔曼[①]唱着悲伤的歌，我们开心地又吃又喝。似乎，你的手指一指，我们就大笑一阵。为什么？你猜一猜……但后来我们累了，我们仰着头，又想起了过去的一些日子。然而，我们当时还没有这些过去，但我们还是会思索，陷入深思。后来，我记得，娜塔莎异样的声音在惊呼：

“你们在干什么？小伙子们，小伙子们？……为什么要悲伤，是埋葬了谁吗？”

“是我，”斯拉夫卡笑了一下，但娜塔莎没有听到，也没有注意到，或许是不想去注意。然后斯拉夫卡拿起一把吉他。那是他最近从跳蚤市场买来的。他说他买得便宜，但我没有专门去细问。与我有什么关系？只要娜塔莎喜欢吉他就好，只要吉他手高兴就好。斯拉夫卡的眼睛一直没有离开过她，没有看过别人一眼，就连五分钟也没有，生怕被他们割断开来。他自己可以弹上几个小时，甚至几天。就在那天晚上，他拿起吉他，唱起来。不，不是这样……起初，他把手抚在琴弦上，头斜过去，倾听着，喉结颤了一下，就像挣脱开来的一只鸟……接着，斯拉夫卡唱起来：

我在这座城里冷得要命，

① 安娜·赫尔曼（1936—1982），20 世纪 60 年代至 80 年代知名歌唱家。

灰色的建筑沉默不语，
孤独的日出
路人的脚步……

而在那一刻，门吱的一声响，科利亚·索洛维约夫出现在门口。娜塔莎从凳子上站起来，像奴隶一样乖乖地朝他走去。我回过头去看斯拉夫卡，他脸色苍白，几乎惊呆了，红头发变得更红，喉结跳上跳下，仿佛车轮撞到的一只鸟，但它还想活下去，想站起来，但这只是一时冲动。瞬息之后，一切又归于平静。

我把目光从他那里移开。女孩们也安静下来，甚至握着拳头在咳嗽。然后，一个一个向着门口走去。最后一个女孩离开后，门关上了，斯拉夫卡又拿起吉他，但我不能陪他了——他在抽泣……我没有弄错：他就站在窗口，额头抵着窗玻璃。有东西在他喉咙里滚动，不急不慢地扑哧扑哧发响。仿佛是桨架上的桨在无休止地发出沉重的声音……

“好了！她爱你……”这是我的声音，但我不熟悉它。有人在对我说话，又下了命令。这个人很快就把我赶出了门，我一个人愣在那里——为什么要盯着别人的悲伤。自己的忧愁也够多的，如果现在还没有，那你就等着……

确实，我们自己的忧愁也够多的。我们要靠奖学金来生活，要靠这点可怜的钱养活自己。鞋子得买，还得买几件衣服。我还有妈妈可以帮助一下，斯拉夫卡却没有一点进项。但他并没有抱怨，为了卸载水泥，他从商店里租了一台装载机，后来找到了一份轻松的工作，不再尘土飞扬了——在市里医院注册成为一名供血者。医院为此给了他优惠券，他可以用优惠券在餐厅里吃午饭，甚至有时候还会请我客。我羞于用他的血汗钱，但斯拉夫卡会安慰我：

“我们两人就像兄弟一样，所以你别责怪自己，也别苦恼。”他乐呵呵地看着我，他看透了我，就像他知道了一些秘密，而这个秘密很好笑……他拿起吉他，走到窗口，看着外面。“我在这座城里冷得要命……”他轻声唱起来，心里难过，就如那些寂寞的人经常唱的。

时间，时间……时间是什么？你乘着火车飞驰是什么感觉？乘着飞机又是什么感觉？……也许，其实，你是不是就像那根轻飘的稻草，就像地上的那片草叶？一直在盘旋，盘旋，一旦没有了风，一切就都沉默了，就像一场梦一样融化了。唉，时间，时间……如何守住你，该把多少哨兵围在你四周？但也许，所有的努力都是徒劳……也许，我们最好不要去想它。当然，那样最好！……我们就这样生活，把时间忘记。我们的寒假就要开始了，斯拉夫卡去了他的家瓦西里耶夫卡村，我留在城里，在市场上当一名搬运工。三个星期来我赚了很多钱，买了一身新外套和两件衬衫。我决定全身盛装去见朋友。我是决定了，但斯拉夫卡没有出现。而假期结束已经有些日子了，来自最远乡村的同学们也已经返回了学校，而我的斯拉夫卡还是不露面。系办公室的工作人员已经失去了耐心——他人消失了……两天过去了，他还是不露面。晚上，我失眠了，我判断他一定是遇到了什么大麻烦。是难躲不过，一定是有麻烦了，而且不会是小麻烦！

那天晚上，我独自一人坐在房间里阅读一些无聊到家的教科书。字母在我眼睛里乱蹦，模糊不清，因为我的头脑里只有斯拉夫卡。就在那一刻，有人敲门。还没有等到我说“请进”，门槛上已经出现了一个瘦瘦的高个子女人，她手里拎着一个好大的袋子。我吓了一跳。但客人已经在四处张望，她的声音很弱，很有礼貌，好像总是在寻求帮助。

“我找对了吗？或者，我该去哪里？……”

“您要找谁？”

“我从斯拉夫卡那里来……我是他姐姐。”她用低沉的声音补充道，嘴唇微微翘着。她走到桌子跟前，把袋子放在台布上。

“看来，他就住在这里？”来人打量着我，又撅起了嘴唇。无法判断清楚的是，她是来谴责什么事情的，还是带来了什么消息。我紧张得手掌都麻木了。我想点一根烟，想划着一根火柴，但做不到。最后，我忍耐不住，还是开口问了斯拉夫卡的事。

“他人在哪里？”

“他人……”她抽泣着，慢慢地打开袋子，但锁卡住了，拉不开，她使出全身力气在拉。最后，袋子被打开了，来人深吸了一口气，脸上白色的皮肤上有明显的斑点。

“斯拉夫卡他人在哪里？！”我又问，心在抽紧。我甚至不是在问，几乎是在吼，我失控了。而她呢，她很平静，就像她没有被触动，好像在桌子旁边睡着了，进入了梦乡。现在，你就是敲钟，她也不会理你。但我错了。她握着拳头咳嗽着，把东西从袋子里拿出来。她的手干干瘦瘦的，全是骨头。她很激动，手在颤抖，好像被针扎了一样。我的目光没有离开她的两只手。只见她拿出两瓶冻结了的牛奶和融化了的黄油，然后拿出一个装着饺子的条纹袋，饺子也冻结了，敲上去就像冰柱，然后是两个白色的小面包、馅饼，还有一些别的东西，我也不记得了。所有的东西现在都放在了我的桌子上——我甚至不敢相信……焦急还没有过去。

“他怎么了？”我大声问道。她不会听不到，但她保持沉默。

“你为什么不说话？”

她看了我好长时间，一脸可怜的样子。突然，她又开始抽泣，孩子样的哭泣，不出声，一副难以忍受的样子。最后，她说了话——她把东西都带来了，她很着急，斯拉夫卡他要死了……

“他怎么会死？”我吓了一跳。她听到了。

“这么说，你也很担心他？我看得出来，你们是朋友，我想，你们是在一个盘子里吃东西的。”

“他在哪里？”

“他还在医院里……他没有告诉你，他也没有打电话给任何人，他没有意识到……”

“他没有打电话给任何人。”

“这不奇怪……”她笑了一下，把小面包、黄油向我推过来。

“你要把面包掰开，涂上奶油。她们在医院不要我的面包，要我带走。她们说没有存放的地方，而且不想操这份心。我的妈呀！她们会跟你喋喋不休。只是一些年轻姑娘，就敢跟你顶嘴！你们千万不能娶这样的女人做妻子。她们会把你塞进麻袋里，用绳子绑起来，让你发疯。后来，我弟弟把你的地址给了我，我马上就找到了这里……”

“他人怎么样？”

“什么？什么怎么样？……你就当他快死了。发了三天高烧，现在，人没有一点力气。腿站不住——就像羊毛一样。也难怪。他们把他的血都抽走了，都输给了米沙·彼得罗夫。他出了事故……这就是他们的友谊。而他自己，就像人们说的，舍生取义，他在用自己的性命帮助朋友。”她用手抚平头发。她的头发与斯拉夫卡的一样，偏红，铜色，发梢卷曲得很厉害。这样的卷发似乎像外国人的，她也是这样感觉的。所以，也许，她一直都在试图保持自己的发式。抚平它的，她的声音变得很有力量：

“你把黄油放在面包上。我还会带更多的来。也许，我们会一起去医院，你选好时间。他只要活着就好……”她重重地叹了一口气，又说起来。但现在声音低多了，大概她也累了。

“他从五岁起就和米沙在一起。两人就像一对双胞胎，整天黏在一起，他们关系好得很。而现在米沙出了事：‘白俄罗斯’翻倒了，在薄冰上……翻倒，嘿，你不在听。米沙的驾驶室被压坏了，他人好不容易爬出来。你吃呀，你吃你的，你怎么不吃？……”她把馅饼和小面包塞给我，但我没有吃。她又吓到了我。

"我们就坐在这里，谈天论地，而我那兄弟，我想，是要死了。"

"怎么会呢？"

"真的是这样！"她的大眼睛看着我，里面空空的。

"是这样，他再也不会站起来了……"她把嘴唇咬成了紫色的，"是这样，他再也不会站起来了……"

听到这句话，我五雷轰顶，有很长一段时间我头嗡嗡响，没有了意识。我只记得她最后说的那个故事的一些片段。现在我把这些片段拼凑在一起，但怎么也拼接不好，那些话语乱蹦，一点儿不听话。我只记得她的话滔滔不绝，不急不慢。我还记得她那双又干又瘦的手。然后，她一会去捋一捋鬓角，一会又去保持自己的发式，但发卷还是要掉下来，不听她的摆布。她的声音一会近，一会又远。窗外一直在下雨，沙沙作响，一会停，过一会又来了力气，一会又停歇下来。

"他们把他送到一个急救站，但那里锁了门。米沙他人就在街上等着，后来被送到了村委会，在那里打了电话，找到了车子，这才开车到了地区医院。来了三名医生，两个男人和一个女孩。女孩在打针，男人带着手提箱。不知道注射了什么药液，米沙当时十分衰弱，马上就得输血，急需供血者。斯拉夫卡就在米沙跟前，他在休假。怎么样？后面还要我讲下去吗？"我以为她是在问我，也许不是。我也不敢担保她说过的话完全准确。不过，当我头脑清醒过来，她又在说斯拉夫卡，就这一个话题。

"我弟弟对医生说：'我早就是一名注册供血者，我的血型与他的相同。'他是这样说的。然后他拿出一个小红本——他们完全相信了。于是，他们把他安置在米沙身旁，让人抽他的血。当时就是这样。他们把我从房间里赶出来跟我说：'你走开，回家去，加林娜·彼得罗夫娜，我们现在不需要你……你要记住：你弟弟是个英雄。'他们是这样说的，英雄，他们说，施救者。我自己也知道没有多余的话，他在我眼里高大起来。我，我比他大，斯拉夫卡小我八岁。我们家的生活很艰难，哦，很艰难的。我们的父亲没有从战场上回来，我的婚姻结束了，我丈夫抛弃了我和三个孩子，他自己，这个王八蛋，逃到了北方或者雅库茨克……”

“这样的事情太多了，”我打断了她，我想尽快知道斯拉夫卡的情况，但她是在有意拖延告诉我最后的消息。现在她提高了声音：

“我也知道许多这样的事。但我生活得很难。他去了北方，一走了之，这个家就完了。兄弟要去上学，很困难。为了你们去上学，你知道需要多少钱？我也说不上来需要多少钱，但一套衣服还是必须有的。还有，带帽子的大衣也是必要的，毡靴也是必需的——你算一下看。我们的妈妈整天躺在床上，她失去了双腿，两年前从车上摔下来的，背部擦伤——也有麻烦，还有确诊的布鲁氏菌病。即使我多长两只手，也养不活三个小孩子——这是明摆着的。一个希望就是斯拉夫卡……”我的客人快速眨了眨眼睛，然后闭上，转过身去。只见她肩膀在抽搐，身体在摇晃，突然，又停下来。显然她忍住了，不让眼泪流出来。她又开始说话，这次她的声音变了——变得更响亮，更有信心：“这就是我们的希望，斯拉夫卡，显然，斯拉瓦是我们的希望。”她笑了，慢慢地捋顺头发，慢慢地说话，努力一个字一个字地说：“我们所有的时间都在农场干活，不是犁地，就是割草。到了冬天，他去做饲养员。他从学校回来，把书包往墙角一放，他人就去了农场。他为了多赚几个钱给那几个外甥，就是我的孩子。他去献血了，那也是他的额外收入……”

“他在这里也献过血，”我低声说，仿佛是说给自己听的。但她立即就听到了。

“是啊，是啊！他一直都在献血，甚至把自己的奖学金也作为礼物送给了外甥。最近他来了这里，他说在休假。但是，哪里是什么假期！他在学校找了份砍柴的工作。你知道学校是怎么用柴火的。他们要在夏季就准备好干柴，是的，但只在夏天给了一点点钱，其余的一直在拖延。最近，他们送来那么多要劈的原木树根、粗木头。我弟弟劈了三车。然后米沙又有了麻烦，他把血给了朋友。他给了，给了，但显然，他身体很弱了。应该让他稍稍休息一下，躺下来，而他又去了学校，又去劈柴了。但是，他透支的体力太多了。他得了肺炎，高烧，呼吸困难，喘不上气来。他们把他送到了城里，他就是在这里注册献血的，就是在这里……到了这里，显然，会有所改善，或者死去。”她平静地说着，没有添加任何没有意义的话。然后她的手碰了一下我的肩膀。“我见过他一次，这是第二次……你去吗？”

我喃喃自语，我也不知道在说什么，我自己也听不到……

“你没去，那就去一下。”她安慰我，然后开始收拾东西。我不记得她是怎么穿的衣服，说了什么话，又嘱咐了什么。我不记得她身后的门是怎么关上的，怎么说再见的……

第二天下课后，我坐在了医院病房斯拉夫卡的身旁。他脸色苍白，人很瘦弱，面色就像昨天加林娜·彼得罗夫娜带给我的冷冻牛奶，但斯拉夫卡显得一点也不在乎：

“怎么样，老同学？有什么新消息？”他露出了笑容，鼻梁深陷，就像成了一个无底洞。斯拉夫卡又开口了：

“没有新消息，是吗？很糟……我今天上午在这里一连喝了三杯茶，然后我还要……”他笑得那么爽朗，是健康人的笑声。邻床的老者恼怒地看着他：怎么，你开什么玩笑，这是在医院里……斯拉夫卡没有作声，把毯子拉到下巴。那一刻，我拿出自己带来的小礼物——一大袋姜酥饼。斯拉夫卡皱起了眉头。

“把它拿走，老同学，拿走。我不能吃甜的。它会刺激支气管，所以得拿走……”当他接过袋子的时候，他的手在颤抖，嘴唇也在颤抖，而脸上更显得苍白。那哪里是脸，那就是白粉……“我的上帝！人生来应该快乐，但只要快乐吗？他为什么这样痛苦？”我头脑里闪过这样的想法。

“他们说你救了一个人？”

他的睫毛在飘扬。

“我没有救任何人。是医生救了米哈伊尔。”他勉强笑了笑，带着某种说不出的意义。然后微笑消失了，留下渴望的眼神。我决定鼓励他，于是靠近他的床坐下。

“我早上看到了你的娜塔莎，她要你……”我撒了谎，心里紧了一下，脸也红了，但他似乎没有注意到我的表情。

“什么，她跟索洛维约夫吵架了？”他笑了起来，转身面向墙。然后他又说：

“你别安慰我了。我在这里很舒心，连鸟儿都在叽叽喳喳。”他指着窗子。

“你别难过。娜塔莎也很难过……”我的声音很激动。我感觉到了，我感到羞耻，我在撒谎，我在杜撰……

“她走上一阵，老同学，徘徊一阵，就会嫁人了。”

“她会嫁给你……”我微笑着，用手拍了拍毯子的边缘，“任何事情都有可能。”

“不，不会！”斯拉夫卡毅然抬起头，把一个枕头放在背后，然后再慢慢地、吃力地把头又转向墙。他的头就像装满了难以承受的重物。然后又重复说：

“不，不会……你告诉我，为什么初恋永远不会成真？为什么？……为什么你爱上了一个女孩，而她——嗵，就跳到另一个人那里去了！她还会来好言劝你，说你是一个好人，善良的人，唯一的好人，但最后，她还是去找了另一个……”

“斯拉夫卡，别胡说了。”

“好吧，我们来换个话题。我们来个约定：你夏天来我们村，我们一起去湖里游泳。哦，湖，到时候你会看到的！蓝珍珠……我躺在这里，睡不着，那一切都在我眼里。你可明白，是在眼里？它是那么美丽，美丽得直让我的喉咙痉挛……”当时我打断了他。我永远不会原谅自己，但当时我生气了，我跟他说的是娜塔莎的事，而他一股劲儿地说湖，湖……我不能忍耐：

“够了，斯拉夫卡。我听你的话已经听腻了。你来给我说一些新鲜的。”我这样说道，他被触怒了。

“如果你说这就够了，那就再见了。我们就不要再坐着了。用不着了。”

“但为什么你说再见？”

“我，你知道……”他停顿了一会儿，然后说，几乎在耳语，“我要去函授。”

“为什么？！”

“因为，老同学，因为我妈妈身体不好。我得去照料她，我姐姐，她还有自己的一堆事。她顾不过来。她有三个孩子，最小的那个还含着奶嘴乱跑。那么……”他笑了，又把枕头放在背后。他的眼睛闪闪发亮，脸颊深陷。皮肤泛着蓝色，人很虚弱，我又想起了那瓶冷冻牛奶。

“这么说，你是心疼姐姐？所以由你承受打击？”

“哪里来的打击？毕竟，母亲……你会想到的，我的妈妈……”

但是我没有让他说下去，我有一点惭愧。

“这么说，你是要辍学？离开我们？”

他没回答，只是盯着我的脸，不知道什么意思，也许是要我记住他，或者，是要我责怪他。我忍不住了。

“亲爱的，你不能为所有的人操心！你也得为自己考虑做点什么。为自己！你知道吗？”我几乎在喊，在对他发起进攻。旁边床上的老人翻了一下身子，嘴里“啊呀”了一声，显然是对我的喊声不高兴。

“你是献血者！永远的献血者！你希望每个人都更好，永远健康……”

“太对了！他就是这样一个混蛋！”他笑了，摸了摸我的膝盖。我不明白他在想什么，他的手势是什么意思……他坐在床上，枕头从毯子上滑下来，滚到地上。我现在非常非常近地看着他的脸，我甚至听得到他的呼吸声。呼吸很吃力，经常停下来，仿佛他一直在往山上跑，跑到了山顶，而发出的声音也是低沉的：

“你别为我着急……请你理解我，我不想毁了我的良心。我只有一个母亲。”

“一个母亲，一个母亲……”我在学他的话，一下子没有了气力。我没有气力说话，也没有气力看他，我甚至不能从椅子上站起来。斯拉夫卡以他自己的方式理解我。

“现在，我们两个人都平静下来了。这就好……好……”他不断地重复，他狡猾地眯着眼睛。这一令人难以捉摸的神情突然出现在他的眼睛里，而且一直不肯离去。当我要离开，握着斯拉夫卡的手的时候，这一目光再次刺穿了我，我甚至闭上了眼睛——用手捂住了眼睛……但你以为会真的闭上吗？

第二天他看着我，还是这个神情。他看着，笑着。有一次，他把我赶进了娜塔莎的房间。我记得她站在镜子前，描画睫毛。我咳嗽了一下，她转过头。“哦，娜塔莎，我该怎么办？”这首歌再次在我的脑海中旋转。我真的不知道该怎么办，我就像个傻瓜站在房间中间。

“娜塔莎？”

“你怎么了？”

“难道你不再喜欢蛋糕？”

她收紧肩膀，好像在等待一击，但谁会去打一个手无寸铁的女孩？不能，当然不能。她在看着我，用内疚和无助的目光。

“他怎么样了？生病了，还是好一些？”

“所有的艰难都已经过去了。不过，他离开医院会回村里……”我还没有说完话，我身后的门就吱吱作响，科里亚·索洛维约夫出现在门槛边。娜塔莎马上离开了我，忘记了我。一秒钟后，她的笑声在房间里响起，还有她那富有感染力的嗓音。

“我走了，孩子们。你们学习吧！”我对他们说了一声再见。娜塔莎笑得更起劲儿，在她眼里同样生出了一束光，那一定是从斯拉夫卡那里传过来的……当然，完全可以肯定，是从他那里来的。不过，只是我不知道。也许，不完全是光，是时间，我们的时间。毕竟，它总是与我们同在，在我们之间，在我们的眼睛里，在我们的呼吸里……但有谁能说得清楚呢……

时间，时间……时间是什么？我的头发已经花白，我仍然无法回答这个问题。它真的像那片草叶吗？升起，盘旋，降下。什么都没有发生过。你想亲自看到它，但你做不到。同样还有迅速融化的小山上的第一场雪。你想看到它，甚至触摸一下，而它已经不在了，就像一个梦，就像没有太阳，没有风。你在问自己：这是雪，是吗？……也许这只是一个梦想，或者只是你的愿望？……但是，为什么人们会说，有过快乐的时候，也有过悲伤的时候？……也许，我现在就是十分难过的时候。悲伤，难以消减的悲伤，无论你去哪里，它都在那里……

你让我说什么？我难以开口……最近，我在街上遇到了娜塔莎·索洛维约娃。她现在在城里——一位高贵的女士。她早就离开了学校。现在，她在一家商业部门。学完一些课程后，她成了一家百货商店的管理人员。职位够高！娜塔莎很自豪，不再搭理熟人和朋友。她很勉强地跟我打招呼。

“是你吗？真的是你？！ 这么长时间了，我几乎认不出你来了，对不起。”

“没关系……”我笑了，突然忍不住，问她，“你还见过斯拉夫卡·季霍米罗夫吗？”

“谁？”她甚至皱了一下眉头，“不，亲爱的，你把我搞糊涂了。”

“是吗，娜塔莎？‘我在这座城里冷得要命，灰色的建筑沉默不语……’还有那个湖呢？蓝珍珠？你真的忘了吗？真的……”我想提醒她，我在喊，但她只是眯着眼睛，舞动着睫毛……我想开足火力，对她发起攻击，然后我又想起了一些事情，并告诉她，希望唤起她过去的记忆。但娜塔莎已经生气了，不理解我，而且已经在讨厌我。她嘴里叼着一根细长的呛人的香烟，她一直在喷烟气，就喷到我眼里，喷到我脸上……喷到我脸上，甚至很享受这一做法。

“你现在在哪里？也离开了学校吗？”她的眼睛里闪现出好奇的火花，但它只持续了瞬间。就那么一个瞬间……也许就是同我们在一起的那个瞬间，那个快乐瞬间？或者，只是一个海市蜃楼，什么也没有。

“你怎么在发呆？”娜塔莎生气了，“我在问你，你现在住在哪里？”

“我住在报社……在报社……”我低声加了一句，那好像不是我自己的声音。转过身，全身都感觉到累。我既不想说话，也不想争辩，我的眼睛模糊了。我看到迎面来了一辆崭新的黑色伏尔加，里面坐的好像是她的朋友们。车子就从我身边驶过，放慢了速度，突然一个长鸣笛，吓坏了旁边屋顶上的小麻雀。它们赶忙逃到了空中，飞得非常高，越来越高，仿佛有人在从下面瞄准它们。又过了一刻，“呯”的一枪……

“再见。”娜塔莎说，又把那呛人的烟味吹到我脸上。好像是为了什么事要惩罚我，又好像是在嘲笑我……不过，惩罚没有来。

莫非这就算是惩罚？也许，还有更糟的……只是我没有等到，也不知道。毕竟，这一切都始于一次平常不过的出行。我们报纸报道的这样的事情太多了！当时，命运把我派到了一个草原村庄。他们告诉我，这里有一个有趣的集体农庄主席。他们说，一年前，他离开了他在列宁格勒的家，到了我们雪地，我们草原。这是一个罕见的故事……所以我要去找这个人。

我记得很清楚，那是一个温暖的早晨。我去了集体农庄管委会，主席有一个会议。我被告知在接待室等候。我坐在破皮沙发上，看着墙壁。没有什么有趣的——都是一些图表、指令单子等。突然，我看到一张照片。它贴在一个叫作“五年计划突击工作者”的陈旧展示框架里。图片是旧的，已经泛黄，但我一下子就认出那张脸，那双眼睛，还有头发。我不会弄错，不会！那是斯拉夫卡的姐姐加林娜·彼得罗夫娜。我的天啊！我的心在颤抖，在抽紧。好吧，为什么我不马上就去寻找季霍米罗夫一家，也没有问一下当地人，这个村庄是不是瓦西里耶夫卡？嗯，当然，当然，肯定，这就是斯拉夫卡的家乡……

时间，时间……时间是什么？那些人在哪里，那些日子又在哪里？我多么希望见到他们。他们说，季霍米罗夫一家很久以前住在这里，然后就不知道去了哪里。他们走后，他们的亲属也不见了。

而我现在就站在玛丽亚·彼得罗夫娜·萨佐诺娃家的围栏前面，听着她慢吞吞地说话。她看起来有六十岁的样子，不知道为什么，她有一点羞愧。

“别看我老了，不是这样的……”

“为什么？”我很惊讶，我在向她打听斯拉夫卡的事，但她却一直在说她自己的事……

“我才五十二岁。你想不到吧？我自己也想不到。那是怎么回事？是生病把我弄成这样子的。起初，双腿疼痛、瘫痪，现在是胸部气喘吁吁。我要死了也无所谓，可是，一时间又死不了。还有什么东西卡着我，心脏怦怦直跳。医生说我是哮喘，然后还有高血压。你知道不知道，高血压是怎么回事？我在医院想把所有的病弄个明白，可是他们都哈哈大笑起来。这有什么好笑的，如果有人要把我的头拧下来的话？而究竟为什么，那就得你自己来猜了。好了，看我说到哪里去了……我认识你说的小伙子，也认识他姐姐。可不是，我们常在一起干活。有时候在奶牛那里，有时候在田地里。后来我们又去了蔬菜小组，我们在一起很快活。只是……”她又把自己的棉袄裹紧，用手帕捂住了眼睛，“我都快要冻死了。有一点风吹就要感冒。冬季寒冷，春天寒冷，夏天更糟……对了，你想知道季霍米罗夫一家的事？”

“只想知道一些。比如说，他们去了哪里？”

“去了哪里？”她笑了，“去了哪里，哪里，为什么……”她又一次把自己裹紧，把嘴唇收紧成一个圆圈。她的脸呈现出老态。“好，我说给你听，你记下来。加林娜·彼得罗夫娜，她带着孩子们去了秋明。她有三个孩子，你就别挂念了。就这样，她手一挥……”

“什么意思？”

“就是这样。她朝我们一挥手，就告别了。您就住下来，就住在这里，我会把我的那间房子留出来，孩子们要学习。在那里，在秋明，他们说，脚下都是金钱，商店里货品堆积如山。新鲜的西红柿、肉，要什么有什么。”她又笑了，“是啊……当时我们这里简直就是一片废墟，就连集体农庄管委会也被撤了。就是这样的。你不会相信，但就是这么回事。您就住下来，没有人会管你，村子都快没有了。那是很小的一间房子，在村子外面。房子破得不能再破：有柴火，可以取暖，生活仅此而已。就是这个样子。我们这里许多人都走了。纳斯塔西娅·伊万诺夫娜，就是你朋友的母亲，手不能动，腿脚没有了，哪里也去不了，她说，‘我不会离开这里，我就死在这里。’就像这样。伊万诺夫娜变得胆子大了。就算你用绳子把她捆上，她也不会走。”

“看来，她就在瓦西里耶夫卡了？”

“那还用说。熊习惯在自己的巢穴里待着。”老女人直视着我的眼睛，“你也会慢慢习惯这里的，就算这里没有河，没有林子。人们就这样熬着……”

“怎么会这样？”我很惊讶，“有人告诉我，有白桦树的。”

“哼，那就是奇迹……”她笑了，“你去牧场看一下，那里有两棵桦树，你会看到的。地上光秃秃的。我们还在那里的土地上耕作，哪里有什么桦树林？”

“那湖呢？”我没有退缩，继续问，“他们说，湖上还有船？”

“船？”她反问了一句，突然放声大笑起来。我想打断她，说一点别的话题，但她笑得更厉害了。那么大的笑声，就像在一个热闹的朋友聚会上。最后，总算消退下来。她又看着我的眼睛，脸上的皮肤成了黄色的，有了光泽，像一颗洋葱。突然，洋葱皱起了眉头，她又开始笑了。

“船，你说呢？你去过那个湖吗？鹬站在那里，水只能到它的膝盖。而在七月就会完全干涸，一片淤泥，芦苇……它怎么能生存？几个季节都要抽水给玉米，给圆白菜，让它们开花结果。有时候长成了，但没有人能够进到沼泽地里把玉米拉出来。我们只好离开，叹一声，另外去找生活。就是这样。你和他们家有什么关系吗？”她俯身到我跟前，好像有什么重要的话要跟我说，“你是纳斯塔西娅·伊万诺夫娜的亲戚？你跟她儿子太像了。”

“没有那回事！”我怒火喷发。

“这么说，你是说，你们不是亲戚？但是我第一眼看到你，听到你的第一句话，我就想到，你不是平白无故来这里的，肯定有你的理由。你太像纳斯塔西娅的儿子了。看你的面孔、步态。他也是这样的棕色头发，黑眼睛，还有个头，一样的……”

“你在胡说什么！”我大发脾气，“他比我高出一个头。”

“你别大喊大叫。我男人都没有这样对我喊叫过。”她又噘起了嘴唇，“如果你需要，我会指给你他们的房子。”

“我需要，需要！”我很高兴，她也高兴了。她的眼睛在闪亮。

“那你就记住！前面有一个小胡同，有一处房子，在你右手边。房子的前面有一垛劈柴。纳斯塔西娅·伊万诺夫娜和他的儿子就住在那里。他埋了她，然后去了什么地方……唉，真是个小伙子！我这样讲他，你不会相信，谁也不会相信。”她深深地换了口气，再把棉衣裹紧，好像觉得身上发冷，“他直接用勺子给他母亲喂水、喂饭。她不仅失去了腿，而且手臂也不能动。她从车上摔下来，还有，医生确诊是布鲁氏菌病。谁会知道呢？儿子要带她去洗澡。他抱起她，抱去浴室。你看，他就像在搬起一块木头一样。他把纱巾盖在她头上，怕她着凉，怕她感冒。他给她洗好了，再给她按摩，别人给她专门养了一头奶牛。他们说，必须得给妈妈新鲜牛奶。冬天来了，他把她放在雪橇上，他自己在前面拉着雪橇，就像马一样。哪里有这样的儿子！只见过人们用雪橇拉小孩子，而他,你想得到吗,他拉的是一个老太婆。纳斯塔西娅在后面安安静静的。儿子使出全身力气在跑。就是一匹马！哈哈！”她笑了，然后长时间地看着我。“有这样的孩子在一起生活多好。他真的不是你家亲戚？一样的眼睛，还有肩膀……可惜上帝没有给你一副好身材。”

“没有那回事！”我又生气了，“斯拉夫卡身高两米。高大、强壮、快活……”

“你不也快活吗？你在这里过得挺开心的。他人当然也快活。”她呵呵笑了一声,怨恨地扭过头,“你去找吧,你不会知道他去了哪里。也许，他在另一个村子，你永远找不到季霍米罗夫一家……”

“你怎么这样说话？”

“我就这样说话。一切都过去了，我活得够久了。但我还是建议你去那个房子去。现在谢姆卡·戈雷住在那里。他也许知道……会告诉你……”她轻轻地碰了一下我的肩膀。好像是在鼓励我：去吧，不要犹豫了。

我去了。甚至没有顾上抽一支烟，我看到了一大垛劈柴。而对面，盖着发亮的石棉混凝土板的一间房子就像是一个盒子，或者更确切地说，像是一个临时工房。但门是坚实的，看上去最近才弄好。但不知道为什么，门是由螺栓从里面插上的。我站在门口犹豫。里面在放音乐，是用录音机播放的。乐声很大，仿佛里面有人在跳舞。

我有一分钟站着没有动，然后果断地敲了窗户。乐声开始移远了，突然又非常近，门开了。一个身穿绿色 T 恤和黑色长裤的人出现在我面前，脚上是一双大号橡胶套鞋。他看着我，没有眨眼，录音机还在喊叫，好像出了什么麻烦。为什么？为什么他不去把它关掉？……

“你是谁？”

“我是……”我低声回答，也许，是被他吓的，因为他的眼睛闪闪发亮。而我注意到他眼里的喜悦，或者类似的东西，但一时很难辨认。如果他眼睛里的不是瞳孔，而是某种果冻在闪烁着，你让我如何去分辨？他没有头发，头顶上有两撮硬毛小尾巴，除此之外，真的再也没有了，什么都没有了，而头就像一个细长的西瓜。你只要轻轻碰一下它，它就会裂开了。我看着那两条白色的尾巴，我人在慢慢地石化，消失。我甚至忘了我为什么要来这里，但他提醒了我：

“你怎么不说话？！”他的声音刺醒了我，我有了意识。

“你知道这里有一个叫斯拉夫卡的？……他就住在这所房子里。”

“他是谁？”小伙子笑了，他的下巴在抽搐，笑声就像咳嗽，我很害怕。但我决定不后退。

“他姓季霍米罗夫。你想一想！”我划着一根火柴，准备点燃香烟，但小伙子很快上前来，吹灭了。

“你会被烧死的……哈哈哈……”他笑得更大声，我有一点害怕。我看着他那白色眼睛，但什么也分辨不出来。他的笑声没有停下来，录音机还在发出噪声，震得人头痛。

“你想一想！他叫斯拉夫卡。他把生病的母亲搬到雪橇上……”

“带走了谁？”年轻人按下按钮，音乐终于停了下来。寂静马上击中了我的耳朵。多么轻快！但时间不长……他哼了一声，向我靠过来。我受不了，闪开了。

“啊，混蛋，你害怕了！”他摇了一下头，好像额头被浇了水，眼睛在闪亮。“他怎么这样……这么……古怪。”我在猜测。“嗯，当然，当然，现在是工作日，而他在家里……”他打断了我的思索。他手里拿着一块木头。

“放下！马上放下，疯子！”我喊他，我又忘记了我自己。仿佛是我在喊，也许是别的什么人在喊。

“放下！放下手！”

“我赶你走……”他的声音缓和了一下，慢下来，但他的嘴唇仍然紧绷，在颤抖，一条蓝色的蛇在唇间抖动。

“你别冲动。冷静一下……冷静一下。”我在要求他，在说服他冷静下来，挺奇怪的，他听从了。他脸色变得十分苍白，就像敷上了一些面粉。我也为他感到难过，非常难过……鬓角压迫性的疼痛，心慌，但他不会明白，不会明白……

过了一分钟，我走了。我想忘记，我想分散自己的注意力，但做不到——我的心在痛。但我的两只脚不知道该往哪里去，匆匆忙忙的，我很快就走到了一个长满了苔草和芦苇的小湖。“莫非，莫非这就是斯拉夫卡所说的那个湖？……”立刻，记忆在匆匆搜索，他那热情饱满的声音响起来：“我们村里有这样一个湖！ 水，就像天空一样。是蓝珍珠！……”那些远去的人，那些远去的日子立即从四面八方涌来，围住我。他们站在我身边，就像在昨天一样鲜活，你只要伸出手——就能触摸到他们……你甚至可以听到他们的呼吸和声音……但并没有持续很长时间。风来了，芦苇和苔草在风中复活了。这些声音让我分心，唤醒了我。“你在哪里，斯拉夫卡？你的湖和你的桦树林在哪里？……”我环顾四周，到处都是平坦舒缓的草原，还有留着去年麦草残枝的黑色小岛。我要数一数这些黑色小岛，但是我数糊涂了。为什么？为什么我要怀念那些远去的日子？……

啊，时间，时间……时间是什么？我抬起眼睛，因为我觉察到一个鲜活的人正在从上面看着我。一点儿不假。一朵好大的蓝色云彩正在看着我。它从南侧走来，它那眼睛的边缘在漫延，变得黑暗，而这个黑暗中还有无声的闪电。我返回到村子里。

街上空空的，没有一个人，连狗都藏了起来。我快步走过。又是这个胡同，还有那堆柴火，还有那间石棉混凝土板的房子。“也许，我会再次来这里打听的……但是，不会，不会！”我打了一个寒战，鬓角又隐隐作痛。“斯拉夫卡，你真的在这里待过吗？”我对自己笑了，“你在找谁？你在挂念谁？……”但没有人回答我，也没有人在听我说话。无论是街道，还是近处的草原，还是风……“你还在吗？在吗？……”心灵低声说。

突然，风在回应。它那厚厚的墙冲向我，很快就开始了喧闹，那是一场欢快的六月雨。

明亮的星星

困难，困难——一切都被遗忘，
明亮的星星在燃烧。

——尼古拉·卢布佐夫

在那快乐的青年时代，许多人都会写日记。这件事当然是神圣的，也是私密的，而且要拿出很大的努力。但是，如你所想，因为人需要忏悔、赎罪，而日记可以帮助他。

我曾经就有一个这样的笔记本。我在青年报社工作的那些年，有机会四处去走，可以四处去看，四处去听。我有这么多的喜悦、骄傲，都累积在我的心中，所以我有日记。我把它写下来，怀着满腔热情，发自内心活力，或者，就是那颗火热的心要求付之行动，一些话想要表白，不然，那颗心就会涨满，就会冲破胸膛，飞走了。

夜间，我会打开日记本。这里已经累积了这么多本！我现在可以坦率地说，看着自己的日记还是会觉得羞愧、尴尬。我打开的只是一个本子，但所有页面如海潮般汹涌，各种各样的自白、坦陈，这里还有几张图片，还有我初恋的感觉，还有当时我胆小的心灵所经受的折磨全都涌过来。当时就是这样的，就是那么写的，那么火热。

你一定会觉得，我在笑，我在笑这些日记。不，当然，我不会笑。相反，当我把笔记本拿在手中，它让我悲伤，喉咙会被痛苦的痉挛收紧，真的，一切都已过去，但真的都过去了吗？……

日记里也有与工作有关的内容，都是来自亲戚和朋友——我的同乡的信件。信件很多，特别是那些来自乡下的。当时乡下人以为，其实就是现在也会以为报人是最大的领导，是监察员，他可以决定给予好人奖赏，给予坏人惩罚，把坏人贴在耻辱柱上。许多人呼吁有关领导过问集体农庄的事情，呼吁马上抓获证据确凿的某人——人们看得清清楚楚，什么都逃不过他们的眼睛。有很多这样的信件，我都保留着。我想过，我会抽时间把这些诉求、委托收集在一起，变成一本书。但你永远不知道以后会发生什么事，每天都有那么多事情要你去处理，就算你有三头六臂都应付不过来，最后，你疲倦了，不再嚷嚷了，想好的事情只好放下了。

而且日记在膨胀、充满，我喜欢在夜间翻看那些日记页。后来的事实证明，日记会在工作中给我提供帮助，而且是很大的帮助。

比如说，有人打电话给编辑部，愤愤地说："喂，我的朋友，你坐得太久了，屁股下面都长绿毛了，但你别伤心，我们爱你，你也爱我们——你把周日的报纸送来了。"文章写得好玄乎，我几乎要哭出来：事情真相就在我手里。我得亲自下手了，我取出日记来——啊，我的同行在胡吹什么？看来，我得去一趟。主任写了一个出差条，于是我回到了自己的家乡。

我们工作了多年。这是常事，并不需要编造。比如说，我来到了牧场，我们会写牧草，赞美草木樨、苜蓿、码垛干草。为了活跃气氛，我们还会添枝加叶地描绘草地，描绘七月的露水，甚至还会加上描写干草的诗歌。收获期到了，我们会写到联合收割机手，会跟踪第一台卡车送到粮仓，往往再添加上诗歌。一切都很完美，报纸受到称赞。但是，当然，也有出现偏差的时候。那时候，就连坚强的心脏也会跳动不匀。例如，在出现了牛奶生产困难问题的地区，我们就会放下自己手头的工作，马上去报道挤奶女工，报道人们的伙食，去模范挤奶女工那里采访。这么一来，你就不会挑出毛病了，但我们有一个弱点，有一个秘密的胎记，这并不是每个人都会注意到的，但还是应该说说。

例如，我们会专门报道司机，会说他运送了多少面包，他晚上如何不睡觉——一直与他的爱车在一起，但我们不会去写他如何完成他的规定任务。我们会再用同样的手法去报道挤奶女工，报道联合收割机手。为什么只写到结果？因为我们缺乏农业知识、农机技能，更确切地说，我们缺乏农村生活经验。聚着看报纸的人都是些年轻人、城市人、远离农村的人。许多人每天想的是面包房里的面包在长大，牛奶是从井中吸上来的。这是一个笑话，当然，但它对社会真相是一个形象的讽刺。

这次要完成的是牛奶方面的报道。主任叫我到他那里，直奔主题：有这样一件事，此人与你同名（他也叫维克多），你要以他的素材做一个报道牧民的底栏。至于经验，不用说，你有经验！据说他那里的故事有好多，你就不要抱怨，也不要再找什么理由了。你去吧！我知道有五个区的牛奶出现问题了。你也听到了，过剩了！说到底，作为牧民的他，只知道牧草，他眼里也只有牧草。说到底，牛奶出事了……

“你想要我去找老牧民，还是年轻人？”

“那是你的事，如果是老牧民，就让他去教导年轻人，我们一样可以接受。”主任严肃起来，他喜欢这种严厉的作风。

“可以从我自己的村庄着手吗？”我胆怯地问。我的胆怯总可以打动他。他笑了起来，高举双手，仿佛要保护自己：

“你要赞扬他们，要正面的。但是，你要心中有数……听人们说，你也去过牧民那里？”

“有过一个孩子的报道……”

“太好了。”

“这么说，你同意了？”我怯生生地问，傻傻的，但他没有注意到我声音里的诡计，他心情很好。

“牛奶在哪里？”

“在舌头上！”我笑了，他的笑话逗乐了我。

“就这样，就这样，去写吧！”他用大哥般温柔的目光看着我。

晚上，我打开了日记，很快就发现了我希望找到的东西。这是一封丹尼鲁什金老人的来信，他是我的同乡，曾一度在乡下商店工作。他识字，于是从乡下商店去了农场当统计员，但不久他就生病了，转做了看门人。这项工作很单调，但空闲时间很多，需要操心的事也很少。这些空闲时间让他难以打发，于是萌生了整理乡村历史的想法。他立刻就投入进去，着了迷，坐上了曾经是当地历史学家的位置。虽然知识不多，但他信心十足，他立即决定与编辑部联系，或者更确切地说，与我联系。他把他整理的资料都给了我。我看了他的信，仔细阅读了他的资料，而且用铅笔做了标注。丹尼鲁什金向编辑部讲了季莫费——一个高尚的人，一个牧人的故事。

他一开始写了他的出生年月、出生地，然后，似乎有一点勉强，进入了主题。这封信又长又啰唆。显然，丹尼鲁什金十分匆忙，他把所有的想法编织成了一个长长的独特的链条，你找不到链条的尾，也找不到链条的头，但我耐心地解开了这个吸引人的奇妙的环节。我现在还是没有能从头开始，还有很多谜团，就像人们常说的，你要是搞不清楚，就别下口。我大约是从第十页开始读起的：季莫费对孤儿的意识和同情来自他的童年和卫国战争记忆的痕迹。他在自己多年的生活中尽自己所能帮助了许多人。孤儿塔尼娅·克拉斯诺谢洛娃来找他寻求帮助，她的父亲死在战争中，而突然间母亲又抛弃了她：

“我该怎么办，未婚夫有了，但我是不是在冒险？”她的眼睛低垂，让我给她一个建议。她给出了一个谜语。然后季莫费去了管委会，了解她未婚夫，还有别的情况，帮助两人走到一起，并把他自己家的一个房间让给了他们。他只有一个人，没有孩子，一个房间空着。他又给了他们一张桌子、把椅子、其他一些日用品。后来，他们搬到库尔干去，找到了工作。塔季扬娜在起重机上干活，丈夫去做帮工，但他们没有忘记季莫费。他一直就这样生活着。他妻子当年也是一样的：不粗鲁、不撒谎。他们两人看到牧场边上住着身边没有亲人的病人哈佐娃。就把她带回自己家，温暖了她，她和他们一起生活了十一年，就像一家人一样。直到把她送到了永恒居所。

最近又有一个新闻。季莫费算过了自己的生活费用，然后把两千卢布交给了国家，作为无家可归的儿童的抚养费。随即他们又要求把这笔钱转汇到国外一个地方：据说那里有大量孤儿在挨饿。他们去不了那里，太远了，那里正在打仗，孤儿在成倍地增加……

现在，您听我说，靠近一点。他们是谢苗诺夫家的孩子，他们不记得了吗？但我记得，我就住在隔壁。他们得知季莫费善良，就常来他家里。季莫费爱他们，爱这几个没有父亲的孤儿。他们长高了，该给他们做点什么了。季莫费就带他们到了百货商店，给一个孩子买了手风琴，给另一个买了自行车，给第三个买了一身校服。现在，两个孩子在读书，第三个——共青团员格里戈里·谢苗诺夫，在苏联军队服役，感谢季莫费的帮助和教导，显然，他已经适应了军队生活。

现在，季莫费走遍了所有的牧场。这是他习惯了的生活——白天和晚上都在草地上，你别想拖走他。所有牧人都是我们这里的牧人！最近，他遇到哈萨克人阿尔巴耶夫，一个可怜人。他同儿子和儿媳因为争吵闹崩了，分开了。季莫费路过这里，停了下来。季莫费把他留在了自己家里，就像对待自家的亲属一样。他就像生活在基督的怀里一样。

信中还有对品质高尚的牧人季莫费其他事迹的陈述，但我就不去引述这些内容了。我只是迫不及待地想告诉你关于路上的事，关于生动的相会，关于我们的交谈。

说到家乡，多么高兴啊！没有什么可以与家乡相比的。你的身体——特别的喜悦和轻松，所有遇到的人都是家乡人，所有的想法都被理解——所有的一切是因为你要去的地方是你出生的地方，你很快就会到达。你想说什么？你想描述什么？说什么都是多余的，什么样的描述都不需要。周围——炎热，时值仲夏，苦涩和干燥的空气充盈在身边，车轮下的灰尘飞起，冲向天空。天空，美丽的天空！身手敏捷的灰鸟从你身旁冲过，在你头上盘旋，也许是云雀，也许是更小的小鸟，无忧地快活。你在追寻飞过的鸟儿，在你头脑里盘旋的还有那些有待成熟的思索，你突然明白了这样一个清晰的简单的道理：这里的一切都是你的，都是故乡的，包括你的痛苦，甚至还有你童年就熟悉的这些灰尘、田野，这些铺满泛黄的小麦的田野——也是你的，永远是故乡的，无论你远离家乡去到哪里——它们都会留在你心里，直到你最后一次呼吸。喜悦、平静和许多人在寻找的意义，都在这里。你的空气——在那田野之上，它理解你。村庄来到了眼前，我的心痛更加厉害。这是一个漫长的故事，每个人都清楚：你的房子在，你的人就在；没有了房子，人就没有了，只有一个影子。

街道上，所有的房子都转向了我。这是隆重的迎接，该说些什么，这是季莫费在迎接我。我知道，是热情满满的迎接。几乎从我出生我就知道他，知道孤儿塔尼娅·克拉斯诺谢洛娃，知道她带着谢苗诺夫三兄弟跑去钓鱼，知道哈佐娃老太太。很久以前，他还会站在高大的松树之间，把一捧一捧的沙土撒在坟冢上，那里面也许是哈佐娃永远沉睡的白色棺材？

然而，我与他的会面不是在村子里，而是在牧场。他与他的合作伙伴住在这里，他们在这里睡觉、吃饭。季莫费一直看着我，我也没有去开始我们的谈话，我在为哈萨克人警觉。这个哈萨克人，阿尔巴耶夫，在威严地摆动着头，这只是我的判断，或者是他在发怒。我立刻就知道我要做的注定是一项艰巨的任务。我问了他一些关于工作的问题。阿尔巴耶夫的目光又威严地闪了一下，而季莫费皱起了眉头。

“要写什么？为什么要写？没有报纸我们照样可以生活……”

这时候，天气开始凉了，阵阵凉意袭来，有下雨的气味，但什么都没有发生——只是草地潮湿起来，是草地要休息了。黑暗来得很快，突然，就像是在炎热的南方——气味变得更加浓烈，所有的气味和蒸气都是草地自己给出的，而到早晨它要再次充满空间，让你透不过气来。

我们生了火。就在这里，在草地上，我们决定在悬崖上过夜，而现在还坐着，烤着火。暖和，安静，舒适。火光直立，噼啪作声，声音轻轻的。但我有点焦虑不安。已经过去三个小时了，而我什么都没有得到。我连采访本都没有拿出来，我在担心季莫费，担心阿尔巴耶夫，也担心我自己的话。你要再不发问，再不出动，你就得一切从头再来，而时间不会等待。

阿尔巴耶夫把干木头扔在火上，火焰瞬间爆发，投出阴影后，变得更浓烈，刺穿了黑暗。真正的夜晚已经到来，星星已经在天空升起，天空本身已经变得那么神秘、浩大。看来，那里还有人住着。

季莫费不在听，也没有注意我。也许是他习惯了我，也许是他在沉思，但他一直沉默不语让我感到痛苦。我们在见面的时候拥抱过，亲吻过，而现在他转过了身子，像一个陌生人。但我不能放弃。我在挑选要提给他的问题，有近战的，也有远程攻击的。但我的话没有出口，还在犹豫中。阿尔巴耶夫那双眼睛一直在警惕地防着我。于是我也开始沉默了。可以听到的更多的声音就是夜了，而这一夜带来一个预感。会有什么事——我不知道，但不知道为什么，我总是焦虑不安，平静不下来。现在连我的心也开始作痛。

篝火几乎没有动静，烧尽了。我们的沉默简直令人发狂。于是我试着找话题，我吹嘘我的朋友、报纸、美妙的城市——我现在住在那里，但牧人好像睡着了，什么反应都没有。我也试着学他们的样子——我仰面朝天睡着，闭上眼睛，但就是睡不着，令人难安。似乎，有人从天上在看着我们。而在这一刻，我听到微弱的声音——是一个人的声音。哪里来的？是我的声音？我已经睡着了吗？不，我没有睡着。阿尔巴耶夫没有声音，嘴唇紧闭，像石头一样的颜色。那么就是季莫费了，他在说什么？我再注意去听，确定，就是季莫费！他在喃喃自语："星星，星星！……又在升起，好像。"真是奇迹！他会看到天空的什么？我也在朝着天空看，但我怎么什么也看不到，是星星在与我作对，它们在冷淡我。我看得累了，往篝火那边移动了一下身子。

"我去加一块木头，加一块！"阿尔巴耶夫抬起了胳膊，我以为他已经睡着了。

我把干草、小树枝、树皮添到篝火上，火焰马上就升到天空，猛烈地燃烧起来，阿尔巴耶夫笑了。

"嗨，你还行！……"

我说不上什么原因，总有一点怕他，现在我很高兴他对我的赞美。我正面看着他没有眉毛的圆脸，我在微笑，他也在微笑。他头上戴着民族四角小帽，我不知道那帽子该叫什么，小帽紧紧地压在头上，小帽下面还坠着一块骨头。即使睡觉，阿尔巴耶夫也不会把小帽摘下来。篝火欢快地燃烧着，我又加了一块木头，火更旺了。阿尔巴耶夫朝我这边移动了一下，嘴里说了些什么，笑着。他的俄语发音不好。如果他着了急，你就更不会明白他在说什么。

"我干了 30 年的牧人。你去过科斯塔奈吗？"

"我没有去过。"我回答。他马上显得愉快、轻松起来。阿尔巴耶夫看上去也没有那么险恶，只是他的口音让人听着吃力。随后我觉得，他想说一个非常重要的事情。他慢慢地把整个身体转过来，听他说话就知道，他年纪也够老了，跟我的季莫费差不多大。

“你要去库斯塔奈，一定要去！”他的口气果断，然后点了一支烟。从那一刻起，他不停地抽烟，并开始讲起了他的家乡：

“在这里，没有狼，我没有看到过，而我们那里，我的母亲……”

他发音不清楚，眼睛像孩子一样地看着我。我仔细听他讲，他平静了下来。

“有一次，所有的羊都回圈了。很——很暖和的。你要记下！……”

“记下了，”我应答阿尔巴耶夫，他快速地点头，表示赞同。他继续说，急急忙忙的，加上口吃，他的话语失去了一切意义。

“……羊睡着了，我们就去喝酒——喝酒了。喝多了。后来我们就睡——睡了。你要记下！……”

“我在听，我在听。”我回答。

“狼来了，我们在睡觉，哎呀，哎呀，不好了。狼把羊撵到了湖上，在芦苇里……”他停顿了一会儿，点了一支烟，我急了。但让我高兴的是，谈话开始了。

“那羊被吃掉了？”

“怎么会？没有！我们都醒了，追了出去。都在——在芦苇里，哎呀，哎呀。然后，我们就回来了，又喝酒。就这样，哈，就这样！”他的脸上飘过一个笑容，显得宽厚、温暖。鼻孔因吸烟而哆嗦了一下。我觉得，我注意到，他又想说些什么，但他突然把头仰起。他在听。附近，在河上，好像有一条船在移动。然后，我们得到证实：真的是一条船。桨架吱吱作响，桨在哗哗地划水。我们几个人：我，季莫费和阿尔巴耶夫，都很气恼，似乎是意想不到的敌人来侵犯我们的财产，不然，为什么要在夜间出没，在这么漆黑的夜里——肯定是要去干什么坏事。最后，桨声远去，没有了声音。

阿尔巴耶夫又仰面躺下。但我现在无法再平静——我真想问他很多问题：关于工作，关于草，关于他的家，可能，他也渴望自己的家……

我决定了：

“你和季莫费在一起多久了？”我压低声音问，急切地等待他的回答。因为我有我的心事，我得开始构思我的文章了，阿尔巴耶夫也许能帮上我的忙。

“不要烦他，他需要休息。”

“休息？”

“你明白就行了，不要多问。他累了，受折磨，儿子离开了。”

“不要，不要了。”阿尔巴耶夫在恳求，摇着头。

“什么不要！……要，要！”季莫费发了脾气，“你告诉他，你的儿媳是怎么爱你的，怎么亲吻你，怎么追着你的。”

“你在胡说！”阿尔巴耶夫气坏了，甚至像年轻人一样跳了起来。

“我们两人没有过好日子，但我们现在过得还好……”季莫费的声音颤抖了，停了下来，他的目光中有一点歉意。

“我们是在喊叫，维坚卡，你想，心里不痛快，怎么能不喊上几声？他呀，阿尔巴耶夫，就是个孩子、婴儿，整天无事可做，脾气大，爱嚷嚷，一个不爱说话的人，一个圣人，无罪之人……”

“什么圣人？他在胡说！”他点燃一支香烟，并开始在火中翻动，“你也来喝一杯，什么圣人不圣人，这里没有圣人……”

“你看，你看，”季莫费高兴了，“他只为自己，什么人都不会去管。在这里，就我管着他，只有我们两人说得清楚，阿尔巴耶夫是个什么人，我知道。信，写过，第二封，第三封。他们也回了信。要我看，儿子也难过。后来儿媳来了信，我整个人就高兴了，我叹了口气，我在当天就给儿媳写满了整整一个本子，卷入一个信封，寄了出去。她也并不耽搁地回复了我——那是好小好小的字体。要我看，她在用心，发自内心地表述。还要说什么，现在他们要回来，儿媳就这样说：爸爸还是爸爸，对不起，对不起……你就等着坐牢吧，阿尔巴耶夫。备好路上吃的干面包——那是好东西。”

“我去，我这就动身！”阿尔巴耶夫笑了。他的笑声显得快乐，也有醉酒的味道。

“你一定要去。你要是不去——有人会去找儿子……我的小房间就又要空了。”季莫费重重地叹了口气，把他瘦弱的身体转向我。

“我还有多少日子，维坚卡，你知道吗？”

“一百再加上一百。”我在逗他，他也喜欢我的笑话。

“开玩笑，你在开老头子的玩笑。荒唐……”

我自己一下就乐了。看着他觉得可怜。但这是平常的怜悯和对老人的宽慰：我们还活着，而他们要死了。他看着阿尔巴耶夫。他把一件棉袄垫在头下面，打着瞌睡。脸上的笑容还没有消失，可能是在假装打瞌睡。

篝火还在勉强燃着，那些干树枝还可以继续撑下去。我没有动，静静的。既平静，又忧愁——我的问题没有进展，我要如何交代？但是，这种忧愁不是折磨，不是压抑，也没有干扰我的思索。我的胸膛，很轻松，很自在。

我们旁边的小河在流淌。好像河上又来了一条船，桨在轻轻摇动，吱吱作响。但它是个骗子，船在动，你听到的却是静默。有沙子发出的吱吱声：是水把沙子冲到浅滩上，沙子来到一个新的地方，就会吱吱作响。我们的篝火就要灭了。第一批夜间的露水已经落在它上面，但余烬仍然不想退去，还在喷出火星，但这已经是它最后一口气，要结束了。如果不是因为露水，如果不是河水微弱的声音，你会以为我们的篝火是在空中的某个地方燃烧，而我们也不是在地上，而是在天上——如此安静、神秘，如此浩渺。而且，似乎你的灵魂也在升起，已经离开了尘世，已经完完全全与身体辞别，在飞，在疾驰而去，这一飞行不会再停下来，不会再慢下来。不过，它要去往哪里，等待它的是什么，它要寻求什么——

你不知道，我想，你也无从知道。要是再久久地想下去多好，但是被声音分心了。

“我想，我是不是很快就要死了，维佳？……”

“你在说什么？”

“我要死了，很快就……”

“你现在多大了？”我心不在焉地问他，而我自己还在高处飞翔，放任我的思索高飞。

“你累了吗，维坚卡？”季莫费还在缠住我。

“我不累。”

“那好。你没有顶撞我。好……所以，小子，我活了这么长时间，我同我的卡捷琳娜连一句脏话都没有说过。我要喝一口。”

“你还要喝酒？”

“怎么了？你刚站在地板上，你就会喝，那次是你走进了沼泽，两条腿被陷了进去，动弹不得……后来才能好好呼吸。还有，你忘了我们在那个小树林割草了吗？”

我笑了——是他当时教给我挥动大镰刀。我们在小树林附近碰到了一个鸟巢——是被我的大镰刀碰到了，大鸟从鸟巢中飞出来，小鸟们还留在了巢里。它们好可怜，是我毁了他们的房子。季莫费安慰我。那是什么时候的事？他又在微笑，但我高兴不起来。相反，他触到了我的痛处。

“怎么，你忘了？”

“怎么会呢！”我忽然提高声音。阿尔巴耶夫在梦中转了一下身子。

“那就好，我休息一会，小子……”他又停下了。而我希望，我在等待，在准备问题，我在想，我们的谈话将会做成一整篇文章。我仍然在等待，我充满疑问地看着他，但他没有感觉到我的目光，他在沉默。我又听从顺服命运，并决定就抱着幸灾乐祸的苦涩等下去——他不想说话，就由他，我当然也有很多感想，毕竟，来到家乡，还在自己家乡的草原上点燃了篝火。

的确，我的心里也保留了那些远去的艰难时日。我们吓坏了在草窝里的小鸟，又差一点被大镰刀伤害，我走在季莫费的牧人助手中，用自己赚的钱买了外套和帽子去了学校。还有当时繁重的劳作：你要在酷热中拖着疲惫的脚步跟随在牛群后面，你累了，你累倒了，有谁会帮助你——没有人。现在所有的牧人都在马背上，而当年只有组长才可以骑马，他也不会走得太远，他得照看牛群。一份干粮就算是你的午餐。只有季莫费在等着他。他在等着，把两根木棍插在地上，顶上再架好第三根木棍，底下烧火，将两升的锅吊在木棍上，他亲自看着火，不让它熄灭。等到锅里的水发出咕噜咕噜的声音，他再把茶叶投进去，等上十分钟。而所说的茶叶就是些草的根茎。他叫它甘草，究竟对不对，我也不知道。但确实是珍贵的茶！喝了甘草茶——做个最香的梦。他分两次喝完一锅茶水，然后肩膀一耷拉，已经困乏不堪，立即就倒下了。他的头枕在草地上，鼻子闻着花香。太阳晒着他的全身，热茶的汗水直流，头部什么遮盖也没有，季莫费就这样睡着了。就算双筒枪响，他也不会去理会。就算是死在这样的阳光下，他甚至也乐意。你弯腰去看他的脸颊——一个浅浅的微笑。笑容一会儿收紧脸庞，一会儿又松开。而他的脸色就像是黑樱桃，显然是因为血液流畅，呼吸一直均匀、清晰，他有一颗平静的心脏。一个小时过去了，季莫费醒了。自己觉得有一点愧疚：

“你不困，小子？”

“不困。”

“你看我，说睡就睡着了——不生病，不醉酒。你要是过来踢上我一脚就好了。”

“为什么？”

“我就这样睡……”他笑了，然后凝视着我。

“那我们就来个脸对脸。我们谈一谈。”

“有什么好谈的？”

我很惊讶，因为他是个爱说话的人，就像我爱唱歌一样。

“我想活到百岁，一直帮助别人……你同意吗，小子？”

“你就活着，活着好了。”我批准了，笑了。他也笑了，又不作声了。一个想法隐藏在他毫不掩饰的瞳孔里。

我们两人现在都沉默了。那条河在悬崖下面流动。它的声音也是一样安静，睡意蒙胧，那是因为上游来的风太弱。风好像没有了，但你会感觉到，你注意到，空气是流动的，特别是当你把脸转向风来的方向的时候。我静静地忘掉一切——一个模糊的重物在头脑里升起，眼睛闭上了，我躺下来。但有东西不让我睡：草地上的一股清凉在我背上爬行，还有闪烁的星星。它们今天特别明亮，布满了夜空，活跃不停。它们排成一条条莫名其妙的队列，我越是看它们，它们似乎越多。在我看来，它们就是一些闪烁不停的蓝色生命。为什么？也许是晚上的缘故？是觉得冷清吗？躺在我身边的季莫费，他听不到。他的呼吸就像孩子一样，轻轻的。他眼睛大睁，没有睡着。这不，他厌倦了沉默，开始说话：

“它们有多少，数不清……”

“数得清！”我猜想他说的是星星，我要说也是一些空洞无用的天文学，我会说得很长，会激动，而他又沉默了。多事，我责骂自己，怎么不寻找机会再去问他的工作，放牧，还有牲畜体重增加的问题。时间在前行，夜晚不是永恒的，早晨又要回来了。他在干什么？要么是他忘记了我，要么是他变了。我生起篝火，火焰升起。这样，我就可以看见他的脸，虽然火不大，虽然他的脸在黑暗中晃动——我还是看清楚了。没有，他的脸没有变！季莫费不喜欢人这样看着他，他来了个背朝上，脸朝下。怎么是这样？哦，我的上帝，从后面看他就是一个十几岁的男孩。他人又瘦，身材又矮，这么多年来，他没有长高。我想到了他说他妻子的一段话：“她是爱这个人，但爱他什么？你真搞笑，为什么？还要问为什么？”我在暗自思忖，突然我想同他说一些轻松的，开心一下。

“手风琴还在吗？没有卖？”

“手风琴不是奶牛，维坚卡。要是奶牛，就卖掉了。至于我，我不会卖奶牛。你同意吗？所有活的东西，会出气的东西，你会去卖？”

“不会，当然。”我又说到了手风琴。

“它还躺在家里地上。你想拉吗？”

“你会？”

“我会唱，也会拉琴，加上跺脚，拍掌。”他笑了，忽然想起来，“我来唱，怎么样？歌声能够赶走黑夜……”

“你还会唱歌？”

“怎么，你要打赌吗？……”

但我还是不相信。他怎么突然想唱歌？

“那我就来唱。我——来——唱！”他放大嗓门应答：“我一定要唱，各种各样的幽灵在我脑袋里爬来爬去，我要赶走它们。”

“幽灵？”

“我在想那些离去的人，我也想那些活着的人。我的哈佐娃·玛丽亚·伊万诺夫娜在哪里，我的谢苗诺夫一家过得怎么样？娜坚卡已经第八天没有信了。至少他们还活着，健康，而玛丽亚·伊万诺夫娜，我挂念的人，她也在那里……”

“在哪里？”

“所有的人都在那里，维坚卡。我们都会去的地方，只是不会同时去。”

“你答应唱歌了？”

“啊，啊！”他又想到了什么，我笑了一下，但没有更多的。他又安静了。火焰很弱，柴火在闪烁，我看着火焰也想打瞌睡。季莫费突然唱起来，而我已经不再期待了，我在想，我是不是在做梦，但声音就在跟前，动听、感人：

远处的田野在薄雾中消融，
晨星已经准备出场……

歌声细弱，但很真切，似乎不像是在唱歌，而是在呻吟。这样的声音像是在倾诉，牵动人的神经，让人感伤。我的感受就是这样：好像多少个尖针不停地在我身上刺激，既焦躁，又舒服，我还想再听下去：

我的爱人就要远去，
再也不会回来……

他唱完了，我重复了一遍，十分低缓，仿佛怕唤醒别人，这就是歌声的力量，歌声平静、柔和。他唱完歌，把下巴埋在膝盖上，也许，他想打个盹，但他又想到了什么。

“你不困，维坚卡？”

“不困。”

“你还行，睡下吧……”

“唉，手风琴在就好了！有它就更开心。”

“是更开心。”他赞同，“但是，那是以前的事了，那时候，他们会用雪橇把我拉去！人们都尊敬手风琴手……”

“以前，以前的事……”我又高兴起来，来了兴趣，“一到节日，就是你的工作……”

“现在他们连眼都不眨了。我们也就认了，就算我们老了。要报废了，没有用了……”

我立刻想到，在冬季，在圣诞假期，他们把季莫费放在雪橇上拉着沿着街到处跑，从这一家跑到另一家，一场接一场的唱歌跳舞活动。在这一家还在唱歌，手风琴声还在飞扬，另一家已经排队约好了。很有趣，很好玩，也很快乐。但要有足够的力气，足够的耐力！人们从四面把酒杯伸过来，一杯接着一杯，人们高兴，尊重手风琴手，不让他放手。他拉琴，人们在唱歌，跳舞，而他也得跳舞，还要拉琴。现在村子里没有了手风琴声。显然，什么事情都有它该告别的时刻。

大家都要把酒递给季莫费，虽然他不喝，只是抿一口，但他还是醉了，而且是酩酊大醉，眼泪出来了，顺着脸颊流了下来——这是喜悦的泪水，是对所有人爱的泪水。但他顾不了，他只管拉琴。突然有一个不速之客重重地敲门——没有等到开门，他们已经拥进了主人家的门廊，已经站到了板凳旁边。手风琴手一人面对着他们。他马上停下手里的琴声——甚至你们现在也会生气，就原谅吧。他知道：他身后还有许多人，马上就会带他走。他真的不想站起来，他在这所房子里已经永远习惯，温暖地呼吸着。但他不得不站起来——来的都是年轻人，膀大腰圆，一下子就把他抱了起来，高举到天花板，头顶碰到了房子的主梁，他就这样被小伙子们顶在头上到了门口。寒风在门廊里呼呼作响，但季莫费没有惊慌，他没有害怕，他们把一条毯子扔在他身上，再加上一件羊皮大衣，系上一条节日腰带——好了，你还冷吗，委屈了你吗？你累，他们已经把你放到了雪橇上，已经在大门外了，一路上欢声笑语，熙熙攘攘，高声吆喝。飞雪扑在脸颊上，胸脯透不上气来，但他完全原谅了他们，算不上有罪，因为他们年轻。路很近，也是一个大村子，已经到了。进到家里，他们又把他抱在手臂里，只当是他们的猎物，一个俘虏。这里早就在等着他了，台子已经摆好，只等着他的手风琴声了。等到了，马上就要开场。手风琴响起来，欢乐又一次开始了，跳舞，欢唱，他什么酒水饮料也不喝，只是拉琴。但他们不会让季莫费长时间停留在这里，别人很快会再追过来，会再次把他抱起来，把他装在雪橇上拉走，把他带到远处另一条街上。

……这是从前，就像是最近的！我又在想，这个牧人可能会活得很长很长，也许会活得比我还长，但季莫费没有听到我的第一个想法，也没有听到第二个。看来，他睡着了，静静的，就像阿尔巴耶夫一样睡着了。但我需要的不是他们睡觉。我想唤醒两个牧人，我想跟他们说话。我一个人用洪亮而自信的声音问他们。至少其中一个会醒来。

“他们付了你们牲畜的钱了吗？”

“不要喊，维坚卡！”季莫费马上喝住我。

“我说的是牲畜体重增加……”

“我听到了，听到了……你去添火，我们得驱走夜晚。”

什么也做不成，我只好去找柴火。我站起来，阿尔巴耶夫把我绊倒了，他甚至连动都没有动一下，睡得够死的。

“他已经死了，口齿不清的家伙。”季莫费哈哈一声笑，拿报纸盖上他的脸。

火点燃了，篝火烧起来。

“你在想什么，维坚卡？”

“我在想牲畜体重会增加多少。”

“我没有去过秤，是别人去农场过的秤。技术员会说，沃京·彼得，我老了，我什么也不想知道……”

看来是我多事了。夜，篝火，没有地方好去，也没什么好说的，没有。连一点希望也没有，虽然我看着季莫费。他把他那僵硬的身子卷成一个球，哼了一声。阿尔巴耶夫也在睡觉。柴火在轻轻地噼啪作响。算了，就这样了。我只能在那微弱的噼啪声中睡觉了。我本来会睡着的，但声音干扰了我。我当然知道那是谁的声音。

“上帝，我的上帝，它们都在动，都在动……星星也疲惫了……”他仍然在喃喃自语，但他非常安静，声音小得都听不见。我更加难受了。

我跑了这么远的路来找他，我急得要死，而他却在说什么‘星星也疲惫了’……我再也无法隐忍下去了。

“起来，说正经事！我要采访你……”

“看来你是不困，维坚卡？你听，是夜里！真好，亲爱的……”

我环顾四周，侧耳倾听。寂静，就是寂静，即使河上没有了拍溅声和沙沙声，也许，水本身也在打盹，夜里的鸟儿是不会飞的。

“你听，起来！”牧人在求我，更恳切。我站起来，听呀，听呀，但什么也听不到。

“那好，我们就坐着，再来听。”我只好答应他，试着吹燃篝火——它已经快要熄灭了。

“你是不是耳朵有什么问题！你听不到星星在移动？真的……”

“你说够了，我们来谈谈正经的！”

“好啊，那我们就来商量一下。”他看着我，就像看着他的敌人一样，一直蹲在那里。

“阿尔巴耶夫是我兄弟，同父异母的兄弟！……”

“好吧，原谅我！”我说，疲惫的声音响起，因为感到话题沉重。他马上和缓下来，显出善良美意。

我心中高兴，真想去抚摸他，但我立即想起了丹尼鲁什金的那封信，里面写到了谢苗诺夫家的孩子、礼品、百货公司。也许，季莫费会清楚地记得。

“人们说，你奖赏过谢苗诺夫家的孩子？”

“孩子们挺好，比你高。等假日的时候，尼古拉会从部队寄明信片来。只是，我也很想念他们，他们去了那么远的地方。他说，我会来的，在你身边就像在妈妈身边一样。我赞同。说实话，这位妈妈差了一点。那个星期六我去了商店，他们几个就像——就像钉子扎了眼睛一样都跑来了：我想，我就掏钱给他们买了这些礼物，算我对他们的帮助。收入嘛，当时有收入，钱是我攒下来的。她也是这么说。她还说：你给孩子们花掉那么多钱，而我们，今天也不穷困，也富裕。你看到了，她怎么说富裕？不穷困，也富裕，而我怎么想？我想的是钱？我想的是自己生命的永生。我在想，孩子们会记住的。他们会说，季莫费老人活着，他是人们的仆人，他会演奏手风琴，会唱歌，你们来为他祈祷吧。我在那里会很好，在那永恒的黑暗中……"

"有什么黑暗呀？"我笑着问他，想逗他开心，然后把话题转到别处。但他又回到了自己的话题。我躺下来，伤心，着急，绝望。空气变得潮湿、寒冷。对头发来说，这是最舒适的时候。你的手掌摸上去，手掌是湿的，所以我会一直躺到早上，但又有声音在吸引我。

"你来看，星星在行走，它们在暗示……"他一定是在跟我说话。我动了一下身子。

"它们也是去做客了！哦，你呀，怎么了！你看不到？……"

一切都有一个极限，都有忍耐的极限：

"我们来谈正经事，谈正经事！我回来是干什么的？就是来看你的星星？！"我的话很粗暴，虽然是无意的，我没有后悔——反正就这样了……

"你怎么了，维坚卡！你的声音这么大。"

"你是农场上最优秀的牧民，就得让全省都知道你的秘密……"

季莫费坐起来，坐直了，就像坐在一个陌生的桌子后面一样。

"这不好笑。不好笑。你现在不再干活了？从前一直在放牧，对吗？"

"对，放牧……"

"好。从前放牧，现在一样还在放牧。最主要的是要让奶牛吃好，不能亏待它们。"

"那么，体重增加了？"

"我不知道，我不管这事。我想，他知道。"季莫费朝着阿尔巴耶夫点点头。我去叫醒他，他很生气。

“我在睡觉，你不睡觉，谁不让你睡？你饿了？”

“吃饭，吃饭，填饱你的肚皮！”季莫费笑着说，阿尔巴耶夫看着他发愣，像一根木头一样，又栽倒在草地上。

“让他睡吧。睡上一觉就把他自己的痛心事忘了。现在，你说……”

“我们别绕弯子了……”我声音软和了，“我需要你这样一个榜样，好让年轻人来学习。”

“我算什么榜样？他们的生活与我有什么关系？年轻人有他们年轻人的活法，老年人有老年人自己的生活。”他突然不说了，又在打量我。他在打量，在思考什么事情，又在打量。他人神秘兮兮的。

“听我说，维坚卡，你是在编辑部工作吗？你还是单身吗？……”

“我在编辑部。还是单身。”我回答他的时候在笑。

“这不好笑，这是可悲的。那好，我问你。”

“你问吧。”

“你能当一回老师吗？教识字可以吗？”

“可以……”真好笑，老人到底要说什么。他朝我挪过身子来。

“我要告诉你，维坚卡。你要两只耳朵好好听着，仔细听。你从城里搬到我们学校来，就和我住一起。”

“我搞不明白。”

“这有什么不明白的？你有几个亲戚——不会多，也就一两个，就算再加上一两个。我们就好开始了……明白了吗？”

他笑了，我摸不透他葫芦里卖的是什么药。我在想，直盯着他，他也很生气。这张脸变尖了，拉长了——即使在昏暗中我也能看到，但他不让人看到。

“你不要，不要这样看。你听到了吗？你有什么心事？”

我不知道他到底要说什么，到底要干什么。

“维坚卡，我在听，所以要你也来听。我的妻子玛丽亚·伊万诺夫娜告别了我们，我埋葬了她，我就再也不能静下来了。无法安静，无法休息，我都能听到，都能听到。”

“你会活得长久的，季莫费！”

“怎么，我该是死的时候了？”

“怎么会？你活得好好的。”

“说得好，维坚卡！玛丽亚·伊万诺夫娜也是这样对我说的——你好好活着，季莫费，你要再长大，健健壮壮的，开开心心的。我还惦记着那个小苗苗。希望他长高、长大。”

“塔尼娅在哪里？”

“你在说塔尼娅·克拉斯诺谢洛娃？在城里，维坚卡，一个大城市里。他们住进了合作公寓。挺好的。到了九月，她儿子一岁，过生日时我会去。他出生时我们见过面，现在他们过得不错。我要他们夏天带孩子来我这里。那是我的孙子，我可不说谎。我要教他拉手风琴。”

“才两岁？”有些好笑，但是我没有笑。不过还是让他看出来了。

“现在是两岁，以后就是七岁。”

“谢苗诺夫家的孩子在哪里？”他们家的事我当然都知道，但我仍然要问。

“你在说他们家的孩子？一个在军队，每月都给我写信。我也回信。昨天我寄钱给他了。”

他又沉默，但我不能错过已经开始的谈话，我要张开我的大网，也许他会自己游到我需要的文章题目中来。

“丹尼鲁什金给编辑部的信中写了你……”

“给了你？”他撑起自己的胳膊肘，朝我这边移近了一点，他的眼睛在昏暗中闪动。

“是我什么事情让斯捷潘·特罗菲莫维奇生气了？会不会是土地的

事让他不高兴？”

“什么土地的事？”

“春天我切了一块菜园给他。为什么？我们是邻居，我切了一块菜地——给他，让他去种菜吧。斯捷潘有一大家外，吃菜是他们家的第一件大事。我还能想到谁？看来，是出了错。我本来是想帮他，他却写信给报社……”

“他狠狠地指责了你，”我笑了，但他没有觉察到，胳膊肘撑得更高，他想听我还会说什么。突然，他站了起来，走到篝火跟前。他相信圣灵。

“我在开玩笑！够了！丹尼鲁什金抬举了你。他说，为了孤儿，你拿自己的钱……”

“好了，他抬举了我！那块地，当然，不是第一次使用——都已经平整好了，我没有施肥，要是种土豆，再合适也没有了。他却在我那块地上种了蔬菜。圆白菜怎么可以种在沙土地上？”

“他在夸你。说了许多……”

季莫费没回答我，又坐在了我旁边，好像要躲藏起来。阿尔巴耶夫在睡梦中哼哼呀呀。他那吓人的呻吟声，好像是在生病。季莫费立即回应了我。

“他在想孙女了。你听，维佳，快一点，我说你。两个孙女，就是两只小鸭子在游水，但旁边没有老公鸭——爷爷，老人……”

“她要回来？”

“当然了。再过一个星期，就再见了，再见。他要去科斯塔奈，要乘长途汽车，到那里去见他的亲人。”

“见儿媳？”

但他没有听到。

“哦，你，人啊，人啊！你计较那么多干什么？因为一点鸡毛蒜皮的小事争吵，你就跑了这么远。不就是一点小事！扣子再大，也只能在裤子上。”

“是儿媳妇不好？”

“怎么不好？我收到她的信，回了信，我已经成了和平调解人。我提了好多建议，如何留住他，如何照料他。而他就是睡觉，什么也不管。我的房间很快就空了——我难过，我会哭……”

“你也好休息一下。可以与陌生人相处……”

“与什么人相处？”季莫费抬起头来。

“与租客，与他们……”

我的话还没有说完，他又跳了起来。

“你说什么来着？租客，是吗？我没有听错吧？记者，还有那些写写画画的……”

现在我领先了：

“你什么都不明白！”我已经精疲力竭了，两只眼睛看着他：他怎么了，他在想什么？

“我都明白了。你就住在我这里，就当我儿子，你工作，你拿学校的钱。你去玩书本，攒够婚礼的钱。等到你结婚，我就签字让给你房子。我这里宽敞，房子很大。”

“你说到哪里去了？”

“就这样了，这是常理，按常理就是这样。”

我刚才听明白这一番话，理解了，害怕了。想不到的古怪事情——他把我当成他的儿子。这让人难以接受——未经同意就爬进了别人的心里。我越想越气愤，反感的寒意在我的胸口升起，直冲喉咙而来，再有一秒钟，我就会朝着牧人大喊起来，教训他应该如何生活，那场面就热闹了。但是，这只是第一波想法。第二波接着来了。我的内心马上转了 180 度——他让我心软，伤悲。他整天挂念着孤儿，而他自己也是一个孤儿，他关心别的老妇人的冷暖，而他自己生病却没有人递给他一碗水。

然后又来了一波。我怎么把自己报社的事情忘了。报社那里还在等着，眼巴巴地盼着，我什么时候回去？夜晚，神圣的夜晚！采访人就这么默默无言地坐着，只有篝火在他的采访本上闪亮。我还能做什么？……一波又一波的思绪向着我涌来，互相追逐着，然后又衰落了下去，没有了声息——突然，突然一下子全部释放了。我被带到一处空荡荡的地方。

“怎么，维坚卡？你不同意，还是同意？你要是同意就写一个纸条。”牧人高兴了，笑了起来，但笑得很浅，有一点不好意思。我没接话。

“好了，好了，维坚卡。你坐下，说些开心的。我们的夜晚它自己不会跑走。”

我还是保持沉默。季莫费很有耐心。

“你想喝一些根茎茶吗？……我去煮给你……”

“你来……”

他听到我的应答高兴极了。他开始忙乱起来，掏出一个杯子，开始咳嗽。咳嗽是因为兴奋，显然，兴奋得连气都喘不上来了。

……这些都是有名有姓的植物根茎。你要是尝过了山楂汁液，你就会感受到它那酸涩、发苦的味道，但这里的根茎完全不像山楂的酸涩，要比山楂苦得多。一分钟后，就像得到命令一样，我被拖入了梦乡。我把风衣铺在干草捆上，就像躺在羽毛床上一样。我还没有听到夜鸟快活的叫声，人已经陷入柔软无声的深渊之中。我连第二声鸟叫都没有听到——我已经结结实实睡着了，连梦也没有。

但我是被叫声、咳嗽声弄醒的。听不清在说什么，但我猜得出是谁在说话。叫喊声、叽叽喳喳的声音混成一片，然后就朝着大草原散去了。篝火早已不着了，旁边的牧人也不在了，肯定是他们想让我多睡一会，没有叫我。

过了一小时，我已经到了牲畜棚那里，手里拿着采访本，准备收集材料。我身边是一群挤奶女工，跟我开玩笑，我也开玩笑。然后，她们说到了自己，说到了农场，说到了农场主席，都是很有意思的内容。我很高兴有了收获。很快，农场主席来了——说曹操曹操就到。他立刻走到我面前，握了很长时间的手，仿佛他遇到了一个老朋友。

“太好了，您来得正好。季莫费要我来找您：他说，找到您，就有了长篇对话。”

“你们已经谈过了……”

“是的，是的！请您等一下。再耽误您一点时间。”他再次打开车门。我抓紧时间，一气问了十几个问题，他很快就做了回答，他那洪亮的声音告诉了我牛奶的产量，描绘了未来的画面，并称赞了季莫费。

“一个金色的男人。他是所有人的父亲——父亲……您一定要等到他。他十点前就会回来……”说到这里他就走了。

我的笔记本已经记满了，我平静下来。早晨变得安静，温暖，预示着今天会有很多喜悦，但我很快就忘了。只有一件事让我头疼：我觉得自己好像在报社里——我得赶快写，赶快写……季莫费的脸在我的脑海里闪过。我知道了，我知道他为什么担心变老：“你就住在我这里，就当我儿子，你工作，你拿学校的钱。”写着，写着，他的微笑又出现了，他在请求，是他有错，好可笑……不行，我该走了。我朝着大路走去，山坡上一辆班车正在开来。车子马上就把我带走了。

当然，我的文章写好了。篇幅小了一点，但它按要求的时间完成了，我得到领导的表扬。很快，这次下乡采访完全从我的记忆中消失了——紧张的工作又来了，一件接着一件。夏粮收获，要去几个农场，要见好多人，而那个美妙的夜晚，也在我的心里消失了。那个有趣的胖乎乎的阿尔巴耶夫消失了，还有季莫费的提议，一个月前让我陷入气恼，也被我遗忘了。然而，一次，我在走廊里又说起了这件可笑的事情：一个老人要我做他的儿子，把房子给我。他们都笑了，他们不相信会有这样发疯的怪人，但是，这样的人一直就有。当然，我跟他们解释说，牧人身体健康，但有谁会相信他身体健康？然后，我的记忆完全抛弃了这次经历，因为我的生活过得如此迅速，我没有时间站立，没有时间喘上一口气。为什么要想到喘上一口气？我年轻的时候，呼吸轻快，连翅膀都用不着多扇动几下，人就可以升到空中！你自己走你的路，似乎一样的，你想飞，你就飞，你感觉良好，自由飞翔。你飞得越来越高，地面已经看不到了，而你飞得更快，更快，飞向一个属于自己的地方。那里是谁创造的，你并不知道，但一切是那么精彩，没有了日常琐事，人见不到，也没有了人间的关怀，连爱也没有……这似乎很完美，但这不是幸福。不是，幸福不是这样的，你需要的幸福在未来，在未来。但代价却是巨大的。

我要付出代价了。也许是报复？也许更糟？事有凑巧，我又要去我的家乡了。我已经很长时间没有来过这里了——有五年，或者六年了。我想看看亲人，他们在世的已经很少了，我想去看看他们的坟墓。我来了。苦痛，悲伤，你不要回来。但最让我痛苦的还在前面。当我走在高大的松树之间寻找早年记忆中的面孔和那双眼睛的时候，我不知道会看到什么。突然，眼前出现了一个发黄的秋草里的小土堆。我本来已经走了过去，但墓碑上的题词拉住了我:“这里睡着的是众人的仆人。向他鞠躬！”接着是季莫费的名字。而在这一刻，我凭着一些莫名其妙的本能认出了这些笔迹。字体瘦高，不受拘束，向左倾斜。只能是出自丹尼鲁什金老人的手笔。我很高兴——熟悉的人，同乡，他的题词在我眼前。我的上帝，我的上帝，季莫费在这里，我的牧人！巨大的悲痛要切断我的呼吸，在这种悲痛的时刻，我总想离开，跑掉，藏起自己的脑袋。我以为他还活着。这就是我们相遇和交谈的地方。我马上看到了我们那午夜篝火，他问我的声音：“你没听到吗？星星，星星？”他现在在哪里——这是我胸口的声音，他在哪里，我的牧人？而紧接的是对病人喉咙的一击：他要我做他的儿子，我却跑开了，嘲笑他。谁来宽恕我，谁来安慰他？……会有宽恕吗？这是罪过！无法面对死者……

难熬的夜晚。无论我去了哪里，无论我做什么，我都无法摆脱。会有宽恕吗？不，我需要离开，离开——逃离这里。离开这个秋草发黄的小土堆，这里是我的耻辱。

车子在摇晃。天黑了。满天繁星。我打开窗口，吞了一大口空气。“它们有多少，数不清……”他的声音，永远在我耳畔，是我永远的罪过。我也可以呼叫自己留下来。不，我没有呼叫，我不后悔我的逃离，不后悔……星星在那里守护，它们什么都知道。当我抬起头时，它们落得越来越低。是哪颗星在守护着季莫费？是哪颗星在那个美妙的夜晚来过？我又抬起头，但星星不再下来，他的眼睛在我近旁。我在车上看着远方。这个夜晚和我们在一起的那个夜晚一样浩大而平静，大地寂静无声……

四月下旬

灰色，沉闷的早晨，阳光还是没有出来。然后同样的一天开始了，沉闷，阴沉沉的，到了晚上，她的心情依然不好。但克拉拉·德米特里耶夫娜是个一丝不苟、意志坚强、严格要求自己的女人。现在，她抑制住不知不觉发作的抑郁症，露出一个神秘的微笑，走到镜子跟前。当她看到镜子里穿着白色针织毛衣、城里最好的制衣社缝制的时髦裙子的自己，她抚平浓厚的金色头发——心情完全平静了下来，甚至哼唱了一首歌。但突然，她停了下来，开始收拾她的公文包。那是一个是够宽大的公文包，但里面不是要装练习册、课本，而是塞进去一盒巧克力、一小袋坚果。克拉拉·德米特里耶夫娜在夜校工作，今天是周末，她和同事们约好一起喝茶，一起散散心，坐下来聊聊天。上天安排我们聚在一起：五一节的庆祝活动就要到了，提前互相祝贺一下，以便在假期与家人在一起放松自己。

克拉拉·德米特里耶夫娜合上公文包，松了一口气。然后，她迅速穿好风衣，再一次在镜子跟前斜看了自己一眼，走出了门。

没有人陪她，她已经适应了，父母一个小时前去了邻居那里，一个晚上一直要坐在那里。

她快步走在城里，够快的，但仍然会晚到。等她到达，教师休息室已经是吵吵嚷嚷，欢声笑语，大家不知道出于什么理由用掌声欢迎她的到来。

“你们在干什么，你们……”她感到不好意思，很快脱下风衣。然后，看了一下就座的人们，平静下来，再次找回自信。音乐响起来——古代探戈的节奏……

“就等你了，克拉拉·德米特里耶夫娜！”大家叫她到桌子边去。她微笑着，绷着嘴唇，踩着高跟鞋，柔美地摇曳着，在移动中理顺她那美妙的头发，走到了快活的人们跟前。桌子上铺好了带着流苏的白色桌布，已经放好了一个电热水壶和一些茶碗。稍远一点的地方，盘子里是各种糖果，但不知道什么原因，没有人去吃任何东西，也没有人去喝饮料，大家只是像小学生一样发出叽叽喳喳的噪声。就这样过了一个小时，也许更久，然后，话也说累了，笑也笑够了，昨天学校事务的小纠纷也议论够了，突然，大家都静默下来，坐回了自己的位置。这一刻，安娜·瓦西里耶夫娜打破了静默。

“您去了哪里？我不会答应您的。我该把阿纳帕[①]的事讲给谁听？”

她刚刚从南方疗养院回来，现在她迫不及待地要向同事们汇报。她刚刚说完“阿纳帕”这个词，大家马上又嚷嚷起来，人们都去伸手拿茶水，互相交谈，随意交谈，不需要主题，正是因为有这样唠唠叨叨的场面才把人们聚在了一起。于是，就有了刚才的一幕，这样喜庆的晚会，从一开始，笑话和笑声就满天飞。现在，大家都开始听安娜·瓦西里耶夫娜的故事。

她是一个独身的年轻妇女。丈夫四年前死于一次事故，现在她和她的小儿子和母亲住在城郊的一个地方。生活非常简朴和封闭。每个人都知道，也都猜得到，她的真实生活并不如她现在的华丽外表所展示的，一句话，完全是另外一个人生活的样子。没有人会对她指指点点，没有人会嫉妒她：她毕竟还年轻，漂亮，30 岁寡妇的生活，自己的日子自己过。

安娜·瓦西里耶夫娜陶醉于她自己刚才的几句话，陶醉于别人对她的关注，她想沉默一会儿，喘上一口气，但别人不给她空闲。

① 俄罗斯克拉斯诺达尔边疆区的一个城市，是黑海沿岸的度假胜地。

“交代吧，安尼娅，别谦虚了！我想，你是不是去约会了？那你说，别让我们着急了。总不会是你一个人坐着？……”

大家你一言我一语开她的玩笑，她脸红了，开了口：

“说句实话，是我一个人！不过，去到那里的都是成对的。我开始也以为他们是一家人，后来就清楚了，这些家庭都是在两天内建立起来的。”

“真的，那里都是成对的！世纪发现，轰动新闻！诺贝尔委员会哪里去了？！”克拉拉·德米特里耶夫娜也加入了谈话，房间里再次熙熙攘攘起来，笑声不断，话题都是轻松逗乐的内容。大家都喜欢这样无拘无束的玩笑，没有一个人想离开。

“这么说，你在那里有过一段风流韵事，安娜·瓦西里耶夫娜？”

“承认吧，不然，我们就惩罚你！……”

“好，好！抓住了主题，”克拉拉·德米特里耶夫娜又来起哄，“不是老师，而是五金店的……”

“售货员也是人！”教务主任娜杰日达·谢尔盖耶夫娜打断了她的话，她的眼睛中闪过一丝严厉。

“我们都是人，大家都是人。”克拉拉·德米特里耶夫娜轻轻地挥挥手，低下了眼睛。她被泼了一瓢冷水，突然她想尽快离开这个同事茶会，尽快回家，洗个热水澡，尽快把今晚所有的谈话、所有的笑话都冲洗掉。

“您不喜欢售货员，克拉拉·德米特里耶夫娜？”教务主任再次追击过来。显然，她已经喝多了，现在在较真儿。而克拉拉·德米特里耶夫娜已经在把所有的斑点都盖起来：

“您这是怎么了？一直要说售货员，售货员！我的意思只是，男人都是一样的。他们只想着一件事……”

“男人并不都是这样的。”一位年轻的教师柳夏·孔德拉季耶娃怯弱地加入到争辩中。不过她没有进入争辩的角色，自己马上就难为情了。

“柳多奇卡，你不懂生活，你也没有看到过，”安娜·瓦西里耶夫娜又说话了，“我在阿纳帕可是都见过。我去跳舞了，而他们在那里……”

“你去跳舞了？你就不怕？……”教务主任打断了她的话，用认真而且关心的语气问道。大家都你看我、我看你地笑了起来，互相嘀嘀咕咕，不知道为什么，大家都把目光转向了柳夏·孔德拉季耶娃。她又是不知所措的尴尬：

“我没有特意控制丈夫。我们不是那样的关系！”

“好吧！他是你的洛普霍夫，你是他的薇拉·帕夫洛夫娜[①]。你们纯洁高尚。我们这些人平庸低贱……”克拉拉·德米特里耶夫娜高扬起头，神经质地不时咬几下自己的嘴唇。柳夏几乎要哭出来。

“你为什么要这样对我，为什么？……”她想再说点什么，又担心自己没有足够的勇气。她的问题也被淹没在大家的嗡嗡声中，而克拉拉·德米特里耶夫娜假装没有听到，只是她的下巴颤抖得很厉害。她用手捂住了下巴。一分钟后，安娜·瓦西里耶夫娜央求大家：

“你们也笑过了，够了！我还没打扫房子呢，还要去一下商店，还要去理发师那里。假日有多少也不够。假日会累死我们的。”

“是该散了，同事们，”娜杰日达·谢尔盖耶夫娜支持她，“感谢这个房间，我要去别处了。”她看了一下大家，把她的眼镜放入镜盒里。大家穿好衣服。各自分手去了自己要去的方向。

夜晚的城市在宁静的假日中跳动。干净的街道仿佛被水洗过一样。沥青路面在霓虹灯的映照下就像玻璃在闪耀。克拉拉·德米特里耶夫娜走在柳夏·孔德拉季耶娃的旁边，她感到尴尬和不适。她甚至想走到年轻教师的前面去，但她还是说服了自己，继续自己的步伐。而柳夏也感到尴尬，她看着自己的脚下，她后悔自己在休息室没有克制自己，现在她很想对克拉拉·德米特里耶夫娜说一些温暖安慰的话，她越想越难过、

① 车尔尼雪夫斯基《怎么办？》中的两个主人公。

越自责。最后，还是挤出几句讨好的恭维话：

“您今天看上去气色挺好的，克拉拉·德米特里耶夫娜！我要是有您这样的头发，像您这样的身材……”

“真的吗，我的灵魂都要飘到天上去了。您的想象力真的好丰富，柳德米拉·亚历山德罗夫娜。也许，您是在奉承我，是吧？”她轻声笑着，直视着柳夏，“我们两人都是语文教师，也是竞争对手，所以，再不和睦也比吵起来强。怎么样？我说得对吗？”她笑了起来，人也振作起来，她的下巴已经不再颤抖。看来，恭维还是击中了目标。

“不，真的，您的气色看上去真的挺好的，”柳夏·孔德拉季耶娃继续坚持自己的意见，“我到了 40 岁是这样的就好了。”

“我要到40岁，我要到40岁……”同伴嘴里叨叨着，马上垂下了头，皱起了眉头。她不喜欢提到自己的年龄，而现在，旁边年轻的柳夏的一句提醒最令她讨厌。她迅速挺直腰板，加快了脚步。但柳夏一点也没有觉察到，也不明白，她几乎跟不上克拉拉·德米特里耶夫娜，长长的雨衣总要绊住她的膝盖，缠住她的脚步。柳夏心里着急，但再加快脚步，还是跟不上。

“我一直想问您……想听一听您的建议，但没有……”

“那您就要下定决心，不要吃东西，”克拉拉·德米特里耶夫娜这样回答，从语气上听不明白她到底是在开玩笑，还是认真的。

“我有一个课外阅读课，我想，我想……我想给他们讲尼古拉·鲁布佐夫，读给他们他的诗和他的文章，然后布置家庭作文……”

“您已经决定了，还要什么建议？”

“我想您会有更好的建议。您有丰富的经验和见解……”

“哦，我的上帝，我的见解！是他——特瓦尔多夫斯基，怎么样，想不到吧，您的尼古拉·鲁布佐夫排不上。而你要为一个年轻人花上一个课时？让他获得名誉，得到公认。最后还要为他写上一首诗？”她最后的几句话几乎是在不容置疑地训诫小学生。柳夏已经厌倦了，但并没有表露，只是淡淡地回应：

“不过，鲁布佐夫已经死了。你不知道吗？”柳夏还想再说上几句，但又担心自己没有足够的勇气，她的脸颊通红，像一个小女孩。

“死了，啊，是这样的。可惜，可惜……”

“是啊，是啊！他和叶赛宁一样有才华！现在已经出版了他的多本书，还有许多论文和评论。我相信这个诗人是不朽的！”

“不朽？我不知道。这只能是您的口味，这不是争论的依据。我们有一套程序，我们有自己的方法。而您的鲁布佐夫听起来像是有人在有意吹捧。不过，不过，亲爱的……对于这一问题，最终要由区国民教育局那些严厉的叔叔来对我们做出评断。”她朝着柳夏·孔德拉季耶娃的肩头靠过去，教训的口气就像在同小女孩说话一样，而她的最后一句话更像是区国民教育局那些严厉的叔叔在幼儿园时说话的口气。

“您怎么会这样？……我没有……”柳夏差点哭出来，但马上肩膀紧缩，沉默不语。她的睫毛在跳跃，人就像在梦里。克拉拉·德米特里耶夫娜看到了她的痛苦，那是被自己刺痛的，几乎就是在遭受无端的侮辱。而对她这样小性子的女人，这是家常便饭，性子随时都使得出来。在她走过的岁月里，从清晨到深夜，一整天都在工作，这只是卖弄聪明，显示一下傲慢。是的，全身颤抖，周围人都看到了，她在歇斯底里。不，比歇斯底里还要厉害！她现在是胜利者，她想让自己冷静下来，但无论如何都做不到。她的下巴又颤抖了，她用手捂住。柳夏难过到了极点。她觉得，周围的人都可以看到她的狼狈相，满脸通红，一脸沮丧。她觉得，自己在众人面前简直就是赤身露体，大家都在对她指指点点。她要拿出自己最后的力量来压制内心的恐惧和激奋，但她一点力气也没有了，只有更加沮丧，她无法控制自己的情绪。但是，如果她做不到这一点，她就是一个弱者。弱者。好在两人同行的这段路很快就走到尽头。柳夏轻松地说过一声再见就头也不回地跑走了。然后，她看了一下四周，再没有恶人尾随追她。克拉拉·德米特里耶夫娜噘着嘴：她全明白了。她在低声地自我告白："啊，青春一去不复返。争得了一时上风，到最后还是像莫佳阿姨一样干活，那就是我……"

她累了，一肚子恼火，慢慢地登上楼梯，按响门铃。母亲索菲娅·帕夫洛夫娜为她开了门，匆忙问她：

"克拉罗奇卡，你怎么了？脸色这么苍白。"

"你别问！别管我！我只是累了，累得要死了。"她粗鲁地打断母亲的话，而且一如往常，不去注意自己的粗鲁，仿佛什么也没有发生过似的。她脱掉风衣，解下围巾，然后，把脚随意伸进拖鞋里，走去她的房间。她听到身后母亲的声音：

"克拉罗奇卡，你要吃晚饭吗？"索菲娅·帕夫洛夫娜在讨好她，语调温和地说，"我烤了你最喜欢的馅饼，有洋葱和鸡蛋……"

"我不知道。现在不吃。我饱胀得难受！"女儿再次打断了她的话，她要让母亲明白，她想一人独处。

母亲低着头走开了。她的眼睛暗下来，满是伤心。索菲娅·帕夫洛夫娜几乎总是在伤心，她经常因为自己的孩子而感到难过。小儿子鲍里斯最近与他的妻子分开，去了北方某个地质工地。在母亲看来，在那个被诅咒的北方，他总有一天会被冻成一片死冰，然后她永远不会，永远不会再拥抱亲爱的鲍连卡。而她的长女，克拉罗奇卡，更让她心碎。她至今没有成家，没有孩子。为什么？是谁的错？毕竟，克拉罗奇卡要比许多人都优秀。她越想她心爱的女儿，就越难过。这一刻，她两手抱着头，一声接着一声地叹息。

她的痛苦，一定是来自墙那边，女儿也在痛苦之中。她伤了母亲的心，为什么要这样？她也常常让父亲难过。她让一家人笼罩在阴云密布中几乎就是常事。

“你们站在我面前干什么？！ 我看到你们就烦死了！”女儿发了火，大喊起来，“你们去别的什么地方，休息一会儿好不好？你们现在就去，你们就像树墩子一样，在那里扎根……”

“我们真的让你这么讨厌吗？那你就快一点送我们去墓地……”母亲哭了，静静地叹了口气。父亲在抽烟，吐着烟雾。他静静地看着眼前女儿发狂。“她需要孩子，到时候她就不再乱踢了……”他在安慰妻子索菲娅·帕夫洛夫娜。他当然也难过，但他只能默默地忍受。克拉拉·德米特里耶夫娜把这一切都看在眼里，她的心脏经常闹病，呼吸急迫，她得服用镇静酊剂。

她现在也为受伤的母亲感到痛苦，是她再次伤害了母亲。母亲也许会在一个角落哭泣，等待着敲门声或者沙沙的脚步声。而且，她会想，随着敲门声或者沙沙声，当心爱的克拉罗奇卡跑进她的房间，母亲把她搂在胸前，然后诉说心中的苦和痛。然后，她们两人痛痛快快地哭个够，生活又重新归于平静，一点儿也不比别人差。自然，她的母亲就是这样等着！但她并不想从椅子上站起来，她的头舒适地仰在椅背上，她什么也不想跟母亲说，甚至连动一下手都是不可想象的困难。她在与自己角力，但内心更加痛苦，更加悔恨。“为什么，为什么我的一切都这么不顺，不与常人一样？为什么我没有丈夫，没有像小女孩孔德拉季耶娃那样的一个女儿？我做了什么？为什么命运如此残酷？我不是怪物，对吗？”她咧嘴苦笑，用手去整理她那浓密的美发，两只手淹没在头发里，头发似乎听到了，立即就像温暖的施了魔法的丝绸一般在她的指间流动起来。一瞬间，胸口沉重的疙瘩就开始消减，她不肯收起笑容，半闭着眼睛。那些曾经偶然的和必然的会面回忆一起向她涌来。她去费尔干纳看望母亲的侄子，在那里结识了一位军医。她立刻想起了他，她又笑了，摸了摸头发。那个区国民教育局的年轻督察员也出现了，那曾经是真的，她笑了——我的上帝，我的上帝！他们每天晚上喝香槟，去剧院。我的上帝，什么时候它会真的消失？他一直想成为一名军事飞行员，因此，也许，他在玩骠骑兵和诱惑者的游戏，而她一直感觉那么好，特别好，即使是现在她也一样愉快地把头仰在椅子上。但幻影很快就消失了，就像在梦中。当时他们的一切也都像在梦里——他们在城里游逛，后来他回到他的家乡度假，她就失去了他：他在自己的家乡辛菲罗波尔找了一个大学生新娘，或者准确地说，是他的母亲给他找的，把他留在了自己身边。他发了一封饱含眼泪和道歉的信，每一行都是暗语，欲言又止。如果她不原谅，那么他就不再活下去。她读了他那些疯狂的字句，觉得好笑：我的上帝，就像一个小孩子。一切顺利，和平分手。就他这样的性格，他会有一天真的吞下醋酸。然后，你还得收拾这个烂摊子……

显然，到最后冲刺点，她记起去年的一段故事，与祖母的去世有关。葬礼上有来自父亲工作过的工厂的人。他当时已经退休了，但他的同事们记得他，没有离开他，特别是在这个痛苦、悲伤的时刻……

在这些人中，有谢尔盖·伊万诺维奇，他是一个工程师，中年人，非常平静，从容得体，外表很像一个演员或老师，鬓角上是优雅的白发。他身材高大，寡言少语，是她喜欢的那种类型。她看着他，打量着他，突然记起，她曾经在自己家里的餐桌上见到过他。那天晚上，他们来欢送父亲退休，每个人都笑了，都在说笑话，只有一个人没有笑，闷闷不乐地坐在那里，像一个生病的人。坐在他旁边的是一个女人，非常开朗，漂亮，她的手指被钻石照耀着。她笑着，活泼得有一点不雅，而她的丈夫在苦思着什么事情。一年后，父亲讲了工程师谢尔盖·伊万诺维奇的事，他的妻子跟着一个军人跑到远东去了。她不但自己跑了，而且带走了女儿，工程师喝起了苦酒，把这些事情讲了出来……然后，在悲哀的坟墓旁边，她马上把父亲的故事与谢尔盖·伊万诺维奇联系起来，再也不能从他身上离开。她同情他，想象着他的痛苦，他对女儿的渴望，也许，他在梦中会看到她。工程师抓住了这个目光，请求允许进入她的房间。

大型书架让他发生了兴趣。他惊讶地瞪大眼睛，静静地摸了摸硬皮书的书脊，叹了口气。然后，他坐下来，笑了。他脸上有一个暗示和一个承诺，好像他知道她的一些事情，并承诺不会告诉任何人。她不喜欢他的目光，但她还是笑了笑，很迷人的笑容，她递给他一杯咖啡。她这样的笑容——非常的迷人，别人经常这么说。她当时正是这样的笑容，他立即垂下了眼睛。过了一分钟，他们已经在谈论人这一生有多短暂，而所有的主要事情，都要趁着年轻赶紧去做，然后慢慢地、平静地生活。他在咳嗽，她停了下来。墙后面，人们已经在走动，发出沙沙的脚步声，他们也急急忙忙跑到街上。外面，等着他们是寒冷、潮湿的十月。雨夹着厚厚的飞雪，雪花直落在坟墓上。克拉拉·德米特里耶夫娜蜷缩着肩膀，她想哭，但没有哭出来。

她发现她的手套忘在了墓地上，双手冷得发麻。她把两只手深深地藏在袖子里，但仍然抵御不住寒冷，她似乎已经成了一个冰柱。工程师看到她挨冻的样子，就把自己的皮手套递给克拉拉·德米特里耶夫娜。她感激地点了点头，他帮她把手套套在冻得发红的手指上。他的穿着很可笑，显得笨拙，但她希望就这样永远持续下去，她身体热起来，甚至脸也开始变红。葬礼在缓缓进行，厂里领导因为父亲过去的贡献而派来一个自己的小型乐队，乐队在吹奏一支哀伤、拖腔的曲子，和音几乎要冲破湿雪的墙壁。她内心在微笑，整个心灵在静默，幸福和美好的承诺、非常快乐的生活充满了她的胸膛，应该说，很快，过不了几天，很快就会实现。她有时也会抬起头，看着人群，那时，她眼睛里就会出现一个问题，一个惊奇，为什么周围这么多人？为什么音乐在哭？为什么周围有雪，有寒冷和这样的忧郁？终于结束了。固定好十字架和篱笆之后，人们就去了工厂的咖啡店参加追悼宴。她不记得坐车的事情，从大巴车的窗口看着外面：又回到了梦想中，她的心高兴地打了个寒战，因为那是遥远的青年时代，在第一舞蹈学校。在咖啡馆里，她醒了，都清楚了。

她现在一直在环顾四周，打量那些人。突然，那些铁桌子和铁椅子让她吃了一惊，她马上伤心地想到，祖母不会赞成眼前这一切——咖啡店，这些铁家伙，还有长长的白桌子上的一排酒瓶子。她总是喜欢小范围，比如一家人那样的气氛，舒适，安详。她刚刚想到这里，就觉得有人用手动了她一下，然后轻轻地压了一下她的肩膀。她马上就知道了，这是他，谢尔盖·伊万诺维奇。他们并排坐着，原来，坐在这些铁椅子上是非常舒适的。大家又吃又喝，脸上再也没有了在墓地时那种亲人分离的悲哀表情。大家都渴望正常的姿势和正常的话语。一个小时后，谢尔盖·伊万诺维奇陪她回到自己家，只是故意忘了拿回他的皮手套。“这是一个好兆头，”她暗喜，有一点脸红，“过上三天他总会来的。”但一天后他就出现了。她从学校回来，在门口就听到他的声音。他在走廊里同她父亲说话。他的声音几乎像天鹅绒般浑厚。克拉拉·德米特里耶夫娜无法克制自己，几乎是直接朝着声音跑去。工程师看到她，反而有一点不好意思：

“我路过附近，想起了我的手套。就这一件小事，没什么。但还是有了走过来的借口……”他显得更加难为情，垂下了眼睛。她笑了笑，一时找不到该说的话。一会儿，他又看着她：

“你怎么拿着公文包？”

“我去上班了……我在夜校工作。”

“那你每晚都要去吗？”

“每晚，每晚。有什么办法？任何工作都有困难。只能学会与困难对着干……”她在开着玩笑，他笑了，就在这一刻，她母亲走了过来。

“克拉罗奇卡，你要喝茶吗？要不要给客人拿点葡萄酒？”

“妈妈，不要。刚刚办完葬礼……”

“对！”她的客人支持，“茶就好。我们不反对。”

两人默默地喝茶。谁也没有找到话题。又是悲伤的气氛，就像葬礼那天一样。母亲没完没了地添茶，而且来去没有一点声音，甚至害怕大声呼吸。当冰箱开始制造噪声时，他们都打了个寒战，仿佛遭受了一次打击。首先是谢尔盖·伊万诺维奇不再忍受这种紧张。他不满地噘起了他那薄薄的嘴唇，皱起了脸。克拉拉·德米特里耶夫娜看到他坐在那里已经痛苦到了极点，他还想要点别的东西，但他乖乖地沉默着，等待着。半小时后，他离开了，一个星期都没有出现。但有一个晚上，她在第五节课后回家。街道上的灯火半明半暗，雨后的房子轮廓也只是模模糊糊。她走得很快，仿佛害怕什么东西。突然，她在拐角处看到了他。他举着手走过来：

“晚上好！我没有耽搁您吗？”

“晚上好吗？所有正常人都睡觉了。只有我们这些上夜班的，还在劳累……”她低着声开着玩笑，但听起来，她好像是在抱怨。

“那您转到我们工厂来好了。我们有白班的工作，”他笑了，走近她。他有白兰地和上好的古龙香水的气味。克拉拉·德米特里耶夫娜立刻产生出不悦的感觉，很想说上几句挖苦的话。她记得，她当时甚至这样说：“您的脸在黑暗中也富有表现力！”“真的吗？”他问，他没有听出讽刺的味道。她很伤心，难以忍受，但她还是笑了，一人在苦思：“上帝，我怎么像个小女孩，一个小女生。这对我不好，对其他人也会很糟糕。我就像个挑剔的新娘，但他会厌倦听废话，他会挥挥手离开。而我又是一个人，我一个人。不，不！你要振作起来，克拉罗奇卡！你会做到的。”她告诉自己改变声音，改变表情，她出色地做到了。工程师立刻注意到了她心情的变化，但他是以他自己的方式在解释，而且从那一刻起，他表现得相当自信，仿佛他知道了她的整个生命，并且对她有了权利。她又感到了难过，勉强克制住那来自男人直逼的目光，那目光有些紧张，他说的话如此平淡，粗糙，在刺痛人，可以说，那是针。她非常轻松地同他说了再见，但仍然急切地期待下一次见面。当然，这个期待不再是那个宁静的夜间的期待，但心里仍然有那么多的期望，那么多的幸福感。她所有的时间，无论是在自己的房间，在大街上，还是在学校的大课间，她总在微笑，在沉思，把自己包裹在一个温暖的柔和的披肩里。她想进一步了解他，了解他的心灵、他的愿望，想看到他的家人，喜欢上他们，亲属般地联系在一起，但他只是以主人的目光看着她，时而咳嗽一声：好像他在为她准备一些他自己也不明白的东西，但他还在等待中。

最后，在一个最寒冷的晚上，他提出去他那里做客。克拉拉·德米特里耶夫娜一直在等待这一刻，她笑了笑，挽起他的胳膊，但他很快就把眼睛转向了一边，又开始咳嗽起来。她听到这种咳嗽，心里“轰隆”一声，她突然意识到，他叫她去他那里不是作为女友，不是心爱的女人，而只是当作一个女性，有义务取悦他。但她仍然抱着希望，没有放开谢尔盖·伊万诺维奇的手臂，还是温顺地去了。他沉默着，一直在贪婪地抽烟。事情正如她所想的，甚至更糟，更悲哀。现在，她的心脏在难以忍受的跳动，她不无羞耻地回想起，她在他那空荡、肮脏的公寓所忍受的屈辱。谢尔盖·伊万诺维奇在她面前不再掩饰。非常沉闷，单调的日子又拖长了……

而现在，坐在熟悉的老椅子上，望着四面令人生厌的黄色墙壁，她苦恼地思索，她怎么会有这样的命运？为什么上帝会选择她？恰恰就是她？为什么要折磨她？为什么她的命运如此险恶和无情？就像是为了报复，追究某些人的罪……她的头痛起来。克拉拉·德米特里耶夫娜躺在床上。眼睛看着小巧精致的棕色盒子里的收音机。她拿在手中，打开开关。是她非常非常喜爱的音乐。保罗·莫里亚[①]的管弦乐队在演奏它神奇的音乐。尖叫声，哭泣声，一会儿聚在一起，一会儿又散开来。这些声音总让她想起一群胆怯地东张西望的白色小鸟。一天晚上，克拉拉·德米特里耶夫娜打开电视，看到她最喜欢的音乐家。高大瘦削，面孔像作

① 保罗·莫里亚（1925—2006），法国作曲家，擅长编曲和指挥。

家布宁，疯狂地挥舞着他的指挥棒，整个乐队就像一艘大船在他身后滑行，音乐家紧张地眯起眼睛，摇着头。而现在，她一次又一次地在脑海里再现他，就像真的看到了他那挺拔、匀称的身影，全部音乐就像一个快乐的童话故事，与她的呼吸汇成一体，她的心脏又在发痛，克拉拉·德米特里耶夫娜哭了。“我的上帝，我又哭了。啊，为什么在最后一刻我总要哭，总要哭……”她怜悯自己，声音低下来。但微弱的和声变得更加刺耳，她的眼睛又湿润了，睫毛在颤抖。“也许，他是个快乐的人……这样的人总是快乐的。”她想到了音乐家，闭上了眼睛。“这些人在生活中有意义，有使命，而我的生活有什么意义，有什么使命？就说柳夏·康德拉季耶娃，虽然她不可遏止地喜欢文学，但不值得我夸赞她。我的一切都比别人好，都比别人强。我有最好的图书、唱片，最昂贵的衣服和珠宝，而这个高大的房间也是我的，我在这里是主人。父母双亲都在我身边，对于其他人来说，这是一种乐趣。天啊，这是乐趣。而对我，他们早就看够我了，看得累了，我就像最后一个孤儿一样活着，我早已经把所有的人都埋葬了——最亲密的朋友、熟人、自己未出生的孩子、父亲和母亲，还有不再活了的我自己——我要死了。为什么我是这样的？……我甚至有时讨厌我的学生…………”

走廊开关响了几下。母亲不再等待她的克拉罗奇卡，自己去休息了。克拉拉·德米特里耶夫娜把收音机放在桌子上，想睡觉了，但睡不着。她数数到一千，但一点用处也没有。然后她开始考虑夏天会去哪里。

每个夏天命运都会驱使她到一些新的地方。她几乎走遍了整个国家，几乎去过所有的文学博物馆和画廊，北方、南方、远东……她有时不是出于什么欲望，而只是习惯；有时，就是心血来潮，她想背着所有的人在火车、飞机上见那个唯一的、最珍贵的、夜夜都在梦想的人。但这个人，显然，从旁边绕过了她。她在学校朋友同事中没有找到，所以她要在火车上，在旅途中寻求安慰。现在她就开始着手规划夏天的路线。有了这些想法，自然就遗忘了烦躁不安和易醒的睡眠。

早上的房间如此明亮，仿佛是在夏日的户外。太阳淹没了整个房间，甚至反射光点也在天花板上欢快地跳起舞来。薄薄的窗帘在暖风中张得就像船帆一样。它冲向小气窗，然后又像主人一样在房间里横扫一遍。克拉拉·德米特里耶夫娜深深地吸了一口气，愉快地笑了。好天气总是使她精神振奋，心情愉悦，她经常开玩笑说，一个温暖的太阳就能让她快乐。而现在，整夜苦涩的想法似乎一下子远去，没有了踪影。她又深深地吸了一口气，从床上轻松地站起来。她把柔软的羊毛毯扔在床上，慢慢地去了厨房。

她和母亲在喝茶。父亲已经不在家，去做他自己的事了。她坐在母亲身边，她在用她那安静的勾人的笑容微笑，她是在为最近的无礼道歉。然后，她就说起了昨天在教师休息室的谈话。那些傻乎乎的女人都在吃自己丈夫对别的女人的醋， 但为什么还要抓住自己的丈夫不放，而这样的男人街上多的是。她边说边笑，仿佛为这些麻烦事没有威胁到她，她反而感到高兴。她不会给别人的叔叔洗衣服，不会一上午站在炉子前面。她是完全自由的，不会在任何人面前打报告，对她来说，自由高于一切。女儿的母亲附和着微笑，但她的眼睛一直是沉重、悲伤的，仿佛她一夜都没有睡。克拉拉·德米特里耶夫娜没有注意到母亲的心情，她一身轻松地去准备自己的课程去了。

教师休息室也是一片春光。正在播放课间休息的嘹亮的音乐。而且，一个奇怪的巧合，播放的同样是法国乐团演奏的曲子，但现在这首神奇的音乐不再令人悲伤和绝望，而是给人以喜悦，阳光的喜悦。克拉拉·德米特里耶夫娜把它当作是对自己苦恼的几乎整夜无眠的奖赏。铃声响了。老师们拿起班级日记，悄无声息地离开了教师休息室。整个学校立即沉静下来，只有勤杂工波利娅·塔拉索娃，一个活泼的老女人，带着一个窄脸女孩，手里的一大串钥匙轻声地叮叮当当，嘴里在嘟嘟囔囔地抱怨什么。老师们都怕她，甚至超过了校长。她也知道这一点，为此感到骄傲，经常做出凶狠可怕的样子吓唬窄脸女孩。波利娅终于平静下来，把钥匙挂在钉子上。克拉拉·德米特里耶夫娜在这几分钟里已经完成了例行点名。她穿了一件浅绿色的连衣裙，胸前一个漂亮的蝴蝶结。这优雅的蝴蝶结，清丽的连衣裙，全身散发着一流化妆品芳香的她，充满了来自窗外的春天的气息。学生们仰慕他们的老师，在低声议论。她开始讲述《樱桃园》创作的故事。她说，契诃夫是一个伟大的人，他不像别人，他有很多朋友，是好客的主人，他喜欢热热闹闹的节日酒宴和聚会，他总有着无限的孤独和悲伤。他孤独，他的一生都在无尽的梦想中，梦想爱情，梦想美好的未来，梦想快乐的新人，在他身边不再有生活的空虚和苍白的日子，而《樱桃园》也是一个梦想……然后他们读了戏剧的片段，她分开自己的声音，一会扮着拉涅夫斯卡娅，一会扮着加耶夫，但她没有注意到，如何真正地全神贯注地投入作品。她以前很少是这样的，但现在，显然是受了春天的影响。克拉拉·德米特里耶夫娜笑了笑，理好自己的头发。铃声响了，就像给了她一个惩罚。

还没有从课堂上冷却下来的她，依然浑身兴奋，在走廊里遇到了柳夏·孔德拉季耶娃。她一看到柳夏的眼睛就猜到，她一点儿都没有忘记。“一切都会好。我们不哭……”她绷着面孔想着，脸上还是一贯的难以接近的表情，但心情在恶化，下巴也开始颤抖。这就像一个邪恶的预感，真的让她生气了。“哼，这种家养的诗人能爬到哪里去？！ 写上三首诗马上就成了天才。还要让这家伙进到学校来。绝对没门。”克拉拉·德米特里耶夫娜笑了，命令自己冷静下来。当她慢慢地走到教师休息室时，神经紧绷，她人几乎要失控。

柳夏·孔德拉季耶娃也在紧张。她甚至不想去看克拉拉·德米特里耶夫娜，但她的眼睛还是要撞到她那巨大的绿色蝴蝶结。要是在其他场合，她会对这个可笑的老款蝴蝶结开个玩笑，但现在她没有笑。教务主任娜杰日达·谢尔盖耶夫娜走来。她没有一点声息地走到柳夏跟前，轻轻地碰了一下她的肩膀。

“柳德米拉·亚历山大罗夫娜，我要去您的课上。您别介意，这都是按计划进行的。”她的眼镜闪闪发光，一脸严肃，手里有一个黄色笔记本。

“我今天的课是课外阅读，现代诗歌赏析。您会觉得很无聊，不会有兴趣的。”柳夏·孔德拉季耶娃试图躲开主任，但马上面红耳赤，就像犯了什么错似的垂下了眼睛。她从来不会说谎，不会绕弯子，她做人做事就像对着镜子一样……

“那好，就听诗歌赏析。让我们看看我们现代人的诗歌……”

克拉拉·德米特里耶夫娜听到了他们两人的谈话。柳夏心中不安，环顾四周，克拉拉·德米特里耶夫娜的眼睛充满了狩猎人的兴奋的光亮，再有一秒钟她就要毫无顾忌地放声大笑了，但她还是克制住了自己。“你要栽了，柳多奇卡。现在，娜佳就会给你的鲁布佐夫一个好下场了。下次，你就别想再卖弄什么诗歌了……”她咧嘴一笑，微微摇动着自己的身体，到了教师休息室。她停在镜子前面，假装整理她的头发，侧目看着柳夏·孔德拉季耶娃。上课的铃声响了。

“好了，您带我去，亲爱的。您在前面，我跟着您，”教务主任说，又把手里的笔记本捻了一下。她僵硬得就像是外科医生。

她们很快走进了走廊。

“我们的柳多奇卡被逮走了！”安娜·瓦西里耶夫娜笑了起来，“她在颤抖，她害怕了。要是我，说什么也不会让娜佳进教室。她要敢来我的化学课，就让她发抖吧，我才不那么服帖，我就不干。我上实验课，我有的是试剂……”

“你厉害，你是狼，而柳夏是一只小羊羔。”克拉拉·德米特里耶夫娜打断了她的话，郁闷地看着窗外。她的情绪低落，也许是天气的原因。太阳已经隐没在窗口后面，外面正在下雨。教师休息室太黑了，开着灯。

站在讲台上的柳夏心里很紧张，完全不知所措。但当她开口说话，她人就开始平静下来。是雅罗斯拉夫·斯梅利亚科夫[①]在帮助她。她在台上背诵他的诗歌，这美妙的音乐使人忘记了病痛，忘记了悲伤，她甚至完全忘记了教务主任，韵律在她那里流淌，流淌。最后，在下课铃声响起的前 10 分钟，她脸色苍白，激动地朗读了三首诗歌：一首描述昏暗田野上的一匹白马，一首描述一个平常不过的乡村家园，一首描述一位目光明亮的老人。教室里变得安静，出奇的安静，你可以听到老师的呼吸。柳夏甚至更加兴奋，但那已经是另一种兴奋，喜悦在她的眼里闪耀……

“柳德米拉·亚历山德罗夫娜，可以给我读两个晚上吗？我还要从集子里抄一些东西……”塔尼娅·苏哈诺娃问她。

“当然可以，塔涅奇卡。你哪怕把鲁布佐夫读上一个星期也行，然后再转给别人。”柳夏笑了，抬起头来，正好看到教务主任。娜杰日达·谢尔盖耶夫娜看着她的笔记本，在写一些东西。她的眼镜低挂，一脸愤怒，她看着玻璃。柳夏的脸色立刻变得苍白，背上开始发冷。

“为什么鲁布佐夫他会这么伤心？就要落泪了。而我……”塔尼娅·苏哈诺娃还要说下去。

“蠢货，塔尼娅！ 因为这是诗，不是你的小商铺。你就在你的店里嚼饼干吧！”一个脸色红得像橙子一样的男孩子打断了苏哈诺娃的话。

“而你，索布琴科，你够聪明。别看你公文包不离身，脑子却不在头上。”

“闭嘴，小胡萝卜！”男孩子又嚷起来，他的脸变成深红色的，似乎只要一按，马上会冒出血来。

①雅罗斯拉夫·斯梅利亚科夫（1913–1972），俄罗斯诗人。

“你别废话，索布琴科！来，我们不用中间人！”塔尼娅全身收紧，两只眼睛直盯着侮辱者，时刻准备击碎对方。

“你瞪着眼干什么，美女？你人是木头人，眼睛倒是锡做的。”那家伙笑了起来，后排的孩子也在起哄，老师一点办法也没有，脸色更苍白了。

“怎么会这样？怎么回事？只是读了几首美妙的诗歌，都是积极向上的，但过了一分钟，怎么就要怒目……”

“诗就是诗，但在现实生活是另外一回事。”坐在最后一排的孩子在说话，声音里没有一点力气。

“不，普罗宁，你错了。诗歌总让人快乐、忧伤。它们养育我们的心灵。难道你不喜欢吗：‘我走在五彩草地上，花儿绽放，照亮悲伤，就像一个老朋友与我为伴，因为他也不愿意忍受空虚。’”

教室里再次静下来。雨滴顺着檐口流下来，敲打着沥青地面。

“您再读点别的吧。”塔尼娅说，但这时候铃声响了。教务主任第一个走出教室，在走廊里等着柳夏·孔德拉季耶娃。

“柳德米拉·亚历山德罗夫娜，我想提前……”

“您说，您说，我在听……”

“我觉得，课程的目标已经达到了。鲁布佐夫引起了他们的兴趣，但您的课堂纪律，亲爱的……怎么会称呼别人小胡萝卜？”

柳夏脸红了，垂下了眼睛。谈话继续在教师休息室进行。教务主任平和的目光看着柳夏·孔德拉季耶娃。

“您很会讲课。背诵了那么多，也很好。我自己感到惭愧，我没有听说过鲁布佐夫。而在您读的时候，我的眼睛感到刺痛。我很少有这样的时候……”

“眼镜要掉下来了，”克拉拉·德米特里耶夫娜笑了。她在听她们的谈话，忍耐不住，插了嘴，“鲁布佐夫，鲁布佐夫，有谁要读他？他又不是教学大纲里的东西，您有什么好讲的……”

“他的天赋不比丘特切夫低。真的，真的，真的是这样的！”柳夏·康德拉季耶娃激动起来，脸色又苍白了。

“比丘特切夫强，强得多！和普希金比一比，不就是一只小甲虫！”克拉拉·德米特里耶夫娜大笑起来，大家都在回头看她。她的大蝴蝶结在衣服上摇摆，她的鼻子发红，发硬，看起来像一只胡萝卜。柳夏现在恨她，但还是多说了几句话：

“您知道陀思妥耶夫斯基在《罪与罚》里是怎么说的吗？”

“他说了鲁布佐夫什么？”

“他说，人们常常是对同时代的人吐唾沫，然后再给他们立上纪念碑，再崇拜他们。看来，我的同事，您的玩世不恭需要去教解剖术了。”

“冷静，亲爱的，这里不是讲台！他们还没有长满羽毛，就已经是西塞罗了。”克拉拉·德米特里耶夫娜的下巴又抽搐了。她用手掌捂住下巴。而柳夏哭了。

“好了，各位老师！大家也热闹够了。这也不是什么大不了的问题，就不要再议论了。”娜杰日达·谢尔盖耶夫娜大声说道。柳夏哭得更厉害了，她突然抬起头，喊道：

“我没有！……我不是要故意顶撞克拉拉·德米特里耶夫娜的！”她停顿了一下，并继续说，“我只是想不明白，一个这样心态的人怎么会去选择俄文系……”

“什么是心态？请您把话说完，”克拉拉·德米特里耶夫娜继续发起攻击。她的呼吸急迫，她的下巴抽搐着，她甚至没有去掩盖，这让她的脸立即老了十岁。

“你们到底在争什么？”安娜·瓦西里耶夫娜忍不住了，“诗人都是不错的，就看你自己的口味！”她笑了起来，寻找同情者。看到没有人响应她，她就把脸埋在了练习簿里。教师休息室变得安静，仿佛大家都藏了起来。柳夏站在窗口，扫视着外面的街道。雨在下，乌云眼看着就要压在屋顶上。

“别再争吵了。你们得和解。”教务主任严厉地咳嗽了一声。柳夏用手指在玻璃上画了一幅画。突然，她看着克拉拉·德米特里耶夫娜，笑了：

“我们是两个鲜活的灵魂，但无法交谈……”

“别来这一套，你别随便找一个诗人就来卖弄聪明！”

“您不要指责我，克拉拉·德米特里耶夫娜！我不是街上的那种女孩。”柳夏一吐为快，不再忍让，说完，骄傲地扬起了头。

“不就是个乳臭未干的黄毛丫头，”克拉拉·德米特里耶夫娜高声咆哮起来，对话变成了坊间婆娘的尖刻谩骂。柳夏意识到了这一点，迅速躲到屏风后面，一瞬间套上风衣，连一声再见都没有说，就跑出了门。

“现在，连狗也别想追上她了。”克拉拉·德米特里耶夫娜想开个玩笑，但教务主任突然止住了她。

“怎么可以开这样的玩笑？！ 您让我吃了一惊。您是她的长辈，比她见识更多，我们应该帮助她，帮她成长……”

“她还用得着别人帮助！”

“你行了，克拉拉！我们不是不知道！我们的柳夏连一只蚊子都不会打死，而你变得怒不可遏，”安娜·瓦西里耶夫娜低声说，马上又像想起了什么似的，嘴里不停地叨叨，“对不起，对不起。我不该管你们的事，我还有好多自己的事要做。不过你还是要善良一些……”

“你知道，安娜……”克拉拉·德米特里耶夫娜没有说下去，她的脸在抽搐，她抽噎着大哭起来，又突然平息下来。然后，她慢吞吞地走到镜子跟前，从她的手包里拿出粉盒和口红，开始在脸上补妆。当她转过身来，大家看到了原本的克拉拉·德米特里耶夫娜：她的目光明亮、有神，她轻轻地抚弄着自己的头发，妩媚地皱着额头。大家都为她焕然一新的变化感到高兴，七嘴八舌地夸赞她的衣服合体、时尚。

“亲爱的！我才不会把抹布绷在自己身上，”她挺直肩膀，模仿着某个女演员，扭动着腰肢在她们面前走起来。也许她就是在模仿她最喜欢的女演员爱丽丝·弗伦德利希①

十分钟后，她走在街上。雨已经停了，头上几乎又是夏天的湛蓝色天空。匆匆忙忙的行人好像要去度假，他们一定是很喜欢新春和温暖的阳光，克拉拉·德米特里耶夫娜的心里也一样在感受新春的到来和温暖的阳光，一大早就是好心情，但又有什么事情让她灰心，让她忧虑，她不知道该怎么才能找到自己的宁静。她一边走，一边看着道路两旁，她好羡慕那些树和温暖的风，羡慕所有的路人。路人从她身边走过，他们不会知道，也不会想到，克拉拉·德米特里耶夫娜早已失去了她生活中的一些东西，在学校里，她早已累了，困倦了。她想集中精力思考一些东西，但荒谬的问题一次又一次出现在她的头脑里：“为什么我这么倒霉？为什么每个人都很高兴、快乐，只有我一人冷清、空虚，也许，日后都不会……”她换成了平静、从容的步子，呼吸变得均匀，头脑也轻松了。她嘲笑自己：“没什么，没什么，就是随便走一走……”就在这一刻，她看到谢尔盖·伊万诺维奇在前面。他穿着一件灰色的西装，脸庞红润，显得更年轻，他的头高出所有的人，就像走在人群中的一只鹿一样。克拉拉·德米特里耶夫娜马上站住不动了。谢尔盖·伊万诺维奇的右手拿着一个儿童书包。书包旁边跑着一个八九岁的女孩。她好像她父亲的样子，一样的耳朵，一样的眼睛，甚至脖子也一样长。“看来，他妻子回来了。”克拉拉·德米特里耶夫娜在想，这一刻，她被某种尖锐的东西刺痛了。她知道，她的心受了伤……他们的目光碰了一下。谢尔盖·伊万诺维奇看着她，就像一棵树，她想对他喊上几句泄愤的话，

① 爱丽丝·弗伦德利希（1934— ），苏联和俄罗斯的女演员剧院和电影，歌手。

但难以忍受的疼痛止住了她。当克拉拉·德米特里耶夫娜再看到他们的时候，女孩抱着她父亲的胳膊，一直在小碎步地跳上跳下，仿佛叫他一起跑。然后，他们去到一处高的地方，太阳落在他们的头上，他们两人变成了金色，透明的，好像就要飞向空中。她睁大眼睛看着他们，开始数到十，努力让自己别跌倒。

云

炎热凝聚在村子上方，看样子，地上的草很快就要被太阳点燃了。而杨树已经热得无法忍受，它们早已忘记了雨天。就连狗也累了，躺在大门口一动不动，不再吠叫一声。只有柳夏一个人快快乐乐的，因为她喜欢热天……

柳夏走到了门廊，伸展了一下身体，突然想起今天还没有去游泳。母亲在后面低声叫她，但女儿已经不听，也不看，河已经把她的心勾走了。过了一秒钟，柳夏已经朝着栅栏跑去。街上还是空荡荡的，只有谁家的公鸡在栅栏旁边溜达。但是，公鸡呀公鸡，你挡不住柳夏的去路。柳夏跑走了，她散开的头发像降落伞。现在，她正从山坡上滚下来，更像是一个弹跳的皮球，说话间她已经滚到了河边，她站住了。只是柳夏跑得有一点太快了，看不到一个女友。只看到木筏上站着的一个邻居，是马林娜阿姨。她在冲刷衣服，红毛小狗瓦尔卡在她腿边跳来跳去。但瓦尔卡只是看起来活泼、年轻，实际上，像柳夏一样，它已经六岁了。对于人来说，当然不算大，但对于狗，已经是生命的一半了……

柳夏又看了一下四周，她的眼睛暗下来——她不想一个人游泳了。她低声呼叫瓦尔卡。小狗就等着这一刻，立即跑到柳夏跟前。她抚摸着它的耳朵，瓦尔卡展开身子躺在了沙滩上，很快就睡着了。它睡得很轻，还一直打呼噜。柳夏觉得无聊。她的朋友没有来，马林娜阿姨也不理她。她在想，自己如何能够到达对岸。但她游不过托博尔河，所以感到难过。在那边的小山上，一片绿色的小树林里建了许多房子。每个房子的外形都不一样，都有自己的脸，自己的表情。但桦树彼此相像，都穿着白色裙子，直拖到地上。柳夏看着它们，但这个时候瓦尔卡突然尖叫起来。柳夏扭头去看。四周没有人，看来，是瓦尔卡在做梦，要不就是它头烧得发烫。柳夏好想下到水中，但还是不见一个女友来，一个也没有。只有山上出现的一只肥胖的大鹅，它身后还慢吞吞地走着一群。领头鹅不慌不忙，步履蹒跚，走得很慢，就像放映员根纳·卡尔马佐夫的步伐一样。而他的鼻子也一样是红的，穿着一件灰衬衫，裸露着前胸。柳夏挡住了它的去路，大声喊着，笑着：

“你要去哪里，根纳叔叔？ 我不会放你过去的，你别想！……”

鹅看都不看她一眼。然后柳夏的尖叫声更高了，甚至脸颊也红了：

“我不会放你过去的！你为什么这么骄傲？！ ”她瞪起眼睛，张开手臂，挡住去路。她的脸更红了。

但是，鹅只管继续前进，柳夏害怕了，后退了。头鹅后面是一大群白色的鹅家族。鹅孩子们走在中间，它们的兄长守卫着后方。柳夏看着鹅群，她觉得对不起它们，至于为什么对不起——无法猜测。接着，她的目光转到了小牛犊那里。它也在向着河里走去，它走起路来东倒西歪的，走得很艰难。在到达水边三米的地方，它跌倒了，马上就有一群苍蝇飞来，开始在它身上觅食。牛犊扭动脖子，挥舞尾巴，但尾巴够不着。肯定是热得太厉害了。柳夏拿着树枝过去，挥舞着驱赶苍蝇。而苍蝇马上就来攻击柳夏，然后又冲向牛犊那里。但毕竟苍蝇少了许多，柳夏笑了：

“忍一忍，马尔季克！ 没什么大不了的，就是苍蝇……”

牛犊哞哞着回应，伸着脖子。柳夏抚摸它，对它耳语了几句，它马上就明白了她的意思，大声哞哞叫起来。

“忍一忍，马尔季克！ 我也热得要命……”

她与这只小牛犊早就熟悉了。它住在马林娜阿姨的隔壁。它在三月出生，所以它的名字就叫马尔季克。小牛犊生出来全身都是黑色，只在额头上有一片白斑。有一天，柳夏把墨水抹在那片白斑上，但邻居马上就拿肥皂洗掉了……

太阳烤得更厉害了。柳夏脱下衣服，只留内裤，马上觉得呼吸舒畅了。柳夏躺在瓦尔卡旁边，望着天空。云彩在空中行走。它们都匆匆忙忙地要去到什么地方，生怕耽误了时间，好像都有自己的事情要做。有时候，一片云赶上了另一片云，它们就慢慢地合并在了一起，柳夏很想了解这个奇迹，但这哪里是她一下子就能弄明白的……

有一片云十分显眼。它现在看起来就像根纳·卡尔马佐夫叔叔的一只鹅，而现在不是鹅了，变成一只小牛犊正在往下看，它的额头很大，很开心的样子……而接下来，那片云彩变成了一匹马。它摇着尾巴在玩耍。现在马没有了，而是那只猫，谢廖沙。柳夏大声尖叫着，她拍手呼叫着，当然，这就是谢廖沙！这只猫住在他们家已经第三个月了，全家人都爱它，都把它当作自己的家人。柳夏坐在桌旁时，猫也会坐在她旁边，看着盘子。柳夏马上就会给它摆好汤勺和叉子。母亲不喜欢它，她一人抱怨，甚至连女儿也不看："我们还得时刻跟着这只猫……你自己也该去看看吧……"然后，母亲就会沉默很长一段时间，这种沉默是最熬人的，但柳夏不知道什么是"自己也该去看看"。今天，她做了一个梦，好像到了黑海，马上就要去游泳了。但要去海边还很远很远，周围空荡荡的，都是陌生的地方。她走了很长的路，脚都磨破了。最后，总算看到水了，黑海。海边到处都是尖叫的孩子，还有嘎嘎乱叫的鹅，木筏上的马林娜阿姨在洗衣服。她这是在哪里？！ 柳夏突然吓坏了。这不是海，这是她们家乡的河！鹅也很眼熟，河岸也很眼熟。她这是在哪里？柳夏哭了，号啕大哭起来。跑呀，跑呀，她又返回了自家村子里。她哭得更厉害了，呼叫来人。也许有人会来救助，但就在这一刻，她醒了……这不就是"自己也去看看"了！她去了海边，又回到了家。

空中的云彩还在行走，一片云赶上了另一片云。柳夏要数一数云彩，要记住，但这时候瓦尔卡在低声呜叫。马林娜阿姨带着洗好的衣服从他们旁边路过，瓦尔卡摇着尾巴冲了过去，留下柳夏一个人。突然间变得安静了，只有蜜蜂在什么地方发出嗡嗡响声。然后蜜蜂飞走了，安静了。安静得你会哭。毕竟，柳夏不喜欢孤独，她的心情马上就会变坏。她需要一直与人说话，或者与人争论，现在都走了，只留下她一个人：瓦尔卡跑了，蜜蜂飞走了。云彩虽然活着，但它们在高处，她无法跟它们说话。她很伤心，甚至头也在痛。也许是因为炎热，也许是她自己心情不好：明天柳夏真的要出门。父母要到阿纳帕出差，他们要带着女儿一起去。可能就是这些原因，她晚上梦见了海，也可能因为……

终于等来了她的女友，斯韦塔和加利娅。她们是姐妹俩。斯韦塔是姐姐，加利娅是妹妹。姐姐长得高，不爱说话，妹妹个头矮，胖乎乎的，所有的牙齿都露在外面。加利娅有一个绰号——小熊维尼。她喜欢在木筏附近潜水，但水深处还是不大敢去。有时候，姐姐会拉着妹妹的手，带她去更远的水里，但在这个时候最好不要看加利娅。她会喊起来，会尖叫，还要咬人，姐姐忍受不了——加利娅就从水里跑出来，笑着，她的牙齿像牛奶一样白……

现在她在笑，突然对柳夏说：

“你脱衣服！玩潜水！”

“哎呀，你！”柳夏使出一个顽皮的眼色，好像在说你不要叫我，我怕你咬人。

“哈哈，看把你吓的样子！”加利娅欢跃起来，所有的牙齿又都露了出来。

“来吧！”柳夏不服气，退后几步，跑起来，直接落入水中，就像栽进了深雪堆。浪花飞起，姐妹两人叫起来，喊着她的名字，就连马尔季克也担心地扬起了头，但柳夏什么也听不到，什么也看不到。她只顾高兴地游着，心中有一种不可抑制的快乐在奔走；她几乎到了河流的中间，转过身子，面孔朝上，她人呆住了。多么快活，简直是奇迹！河水轻轻地击打着她的后脑勺，上面是天空，云彩在飘动。它们看着柳夏，她看着它们，眼睛也不眨。云彩在慢悠悠地飘动，柳夏也慢悠悠地跟着水流游动，河水还在轻轻地击打她的后脑勺，全身放松、舒适，柳夏就想这样在河里游上一整天，然后一整夜，然后再继续，接下去，什么也不要做，所有的时间就看着天空中的这些云，云……

“女儿，你在哪里？！”有人在山上喊叫，“你在哪里？！”

柳夏这才听出来是她母亲的声音，但声音很远，是从山上传来的。

“柳夏！……你听到了吗？我在喊你，我在喊你，该回家吃午饭了……”现在，他母亲的声音越来越近了，好像就在河边的木筏附近：

“柳夏，你答应我呀！你看，我有个好玩的东西，你要是能听到的话就回来！……”

听到这些话后，柳夏最终还是游回来了。她游得轻松、快活，就像一个男孩子。而在她身后拖着一个长长的白色激浪。河岸在跟前，木筏在跟前，手臂一伸……但她不想出水，柳夏一转身，又离开木筏游走了，母亲简直要疯了。她看着四周，好像在找人帮助，但旁边除了她自己，只有马尔季克。母亲只好吸了口气，乞求女儿：

“亲爱的，你真的就好意思这样下去！简直就是耻辱，没有教养……你快游回来，我有东西给你……”

但柳夏刚才在笑，接着就扑哧扑哧起来，看来，是喉咙进了水。几只鹅朝她游过去，她潜水到了鹅的下面，它们不怕她——它们甚至喜欢这个游戏。

“你等着，等着有人来收拾你！我这就去告诉你父亲！”母亲使出最后的力气尖叫着，女儿终于屈服了，游到了岸边，不情愿地慢吞吞地出了水，一脸的不满，好像被人欺骗了一样。柳夏慢慢走到衣服跟前，把裙子套在头上，然后花了很长一段时间寻找凉鞋。最后从一处沙子里拉出来一只凉鞋，另一只怎么也找不到了。她的脸色又阴了下来，用责备的眼光看着她母亲。母亲在想自己的事，不再作声。柳夏很不高兴，但她已经不再啜泣，只是在叹息。她的一声叹息立即唤来了母亲的话：

“别难过了，女儿！我们到南方再买新的回来。我答应你。”

“我就要我的这双凉鞋，就要这双！……”柳夏还是不依，母亲再次安慰她：

“我不知道会这样……我们明天再来河边，而你的凉鞋……”

“我就要这双凉鞋！”

“我不要听你的，你要回家吃饭！”她抓住柳夏的手，拉着她走。女儿再次呜咽起来，但顺从了。

他们在山上遇到了瓦尔卡。狗嘴里叼着什么东西，想溜走。但柳夏拦住了瓦尔卡的去路：

“妈妈！妈妈！它叼着一只凉鞋！”

“这下好了。”母亲笑了。而这时候，狗扔下了口里的东西。凉鞋完好无损。柳夏穿上她的鞋子，两手一拍：

“就你这个瓦尔卡！ 害得我乱找……”

“它是个小偷。”母亲认真地说，皱起了眉头。

“不，妈妈！……”柳夏替瓦尔卡求情，“它不是小偷。它是在玩耍……”

“好，好！在玩耍！在玩耍！”母亲一点也不退让，“它现在是玩耍，过一会就扔了。扔到哪里，它又不会说……”

“它会说的，会说的！它会自己跑来的……我很久以前就喜欢上它了……”

“什么，什么，你说什么？”母亲突然笑了。

“我很久以前就喜欢上它了，”柳夏又说了一遍，皱起了眉头，母亲又笑了，好像有人在逗她笑。

“啊，我女儿很久以前就喜欢上它了！她爱所有的人，尊重所有的人。只是不爱自己的母亲，不听自己的母亲的话。”

“我爱所有的人，妈妈！”柳夏几乎是在呼喊，她的声音兴奋得在颤抖，而母亲不知在想什么事情，显得忧郁。她又看着女儿：

“柳夏，你一直仰着头在看什么？”

“妈妈，妈妈！”女儿着急了，拉着她的袖子，“云彩是活的吗？”

“我会告诉你，你不要急，现在我们回家吃饭。”她笑着，好长时间一直看着柳夏。柳夏不好意思了，收回了她的目光。

他们在园子里的杨树下吃饭。一个圆桌子，茶炊正在沸腾，杯子和勺子已经摆好了。杨树正值壮年，枝繁叶茂，充分享受着阳光。也许就是这样的原因，这里夏天的树下都很凉爽。杨树背后是丁香，但不太多，只有三四棵的样子。现在这些旺盛的灌木丛已经在开花，取悦着主人。母亲特别喜欢它们，而丁香对她也有一点感觉。你看，母亲现在已经顾不上别的，先走过去看了看她的丁香。等她回到桌子跟前，马上发出命令：

“现在，亲爱的，开饭了！”

柳夏坐在那里不作声，她不想吃饭。然而，她手里一直拿着勺子，勉强地从盘子里扒拉着东西。愁眉苦脸的样子，好像心里很痛苦。母亲看到她，笑了。她从家里拿来了一个收音机，擦拭过灰尘，按下了按钮，开始轻轻地播放音乐，是慢节奏的乐曲，仿佛在哀怨什么，或者希求什么。柳夏不大开心地喝着茶。父亲不在场，她觉得有点落寞，但柳夏也已经习惯了。父亲很少有在家的时候，在他看来，家就是一个进进出出的门。今天一大早他就去了区里，他是一名集体农庄的经济学家，人们都说，这是一份不得闲的工作。

“柳夏，快来听这首歌！……真的唱到了我心里。”母亲轻轻的，梦幻般的声音响起，她把身子斜近收音机，她的眼睛里现出惊喜。柳夏也在听，就连杨树也竖起了耳朵在捕捉音乐：

“不要伤心——生活在前面，

生活在前面——希望在等待……”

母亲转过脸叹了一口气，然后又叹了一口气：

“就是的，柳申卡。生活要有希望。谁不是希望……”

“我不明白，妈妈……”

“我就是这样说，没什么。这首歌挺好的。我想的是你，女儿。明天你就会直接去到海边，你会很高兴……”

但柳夏转过了身，并没有在听这些话。而母亲这时候很想说话。看来，她自己一直在期待去大海，而且已经迫不及待了。

“爸爸很快会收拾好你的行李。而明天早上我们就到库尔干，从那里乘飞机直接到南方！不，柳夏，你听着：我们直接去南方！！不要伤心——生活在前面……”后面的两句话，她不是在说，而是唱出来的，但女儿恼怒地看了她一眼，垂下了眼睛。

“你怎么了？你不高兴……”

“我很高兴……”柳夏说，她看着天空。毛茸茸的小狗瓦尔卡在天上跑着，马林娜阿姨拎着水桶紧跟在它后面，当然是她——她们家的邻居。现在狗和人已经汇合在了一起——这个奇迹，到底有什么秘密？柳夏很想解开这个奇迹，但云彩已经跑远了。

“你在看什么？怎么睡着了……”

“没有，妈妈！”柳夏不高兴了，“我没有睡着。”她的脸色变得苍白、难看。

“妈妈，妈妈！”

“你怎么了，生病了？”

“海上的云彩是这样的吗？”

“你怎么了，吓到我了！……不，南方的云彩也是美丽的，但没有这么多的废话。”

“母亲，海那边有桦树吗？”

“那里当然不会有。但那里也美……”

“南方有河吗？”

“那里不是河，那里是黑海。你为什么要问个没完？”

柳夏没有回答，在向下看。

“你要知道，我是母亲……”

这时候，柳夏抬起头来：

“妈妈，妈妈……我不想去你们的海边。我就留在这里，你们自己去……”

“你疯了！谁不承认大海好，你告诉我……”母亲笑了，停下来，而后又笑了，笑得连眼睛也看不到了。

“可笑死了！我没想到……”

“不，妈妈！我在家挺好……”

“什么是好，女儿？……是谁这样教你的？”

“红毛瓦尔卡教给我的。”柳夏莫名其妙地答了一句，她的眼睛在闪光，也许是决心，也许是悲伤。母亲看着她，皱起了眉头：

“我不明白你……”

“妈妈，你别生气……”

“只能说，你在胡闹……”

“我没有胡闹。我决定了！”

母亲的回应是更加痛苦地紧锁眉头，看着女儿不知道该说什么。

“你最好替我们想一想，改变一下主意……很糟。你的父亲已经花了一年的时间，而我也得一直待在图书馆，第二年还要继续，我们没有休假……现在我要做的事更多——一大堆检查要应付，区里一直在要报告。不，女儿，你应该明白。我们只有一个希望，就是去度假，而你……”她还想说些什么，但喘不上气来，无奈地摆一摆手。

“妈妈，妈妈！”柳夏打断了母亲的话，她着急……“我跟你们一起去，我去，你不要再说下去了……”

“啊，柳夏，柳夏，你总算想通了……”母亲若有所思地眯着眼睛，又长叹了一口气。

这一天过去了，黑夜也过去了。早晨来了，他们开始准备出门的东西。要收拾的东西不算多，因为父亲晚上就打包好了所有的行李。最后的时刻已经悄悄地到了。马林娜阿姨与大家拥抱告别，拿走了房子的钥匙。他们要离开家的时候，总是把家交给她管理。

……车子开得很快，村子已经落在后面，到了山上，司机刹了车。大家都想下车和村子说一声再见。柳夏也一样下了车，回头看了看。

她回头一看，几乎无法呼吸。小丘之间的河流泛着银光，蜿蜒流淌，河水在阳光下闪闪发光。河流旁边是一座座房子——白色的、绿色的屋顶，还有棕色的。所有的房子从这里看去就像一株株蘑菇，房子一旁是绿色山岭，就像大片的青苔。但等太阳退到云彩后面，周围的一切就都变了，都收缩了，但变得更好看，更清晰。柳夏睁大眼睛，深深地吸了一口气。在房子上面已经有了一些雾气，河上也有雾气在飘动——这是河水在呼吸，在休息。“我的云彩现在在哪里？”柳夏突然想起，抬起头来。她马上就看到一大片蓝灰色的云彩。它走得飞快，仿佛在执行什么任务，它朝着柳夏而来，她吓得闭上了眼睛。当她再睁开眼睛的时候，云彩已经挥着手说再见了，柳夏高兴得喉咙紧憋，这片云彩认出了她，认出了！……

“好了，美女，上车吧，不然我们赶不上飞机了。”她父亲说着，轻轻地推了她一下。

“我不去了！我不能！……”

“说什么傻话，柳夏？”父亲一惊，但女儿没有回答。然后父亲点燃了一支烟，笑了：

“你呀，你就像我们的挤奶女工纽拉·日加尔金娜。我们授予她一张去疗养院的旅行证，她说她哪里也不去，一刻也不会离开。她说，如果没有她，所有的奶牛都会逃走……”

“我不去！我不去！”柳夏又在喊，用两只手捂住了脸。从那一刻起，她不再看周围，什么也不听，她心里只有一件事：现在离开这里。没有她，一切都将会改变，这里的一切美好都会像那朵云彩一样过去，等她再回到这里，一切都将是另外的样子，变得让人讨厌。这条河，桦树，甚至就连天空也会改变。她再也不会，再也不会看到红毛瓦尔卡和马尔季克，也不会看到马林娜阿姨，不会看到根纳·卡尔马佐夫叔叔。柳夏哭了。

“这是怎么回事，我们的女儿？……”父亲抖动了一下肩膀，又拿出一支香烟。

“我知道，我猜到……”母亲慢慢地说，眯着眼睛。她想起了昨天和女儿的谈话.

“够了！”父亲生气了，但柳夏没有回答。然后他们三人——父亲、母亲，还有司机尼古拉一起来劝说她，尼古拉说要尽快赶到城里，时间已经很紧了，而柳夏一直低着头，站着不肯动，仿佛悲伤刺穿了她。

“我替你父亲感到难过……”母亲颤抖着说，拿出手帕在擦眼泪。柳夏没有看她，静静地朝着车子走去。而在走这三四步的时候，她一直在看着河流那边，看着那里的白桦树。然后，她抬头看着天空，突然间脸色变得苍白。她头上的一片云彩正在朝着河的方向飘动，朝着河边房子的方向飘动，只见柳夏跟在云彩后面跑起来。云彩飘得越来越快，柳夏也跑得越来越快，她的眼睛里燃起一团快乐的火焰，火焰在燃烧。她笑了，挥舞着手臂，朝着河流方向跑去，越来越近，离那些房子的屋顶越来越近，看不到的热量包着她的整个身体，呼吸也几乎停止了。

“柳夏，你要去哪儿？！”母亲大喊。

汽车一声长鸣。柳夏跑了，跑了。

仁心叶夫根尼

“我一直在等你！你相信吗？你当然不会明白……这段时间我过着两种生活。我累坏了……”我的朋友叶尼亚·延巴耶夫说完就转过了身。

我们躺在沙滩上，享受日光浴，就在河边。水面上好像有一层乳白色的薄雾在闪烁。闷热，无风。地球上的第二天就是这样沉静、安宁，就连河里的水似乎也变稠了，如果你踩在上面，就会像果冻一样分开来。水中没有凉意，也不舒适。水面上更热。但我爱太阳，我的叶尼亚也爱太阳。他的整个身体变得发黑，粗糙，只是脸上显得柔和，是深红色的，与他那一双孩子般的蓝眼睛倒是十分相配。

“不要因为我把你弄走而生我的气。但我没办法，你知道，没办法……你是我最亲近的人，兄弟一般。”叶尼亚一脸懊悔、无奈，他的眼睛在等待我的回应，但我没有说话，因为我感觉很好。离开喧闹的城市之后，外面的一切都让我感到惊讶：清静的河流和天空。我看到河面如此洁净，天空如此明朗。早晨的山峦上，天空好像在蓝色的深渊中飞行。突然，太阳！所有的一切都因为阳光而颤抖，摇晃。我闭上了眼睛。当我再抬起头来，一切都融化了，一切都汇合在了一起——天空、山脉、大海。这是多么美妙啊！

“你比我兄弟还要亲，亲得多……”叶尼亚皱着眉，等着我的回答。他希望有一个长长的对话，而我不想，我怕吓走了寂静。叶尼亚斜过眼看我，很不满意。看他外表，好像二十五岁，其实他已三十三岁，他有许多经历。他的嘴唇厚一点，像小孩子的嘴唇，眼睛清澈，也像小孩子的，甚至很难想象，他现在还是一位领导。他当上校长已经是第二年了。他在村里有一处用白色硅酸砖砌好的大房子，房子旁边有花园和车库，值得炫耀的是还有一辆新的，也是白色的“莫斯科人”小轿车。院子里有鸭和鹅，还有让娜塔莎·延巴耶娃非常自豪的一头奶牛。娜塔莎是他的妻子，学校的一名教师。他们有一个五岁的儿子，叫科利亚，他已经在学着阅读和写字。村里所有的人都尊重这个年轻的延巴耶夫一家，都羡慕他们家的和谐。连我也嫉妒叶尼亚，因为他在各方面都比我强。那时候我们住在一个村里，一起读书，我们是朋友。我们一起上了大学，上了师范学院，见面是经常的，后来就分开了。我被分配到城里一所十年制学校，叶尼亚去了一个偏远的地区。但现在他有了家庭，一处大房子，还有各种荣誉，而我还是什么都没有——没有家，没有公寓，在学校我只是个三等角色。

“我们下水吧，”叶尼亚说。我走在沙滩上，打不起精神，后来也情不自禁地游了起来，但水一样提不起我的兴趣。我们同时从水里出来，躺在阴凉处。头上是一棵杨树。那里是一大片杨树林。我们躺在这片美丽的树林边上，我又觉得叶尼亚的心情不好，他很想对我说些什么，做一些什么事情，但我没有给他机会，没有提任何惊扰他的问题。

“我一直在等你。就这么等下去，连觉也没有了……”

“那就是失眠症。”我想笑一下，但他的眼神是认真的、坚决的，甚至是在吓唬我。

“你别笑……我根本就睡不着。我总觉得她，我的那个女孩……她不是带着课本来家里，就是坐在教室里，笑着，而我不能……”

“什么样的女孩？你在胡闹什么？”

“你会慢慢理解的。我也不要你马上理解，连我自己都还没弄明白，所以我自己先吃，在啃着……”

“你又在玩什么谜语。”我笑了。他一脸的内疚、无奈，噘起了嘴唇。嘴唇鲜红，就像小孩子们的嘴唇一样。上嘴唇上露出红色小胡子，他似乎经常刮胡子，但它们还是要自己爬出来。“说到这里，叶尼亚……你要像个男人的样子。你叫我有什么事？你为什么这么心神不定？”

“你别急。这对我来说很难。也许，你会讥笑我。我不知道……”

“也许，我不会讥笑——我不知道。”我重复了他的话，笑了。我想鼓励他，让他坦率一点……而他不看我，仍然咬着他的嘴唇。我突然发现他脸颊上有几个雀斑：也许是淡淡地生出来的，也许是原来就有的。我们周围一片静默。在河里游泳的人都走了，天空也安静了，所有的鸟儿都热得躲了起来。过了几分钟，突然我们上方有什么东西啪啦啦作响。也许是空气在运动，也许是我们头上的杨树有了什么动静。就在这时，一根折断了的干树枝落下来，就落在我们头上。叶尼亚打了个战，收紧了肩膀。他的眼神显得有些紧张。一只白色的、非常灵活的海鸥从我们头上飞过。它画了一个圈，又画了一个圈，在杨树上方徘徊飞行。

“你知道，我是想说出来。可我不知道跟谁谈。我不能跟我妻子说这件事……”

“什么事，叶尼亚？你能不能别再藏着掖着？”

“你不理解，你不会知道的。我也怕说到这件事。”他痛苦地皱着眉头，然后又像鸭子洗过澡后摇着他的头，他的手在理顺头发，其实是想把头发压服在头上，棕色瞳孔在不安地闪烁。

“我的上帝！你能不要生气嘛？”

“你别笑。我很难，太难了，我真想杀了我自己。”

“对不起，叶尼亚，你在我眼里已经变得生疏了。你一直都是很安静的，现在你有了爪子……”

“现在生疏，但你还是要习惯我。”他眼睛朝上在看着什么，也许，在看那只一直对我们怀有戒心的白海鸥。突然，他碰了一下我的肩膀，脸上再次现出内疚、希望的表情——你不要生我的气。

“你是知道的，我被分配到了佩斯昌中学，就像我们村子一样，离城镇一百千米。”

“这一切我都知道，叶尼亚。当时你不走运，但现在你是国王的教父。”

“我不想说这些。简单地说，一切都是从这个佩斯昌开始的。他们把我安排到了塔季扬娜·舍列波娃家里，她的房子就挨着牧场，牧场旁边就是草原，好开阔的田野。啊，一眼望不到边！一开始我在想，我会被这里的空气呛坏的。那些天，我骑着自行车一会向右，然后又向左，田野上随便我跑。只要我没有死，我就骑着自行车到处跑，好高兴……最近我去过那里，一下子就让我记起了路上尘土飞扬的气味，记起了舍列波娃家菜园子里秋天土地的气味，甚至树皮的气味……我当时的心情好极了，我觉得，我以后的生活将会更好，悲伤——永远不会有。”

“是啊，你有什么悲伤？”我笑了，把手放在后脑勺下面，躺下来。叶尼亚没有觉察到我的讽刺。他抬头看着天上……海鸥是红色的，喙好像是画出来的，也是红色的，还有婴儿般的脚爪。它看上去就像是一只海鸥玩具，太阳在随意逗着它玩。叶尼亚垂下眼睛，手指在沙地上敲打着。

“舍列波娃生活得有点艰难，那些年头，所有人的生活都与她一样艰难。当时家里的简陋我都记得，门槛铺着芦苇席子，炉子旁边经常有灰烬，我的房间铺着黄色地席……我记得清清楚楚，一点儿也没有忘记。当关了灯以后，感觉特别好。眼前马上现出这样的景象：杨树在蒙蒙细雨中轻轻摇摆，微风的沙沙声夹杂着狗的吠叫。一切都是那么协调——我真想生活在那个……”

“叶尼亚，你现在教什么课？”

“嗯……还是教文学呀。”

“我早就不玩诗歌了，看来，你还继续在……”

“你别打断我的思路！等我慢慢给你说。”

“什么慢慢说？风和狗有什么关系？……你就别绕我了，你就都倒出来吧。我看出来了，你身上的一颗钉子甚至已经生锈了……”

“好，好，马上就说。这有什么好躲闪的……我当时带的是五年级的班，学校是八年制的。季节挺好的，是九月底。出太阳的时候更多，如果遇到下雨，那就是在怜悯大地了。树林里，当然，有乳蘑，有亚麻蘑，而我在学校里，就像坐在牢房里一样。苦闷不堪的是那些孩子，他们正在煎熬，他们多想跑到草地上去啊！我坐在那里，心里在抱怨，突然门开了，尼娜·谢佳耶娃闯了进来。她是这样一个胖女孩：好笑，有趣。她诚实，绝对不会说谎。她看起来就像一棵丰满的白蘑菇，她所有的裙子都很肥大，不知道什么原因都在膝盖以下。

“‘你为什么迟到？’我严厉地对她说，但我非常想笑。很可笑。她的眼睛瞪得圆圆的，一脸内疚的样子，紧张、苍白……就像一个罪犯——把她放进监狱里，戴上镣铐。‘你为什么迟到？过 10 分钟就到课间休息了……’

“‘我去买甜瓜了。我去了商店。’现在，她的眼睛里现出惊讶。是啊，这有什么不明白的，就是去买甜瓜了！她又重复说：‘我去了商店，那里在排队。我买了两个甜瓜。我带回家一个，另一个给您……’

“‘怎么？’

“‘就是这样。您可以尝一尝。它是从远处运来的，您来尝一尝吧！’她打开书包，递给我一个黄色的甜瓜。学生哄堂大笑，当然，我一点儿办法也没有。我把甜瓜还给她，我自己也在笑。我也高兴，心里升起一股暖意。这就是我热爱自己工作的原因。所有的事情都困难，但困难过了就是欢喜，而且总有你不期望的地方……我看到，尼娜噘着嘴。

“‘你怎么了？’

“‘您为什么不收下甜瓜？’

“‘好吧，如果你坚持……’我把甜瓜放在桌子上，尼娜朝着自己的课桌走去。在她走过一行行课桌的时候，她已经得了一个‘甜瓜’的绰号！课间休息时，别人对她的称呼只有一个：‘甜瓜，给我一支铅笔！’

“‘甜瓜，给我 10 戈比！’

“别人总是要她这样，要她那样，她从来没有拒绝。从那天起，大家都忘了她的名字是尼娜·谢佳耶娃。我也忘了。有一天，我打开日志，用命令式的口气叫了她：

“‘甜瓜，到黑板跟前来！’课堂上马上扬起一片笑声，同学们拍着课桌，我当时脸红得像一个小偷，但女孩没有怪我……我是不是有点让你厌烦了？……”

“好了，你就说吧……”

“如果烦了，我就不说了。”他有一点受屈的样子，眼睛斜看着我，一脸内疚，咬着嘴唇。

“你别生气，”我对他说，“是不是心里紧张？如果紧张，喝一点缬草。”

“好了。我再继续讲我的故事。总之，过了一周，甜瓜又迟到了。我问她为什么，出了什么疏忽？”

“‘她去买甜瓜了！去买甜瓜了！’那些同学在起哄，而尼娜自己没有作声，只有鼻子在呼哧。

“‘你为什么迟到？我会叫你的父母。’

“‘我没有父母！’她好像被什么东西烫着了，又陷入了沉默，只有脸颊鼓起来又塌下去。一分钟过去了，我不作声，她也不作声。‘哪怕你撒个什么谎也算，就过去了。’我心里在想，全班同学也静悄悄的，好像都藏起来了。这些小家伙在等待我做出决定。如果我对她感到怜惜，你会有什么决定。我是个软心肠，我自己知道，那我能做什么？有那样一些人，我也羡慕他们，他们会惩罚孩子，会提出要求，而我看着她，她就像是我的孩子。我总是怜惜孩子们。然而，学校有学校的纪律，我不能不执行，但我不能高喊。我当时拉住她的手，把她带到课桌跟前，然后问了她一些规则，她不知道。她像一个好笑的胖乎乎的木偶娃娃一样。我看着她——我的木偶娃娃哭了起来。我签了字，自己几乎也要哭出来。我们的麻烦，这样的老师的麻烦。我还是那个班的班主任。我要对他们负责……三天后，甜瓜没有来上课。这已经超越了我的权利。她以前迟到过，但现在她完全不来学校了。我什么都顾不上了，我得去找她的父母。等到晚上我去了……我的悲伤才刚刚开始。随着时间开始了……”叶尼亚咬着嘴唇，脸色苍白。

“‘如果不是那个晚上就好了！……我记得，刚刚开始下雨，我穿了一件薄薄的灰色风衣，感觉马上就要被冻坏了，上牙和下牙合不拢。我去了他们院子里，身子觉得更加冷。不知道是狗窝里的牧羊犬在吠叫，还是我的神经兴奋听错了。他们家的房子很低矮，用黏土做的，那不是房子，只是一个废弃的残骸，现在不会有人住这样的房子。我一踏进门廊，全身就是一阵寒战：门里传出一声难以忍受的怪叫。我从没想过男人会那样尖叫——只有野兽觉察到死亡才会这样尖叫，只有它们与世界告别时才会这样尖叫。但我还是进去了。到了里面，叫声让人更加难以忍受。然后又是一个孩子的哭叫声……女孩在问什么人来了，但她的话听不清楚。我打开门，站在门槛上。桌子边上坐着两个女人，大的抱着小的头，大声哭诉。我立即认出小女孩就是我的甜瓜，而大的是图书管理员奥莉加·谢佳耶娃。母亲的脸上有血，她用袖子在擦血，突然注意到我，叹了一口气：

“‘唉，我们的女儿惹了事。同爸爸打架，没有去洗。’她去了我旁边的厨房。窗帘被风吹得飘动起来。我与甜瓜在一起。她看起来像一只寒鸦，不出声地哭了，呻吟着……”

“你能理解我吗？你能理解我吗？”叶尼亚看着我，就像看着敌人一样，不知何故肩膀在抽搐。

"你病了！要去看医生！"我笑了。他看着我，突然从口袋里把他的眼镜拿出来。眼镜架子是金色的，很漂亮。戴上眼镜，他几乎就是一个教授，这下惹恼了我，我感觉他贬低了我。"你为什么要跨过 100 千米给我打电话？你会付我差旅费吗？……你怎么不说话？"

但他肯定没有看到我的反应，也没有听到我的话，所以他在继续说：

"甜瓜在哭，在呻吟。我刚刚往前动了一下，刚刚迈出一步，她就像一头枪口下的狍子立即朝我扑来。最后，我无法抑制自己。

"'你为什么要旷课？你让我们班蒙受耻辱，让作为教师的我蒙受耻辱。'我说。

"她突然笑了：

"'您好，叶夫根尼·伊万诺维奇！'

"'你好，你好，但你为什么要旷课？'

"这时候，她母亲说话了。

"'您走吧，老师。您看，我在流血。我洗鱼，被划破了。'

"'你是在脸上洗鱼吗？'我忍不住，笑了起来。

"'就算是这么回事！就算是在脸上洗鱼，怎么了？你来我们这里做什么？'这是一个男人的声音。我吓了一跳，因为从一开始我就没有看到他。他侧身坐在镜子下面，我没有朝那个方向看过。

"'我是有事来你们家的。你家有一个学生……'我平静地说话，但心里已经起火了。

"'是，是有一个学生……'他的脸呈现果冻色，发蓝，大概是前一天喝醉了，或者没有睡足。与他相比，他妻子看上去简直就是一个美女。尤其，她的身材和那双蓝色的眼睛特别漂亮。她人高高的，苗条，就像森林里的松鼠那样有张小巧自豪的脸庞。她眼睛里充满悲伤，脸色就像田野的矢车菊。男子又在说话，恶狠狠的，火气十足，足以彻底烧毁整个房子。'为什么你自作主张跑来我们家？我叫你了吗？也许，她叫你了？’他瞥了一眼他的妻子，‘没有叫你？那你就走吧，年轻人，可笑。不然我就去拿棍子……’他又是大喊，又是骂人。他是如此粗鲁、尖酸，我一时蒙了，甚至没有发怒，我只是困惑。我有好几次想打断他的话：

“‘你女儿旷课了……’

“‘你别对我们指指点点。我们自己的事自己管，不用你来下命令……’

“‘我是老师。你们要照管好你们的女儿。’

“‘需要，需要。你需要出去，把门关上！’

“‘你是个地痞，无赖！你在侮辱我。’我记得，我几乎被他的恶言恶语气得喘不上气来。但他根本不听。

“‘你记住：我的名字是米哈伊尔·尼古拉耶维奇。下次你要来，要敲门——米哈伊尔·尼古拉耶维奇住在这里吗？’他放开喉咙哈哈大笑。当他对我大喊大叫的时候，他的妻子在窗帘旁边就一个姿势坐在那里。

“我什么也没有得到，离开了。我只记得甜瓜看着我，就像我是一个乞丐，她替我感到痛惜，我满脑子都是她，都是她的尖叫声，都是怜悯、同情。

“街上这时候已经下着真正的秋雨。雨很大。雨也在难过，在悲伤！泥水在你的脚下扑哧扑哧响，你的心脏下面也有什么东西掉了下来，扑哧扑哧响，你在想，你是世界上最倒霉、最痛苦的人。你觉得似乎再没有比你的工作更糟糕的了，甚至在最糟糕的监狱里都比你的命运要好。我跌跌撞撞总算走到了舍列波娃家门口。我推门，门关上了。我使劲儿敲门——老妇人的耳朵有一点聋。就在我使劲儿敲门，而她慌慌张张打开门栓的时候，我人已经完全湿透了，我气得要发狂，我在想，别人现在都坐在干净的白色公寓里，而我站在街上，任凭冷雨浇着，湿得像一匹马。我已经筋疲力尽。进了房间，一头倒在床上。刚刚开始入睡，我就听到有人在击打什么。好像在扔石头，然后又在扔。我去到窗口——玻璃外面有一个轻轻的声音：

“‘开门，老师！是我，别害怕，是我……’然后声音消失了，好像消失在雨中。我屏住呼吸，等着。我冷得发抖。也许是因为害怕在发抖？这会是谁？谁会来找我？半夜，又是这么大的雨。‘开一下门，叶夫根尼·伊万诺维奇！就一分钟，然后我就走……’这是我的名字和姓，我放心了。穿上风衣，我去了门廊。‘是我，谢佳耶娃……您别害怕，我只是……’但她的声音里有那么多的恐惧和屈辱，让我感到很不自在。

“我把她带到我的房间，我的女主人和身躺在那里响起了鼾声，就像有时候睡在雨中的醉鬼。我的客人把门紧紧地关上，把灯打开。光线太强，刺眼。而我已经在发呆。

“‘好了，现在您该认出我了吧？我是尼娜·谢佳耶娃的妈妈。我的上帝！……您刚来过我们家，您刚来过……’她嗫嚅着，低下了头。然后她压低声音说话，‘我和我丈夫相处不顺利。您会原谅我们的，不然您会报复我的尼娜奇卡……’她又在嗫嚅。我沉默着，仿佛所有这一切都发生在梦中。我很生自己的气，但没有发出来，她又说，女儿哭了，她很不高兴，请我原谅，她不知道该怎么做。她衣服上的雨水在向下滴答，她的头发也湿了，脸颊上都是雨滴。她想梳理一下头发，但她又感到不好意思，手缩了回去，就好像有什么羞辱了她，吓住了她，好像是她在这场大雨中犯了什么错。我看到她已经冷得脸色发青，但我这里连茶水也没有，房间里只有一个脑子不够用的人。所以，亲爱的，情况就是这样——深夜，没完没了的雨，陌生的女人叶尼亚在诉苦，手里折断一根杨树枝。天气越来越热。空气沉闷得让人难受，这往往是暴风雨来临的前奏。海鸥已经飞走了。它一定是看腻了这两个傻瓜。

“叶尼亚？”

“什么事？”

“你为什么要叫我来？你干吗要把这么多东西都堆在心里？女人，甜瓜，下雨……”

“我得告诉你……”

“还得告诉你的妻子。”

“你不怀好意，科尔舒诺夫！”他叫了我的名字，突然目不转睛地看着我。他眼睛里满是怀疑。我真的很难过。他现在的一些东西，我不喜欢，而且我也不理解。也许，忏悔本身是烦絮的，而且我们现在已经不大习惯这样的自白。大家没有时间，都珍惜时间，也不愿意分心去争论。而我对这些的态度甚至更糟。我不喜欢漫长而出奇的自白，在我看来，人们在其中说谎，说个没完没了。说谎，是因为他们有罪、内疚，现在急于去堵塞所有的缝隙，然后再去犯罪。但是，现在说的是孩子。我们的叶夫根尼身边的女性，夜间敲打窗口。他太纯净、圣洁，新鲜得就像是阿拉木图的苹果，甚至连愤怒的表达都不会。他就像个大孩子一样噘着嘴。我看着他的嘴巴，笑了。

“你怎么不说话了？客人怎么样了？”叶尼亚马上振奋起来，感激地看着我。我再次对他说：“原谅我，我让你伤心……”

“你没有。”他碰了我一下肩膀。这是他的习惯做法——伸出他的手掌，碰一下别人肩膀。他笑了笑，又说话了：

“我的客人突然变得胆大起来，就像一个喝过酒的人一样。她一定是发烧了，你想，她冒着那么大的雨和风，人已经湿透了。

“‘您，’她在说，‘不要生我丈夫的气，不要。他只是在嫉妒我，辱骂我，所以今天在我脸上来了一下。他只打过我一次……’她在解释，为他说好话，突然委屈地低声说：‘他毕竟收留了我和我的女儿。也许是我的罪过，丈夫给我留下了一个女儿。我的第一任丈夫死了。他是个司机，路上发生了车祸……女儿不会与继父相处，他为此很生气，所以对我发火。他因为女儿也对您产生出嫉妒。他说，尼娜的脑子里只有老师，老师，所以他恨您恨得要死……’当她说到这里时，她的脸一直发红，发白，就像一个胆小的女学生。她突然握着我的手：‘我跑来找您，心里很乱，现在放下了，甚至轻松了……’

“‘什么轻松了？’

“‘我为他道了歉，轻松了。’她又一次握着我的手，笑着，‘您不要，您也不要骂他……我们就是这样的……’她满脸通红，说完就跑了出去。我在想：‘她会怎样？就在寒冷中，在雨中，跑走了，她会感冒的……’

“风又在敲打护窗板，我睡不着。就是到早晨也没有平静下来。外面又下雨了，风在吹动湿床单。床单是我那沉默寡言的舍列波娃洗出来的。她很奇怪，嘴里嘟嘟囔囔着什么，像一个女巫，要不就是个中了邪的女人。

“我到了学校，马上就看到了尼娜·谢佳耶娃。她温和地看着我，我也一样看着她。她的表情一下子变得狡黠，好像知道了我的什么，尼娜似乎在示意我，她知道一切，她猜到她那可怜的母亲晚上去了什么地方。我害怕孩子们有这方面的感悟。在课堂上，她一直伸手要提问。我说话总避开她的眼睛：为什么我对这个爱笑的胖女孩觉得有一点惭愧？窗外已经有白色苍蝇在飞了——那是第一场雪，绝对是第一场。它在地面的上空就融化了。寒鸦有时在雪中飞过。它们站在学校花园里的树上，清洁自己的羽毛。它们多自在啊！我透过玻璃看着它们，好羡慕它们的自由生活、自由飞行。放学后我走进商店，拿了酒。当我进到商店的时候，排队的人都在看着我，都给我一个莫名其妙的笑脸。好像每个人都知道了些什么，在指责我。从他们的目光，从他们的窃窃私语，我意识到，是我的女房东在传播，说奥莉加·谢佳耶娃那晚来找过我。从那一刻起，我感到了恐怖。连甜瓜也在躲着我，避开到一边……”

“你说什么，叶尼亚，你刚才说恐怖？”我打断了他的话，我不知道为什么。但他生气了：

“我看得出来，你是不是在讨厌我？我本来希望……你知道的，我在跟你说话，我有些东西是要做出决定的。你知道的，我需要了解自己。”

“我很抱歉……”

“不说这个了……我自己也晕了。”

“你先说的是甜瓜。你说她在躲着你，避到一边……”

“是这样，她在躲着我。但这种情况持续的时候并不长。我每天都去看她的母亲，当然是去图书馆……我去了，她似乎有一点胆怯，不说话，路过的人很快就走开了。这似乎是在给我们创造条件。我不顾一切地开始行动了，每一天都要去图书馆。不知道为什么，甜瓜也喜欢了。她又像从前一样看着我，她的目光总要把我从众人里面分出来。她甚至展示自己的诗歌，稚嫩、有趣。而且带到了我们的课堂上。她特别喜欢写短文——冬天来了，大树罩上了雪装，就像孩子们堆起来的雪婆婆。我给了她一个五分，如果有可能，我会给她更高。渐渐地，我习惯了甜瓜，心上只有她，强烈地依恋她，把她当作最亲近的血缘至亲，离了她，我就不能生活，所有的时间我都在追随她，都在思念她，甚至荒谬到了可怕的程度。我开始梦想，在想象，如果她的继父，那个酒鬼死了，我会把她们母女带着我那里，我们在一起生活，我再不需要任何东西，因此，有时你会驱散这些想法，甚至会怜悯自己——为什么生活总不是你希望的样子？为什么我们不能与合适的人在一起？

“后来，甜瓜连续八天没来上学。我去了图书馆，那里的门锁了。那里的人都不知道女孩到底是怎么回事。我直接去到谢佳耶夫家，但他们不让我进院子。他们肯定是看到我来找他们，用木板把门堵上了。一会儿，主人爬了出来。他就像在看一只苍蝇那样看着我，嘲笑我：

“‘活得不错，麻痹症！’他在指我那条疼痛的腿，我当时一瘸一拐的，右腿几乎不能打弯，是我给舍列波娃劈柴时被木头打到了膝盖。‘怎么，大门不喜欢你？可是我喜欢！’这又是冲着我来的，虽然我已经转身要离开了。‘你下次再来吧。我妻子很想念你的。’他在侮辱我。”

“为什么奥莉加要守着这么一个家伙？不用多说，一切都看得清清楚楚，就像在镜子里一样……”我忍耐不住，打断了叶尼亚的叙述。

“她们是女人，谁会懂她们。她们害怕孤独……”

“那好，你有过罪过吗？哪怕只是小小的，火柴盒大小？”他噘嘴，受了委屈。我心里在笑——你呀，圣洁的叶夫根尼，圣洁的叶夫根尼。你是什么样，就是什么样，一点都不改。一个天真的红衣牧鹅少女。我心里这样说，但嘴里说的是：“好吧，原谅我的小心眼吧。”

“你不用道歉。既然你直接问我，我就直接回答你。我已经把她们当作我最亲近的人。尤其是这个小家伙。我爱惜她，非常……”

“这一切都始于怜悯。这么说，你是爱上了图书管理员？”

“你为什么这样说？你是在踢我……”

“不，你要回答。”

“我不知道……或者，也许这只是人类的……你坐在图书馆，经常，随便找个角落坐下来，好像在翻看书页，好像在抄写什么，而整个人却在她那里。你会觉得温暖，全身在燃烧——这是什么？是爱，平平静静的……”

“也许，也许，也许……”我笑了，他也笑了，笑声把我们聚在一起，我已经忘了我们在河边过了多少时间，为什么我们躺在一棵大杨树下。叶尼亚又说起来：

“那个小家伙，一直要靠近我，要靠近我。我只要从日志上抬起头来，就会碰到她的目光。不然就是呆坐在那里沉思，微笑着，你问她，她也听不到。已经该冷了，十一月，冬天来了，下了黄色的雪。确实是黄色的，淡淡的黄色，不大结实。整整下了一天一夜，又融化了，少有这样的情况。然后风就来了，思念也伴着北风来了，我经常在想——我会发疯的。有时候到了晚上就好了。白天在学校，到晚上，我当然会在图书馆。我受托要为佩斯昌的居民做一个介绍普希金的讲座。当然是一件好事。然而，对有些人来说，最好不要讲普希金，要讲就讲饮酒如何有害，如何明智地花钱……”

“但你已经开始……”

“我知道。这个讲座花了我很多时间……我想做成一个学术性的，我在假设，别人会认为，这些新老师不会有什么真才实学。我把讲座的侧重点放在诗人的个人生活方面，我想把他的信件加进来，所以，我又要在图书馆收集资料，而且马上就找到了我需要的东西，但我还是把事情搅浑了。我犯了什么错？我给奥莉加读了其中的一封信——随便摘录一句：‘我的朋友，不要去卡卢加。你认识谁？认识省长夫人？’奥莉加特别感兴趣的是普希金称呼纳塔利娅·尼古拉耶夫娜的一个简单的词‘爱妻’。我给她读了一封信，她又要我读第二封信，然后又要读第三封信。时间在过去。你感觉良好，完全忘记了时间。我们就在这里一直坐着。时钟刚刚敲响十一点，就听到打门声，好像有人要用斧子把门板砸开。

“‘啊哈，妓女，抓到了！我一直就在你们后面！’是他在喊，米哈伊尔·尼古拉耶维奇。”

叶尼亚的脸色又苍白了，抽搐了一下。他尽力克制着，突然压低声音：

“米哈伊尔·尼古拉耶维奇在跟踪我们。他正好撞上了一对情侣……”

“叶尼亚，看来事情严重——你就不要说了。我已经全明白了。”

“你什么也不明白！什么也不明白！别叫我冷静。我要把事情详细跟你说清楚。我会把最重要的事情告诉你。这个米哈伊尔·尼古拉耶维奇大喊大叫——好像是我来到了他的领地。我没有站起来，连头也没有抬。他把书架上的书抛了一地。见什么砸什么，简直就是暴徒行为——

也许是因为嫉妒，也许是发酒疯。他砸够了，才平静下来，然后走到我跟前：

“‘你为什么不叫我的姓？你是骄傲，还是忘记了？如果是这样，我就来让你记住……’他摆开架势，握紧拳头，抖擞了一下，准备出手。他向我眨了眨眼，手伸进口袋里。我以为他会掏出一把玩具手枪，或者一把折叠刀，但他掏出一个酒瓶子。又在眨眼：

“‘来吧，老师，让我们谈一谈。不然我们又得号叫一气。我们不是狗，是人……’奥莉加在低声哭泣，但他根本不顾。‘来吧，乌申斯基，我们两人一人一半，倒上，一口干。你已经帮了我一个大忙，我伸脚，你来舔舐我的脚后跟。’

“‘你不要笑，舐拭脚后跟又怎么样？’我没有示弱，但他似乎没有听到。

“‘来，为我这个老年人干一杯。你就来个瓶底朝天直灌下去。’

“‘老年人？’

“‘哈哈哈！！你们在我面前都是孩子。再过一周我就四十了。四十周年纪念日，哈哈！你来见证，乌申斯基！你怎么不说话？什么东西卡住了？你去我的妻子那里，怎么没有卡住？她，我无所谓，她不会拒绝的……’

“‘你闭嘴，无耻的家伙。你的舌头该烂掉！’奥莉加哭了。我无法忍耐，冲了过去：

“‘你真不配你的妻子！真的，你不配！你是个无赖，早晚要遭报应……’

“‘我遭报应，是你说的？！’他又冲我来了。但奥莉加看到，就抓住了他的手。我不知道他们手里有什么。我已经在外面了……但我心里的一切，仿佛都冻结了，就像我在埋葬一个人……不，我不能这样，我不能——一切都在我眼前旋转，一切都让我痛苦不堪，一切都在折磨我……我们稍微休息一下吧。不然，我的罗曼史你就听不完了。”叶尼亚沉闷的目光看着我，他的眼睛就像老人一样蒙上了一层倦怠的灰色薄膜。我们两人都沉默了，转过身去。热让人喘不过气来。这时候，水面上吹来一阵轻风，但它马上就消散了，几乎没有吹到我们身上。叶尼亚的脸庞隐在树荫之中，我听到他急速的呼吸，我知道他心里有多么痛苦。他自己也承认了：

“我在等你的话！我以为，谁听完了我的罪行，他就会给我做出判决。现在我已经到了非常，非常……我说不出来，可能，侦查人员就是这样的。他们会对他说，他们认定的，但一说到关键点，话就打住了。”

“叶尼亚，你是什么人，是罪人？！”

“你当然没事，而我差点自杀。是的，是的！当时我有事在波尔塔瓦附近……我一站上滑雪板，就拿起了枪……”

“就前往森林开枪！”

“你不要笑，别打断我。我去打猎了。我得散散心，释放一下头脑，不然满脑子只有奥莉加和甜瓜——我可能会发疯的。而这一天是事先就定下来的。春天迟迟未到，马上就是三月了。而我的心情一直不好。当时学校里开始各种各样的检查工作。区教育局的人来了。他们要听我的课。那好，他们在我的课堂上挑了好多毛病。说我在日志中没有记录备课内容，课堂教学任务没有在规定时间完成，说我不会做课堂提问。一句话，他们让我丢脸，抬不起头。然而，在教学分析会上，他们又安慰我，年轻人，要好好学习。我受不了他们这次教学检查的说法！我简直就没有活路了。校长和教务主任倒没有对我瞪眼睛……我去了这里，而这个阳光明媚的日子也不喜欢我。为什么会这样？也许，有这样的事，大自然的行为在我们看来都是相反的。越是好天气，越是蓝莹莹的晴朗透明的天，对你会更糟，会让你的心灵更加悲伤。我现在的心情就很糟。我走进松树林，胸脯靠在手杖上，尽情呼吸松林的空气，但我喘不上气来。

我站在那里，在想：总归我今天注定要死了。我在静静地想，仿佛在梦中。我站了一会儿，呼吸着清新的空气，一个想法又来了：环顾一下四周，说上一声再见！再见了，世界，白雪皑皑的大地，马上我就该去死了。但为什么要马上？嘴里刚一说‘马上’，自己就害怕了。我站着倾听自己——我在哪里？我旁边是什么？我呼吸紧迫，已经没有了空气，我的眼睛就要闭上，我再去听——不，我还活着，手和腿都还有感觉。莫非，是我疯了？不，还没有疯。然而这些想法一直缠着我，怎么都不肯放过我。也许，就像是，就在这里的森林注定了……到底注定了什么？我一次又一次地去倾听自己。越是这样想，我就越可怕。我记得，飞来一只掉了尾巴的喜鹊。我举起枪瞄准。然后我在想：我为什么要打它？想到这里，我把枪放下了……我该怎么办？也许，我该离开这个村子，离开这所学校？……我就站在那里，在思考，我的枪靠着臀部。我不知道，怎么会是这样的。我看了一眼枪，马上就看到了它黑洞洞的枪口。有时候，人们会去看水井——无底深渊在吸引他们，就像我看了水井……就会想到扣动扳机，马上就解脱了。我甚至碰了扳机，而且没有一点恐惧。当时只是在犹豫：有这样的必要吗，我们的生命多么微小。一扣动扳机，一切就结束了。我甚至在想象，我会如何倒下，如何痛苦。撒开右手，左手缩回来。我的头旁边是空的，或者更确切地说，旁边是一个深深的凹陷，里面有粉红色的湿雪，已经多少融化了一些。这是我身体的温热的血，这是从我身体里流出去的血，我身体里已经没有血了，没有了。头脑里又是些不相干的东西，在空壳里一切都可以完成。看来，这就是人们所说的，首先是无思无虑和空洞，然后是记忆模糊，死亡。我想，现在大概就是这样的，而且也是必然的，因为我已经想象过，我的死亡将把奥莉加与她丈夫解脱出来，把学校解脱出来，把我自己解脱出来。我又在看枪……但就在这一刻，附近有孩子们踩着雪橇跑过的声音，他们刚刚过去，也在四下张望。过不大一会，他们还会过来朝这里打量。我猜想，我的样子引起了他们的注意。于是，我就举起双手，向着他们愉快地挥动，让他们放心。然后，我把背上的枪扔在地上，他们立即笑出声来，跑走了。他们的声音像钟声一样响亮，我马上活了过来，找回了自己，呼吸空气，拿起手杖。雪橇又发出吱嘎声，我又活了，仿佛刚刚醒过来。我走到田野里，环顾四周。我记起了那个白色的领地。它当时包围了我，我吓坏了，突然意识到恐怖……我清醒地意识到，这一天反正是我的最后一天，明天一切都将不同。明天我将是一个不同的人，或者我会去什么地方。想到这里，我脚步轻快地走进村子。在第一个巷子我就看到了奥莉加。我像疯子一样冲向她，吻着她……”

叶尼亚突然停住了，胳膊肘支起来，抬起头。

“你说，你怕死吗？”

“你能说点轻松的吗？”

“你回答。”

“我不知道……这样的问题，应该在一个潮湿天，在阴雨天来回答，但今天是个大太阳……”我想开个玩笑，但他不接受。他倦意地眨了眨眼，噘起了嘴巴。然后碰了我一下：

“第二天甜瓜就被他们带走了。匆匆忙忙被医生带走了……但这还不算完……”他沉默了，不出声地哭了。我能听到他鼻子在嘶嘶作响。唉，我的上帝，看着也为他难受！

“冷静点，叶尼亚，别这样……”

“你不知道，你不知道！我不能原谅。不会的。”他还在喃喃自语，我听不清。我问他：

“至少你已经完成了。你按顺序都说给我了。”他笑了：

“按顺序，你是这样说的？哪里有什么顺序？我当时跑到奥莉加跟前，抱住她，人们都看到了。人们看到了，她丈夫也知道了。她回家，他在家已经准备好了。那天夜里一切——椅子、书籍、炉叉，都砸在了她身上。女儿都看在眼里。但事情总有个完。忍耐是有尽头的。忍耐已经到了尽头。甜瓜握着拳头朝他冲去。我的上帝，当然，她握着拳头。他一下子惊慌起来。奥莉加去拉开女儿，女儿在大喊，她不理解……”叶尼亚拿出香烟，点燃。他看着我，笑了。

“就这样，我习惯了。”

“你怎么会习惯了呢？”

“好多了。抽支烟，平静了一点，不然我就死了。”

“你去死了吗？”

“那该怎么办？……甜瓜当时挣脱奥莉加的手就冲到了街上。只穿了一件薄裙子和丝袜。母亲在后面追出来，但她人已经不见了。奥莉加倒在围栏下，晕了过去。究竟在地上躺了多长时间，没有人知道。她自己醒过来，才知道发生的事。她转过头，看到牲畜棚子开着。她进了棚子，倒在了女儿身上。甜瓜躺在一头奶牛的脚下，静静地哭泣。而奶牛站在她前面，她就像一个湿漉漉的小牛犊，被奶牛温暖着。是那头奶牛救了她。人们把甜瓜送回家，马上就去找医务人员，医生立即开车把她送到了区里。她的两条腿被冻得肿胀起来。一条腿被医生救了下来，另一条腿，已经回天无力。一条腿的脚腕以下被切掉了，另一条腿被完全锯掉了。事情就是这样的，亲爱的。我们的甜瓜还住在……”他大声吸气，转过身，我意识到，他是在隐藏眼泪。

“她们在哪里？现在在哪里？”

“她们不在佩斯昌，当然。她们去了斯维尔德洛夫斯克州，那里郊区的一个村子，她们住在了那里。奥莉加来了，自然，她辞去了工作。我们相会了。我在街上走，她也在街上。我慢下来，她也慢下来。我走在钢丝上的最后一步。她的手在我脸上拂过。她只说了一句话：‘原谅我。’她说完就走了过去，我站在那里，就像扎了根……从那以后我再没有见过她们。去年在斯维尔德洛夫斯克有一次会议，我去了那个村子。

就在那个村子！ 我站在月台上，没有去街上。我没有去。”叶尼亚深深地叹了口气，他支着胳膊肘，稍微抬起头。他的脸上有那么多的痛苦，我把身子转了过去。但他又在说话，又在折磨自己：

“我也离开了佩斯昌。我住在这里，就像一个男爵，但没有幸福……我去过佩斯昌，去看过舍列波娃，我们见过面。”

“她怎么样？”

“你在问舍列波娃吗？老妇人立刻就猜到了。她说，你哭了，你想念她。她那个男人，米哈伊尔·尼古拉耶维奇，已经在地下三年了。喝了酒出车，车翻了。喝呀，喝呀。整天就是在喝。”叶尼亚在模仿老妇人的语气，又拿出一支香烟。“我当时看着舍列波娃，她在同我套近乎。我走到院子里，然后进了那个胡同。我想看到甜瓜，我几乎要痛苦得叫起来。我在舍列波娃家里过夜，我在梦中见到一个女孩。仿佛我同她走在一个黑暗的森林里，必须快走，但她跟不上我，嘴里说不出话来。我急得要死，她落在后面。我想骂她几句，突然看到她是跛脚。她怎么了？然后，我意识到了——这是出了医院以后的事情。甜瓜跛脚是因为我，是因为我……我醒来，浑身都是冷汗。我怎么现在还活着，我怎么能见人？奥莉加会原谅你吗？没有奥莉加我一个人怎么生活？……”

“可是你已经结婚了，叶尼亚，为什么要这样？”

“我含着悲痛结了婚。以悲痛来对付悲痛，我以为……随你去理解……”

“可是你的儿子，还有学校？”

“学校怎么样？”

“你要去见她们？你要走了？”我又问了一个他不想回答的问题。叶尼亚沉默了，没有动。两个肩膀一收，仿佛在等待打击。“对不起，叶尼亚。是我的舌头打滑了。”

“有什么对不起的，有什么要道歉的？我为什么要叫你来……”他高高地抬起头。“但我该怎么办？你直说，直说……”

我盯着他，就像在看我的兄弟一样，我突然意识到，叶尼亚·延巴耶夫的生活将是艰难的，可怕的，也许是完全无法忍受的。我又想到，我为他什么也做不了，他已经远离了我，离得我那么遥远，仿佛在世界的另一端，仿佛在海洋的某处。我又想到，在这样的生活中，少有他这样的诚实和纯洁，少有他这样的善良和勇敢，他现在应该再选择一条路，也是唯一的一条道路。如果你拐了弯，如果你绊倒了，那么，你只会给你的亲人带来痛苦，只有痛苦……

从河上有声音传来，是孩子们跑来游泳了。他们在水里嬉戏、打闹。太阳已经移在杨树后面，不再直射我们，而是从侧面照过来，大概杨树也喜欢这样，它也可以借机凉快一会儿。杨树在抖动树叶，叶尼亚的呼吸声几乎听不见，我的呼吸声也平静了下来……

看望母亲

卡捷琳娜·叶戈罗夫娜已经60岁了。这么多年就没有离开过窝。她不喜欢飞来飞去的布谷鸟。她还有另一个缺点：她认为自己已经是一个什么也做不了的老女人，没有一点用处，就像人们说的，这样的人就是家里的负担。

走在街上，她低着头，弓着腰。现在年老了，是因为背部疼痛，年轻时候，是因为羞耻：下嘴唇早就被丈夫的拳头打破了。她的丈夫伊万，是一个喜怒无常的古怪人，只爱他自己和伏特加，他会让她的血一滴一滴地滴答。他讨厌所有的人，他伤透了家里人的心。他喝醉了，就赤身裸体一个人在雪堆里打滚，他要让她惊奇和恐惧。夏天，他把鹅从栅栏里抓出来，手掌猛击鹅的头部，要不就是把枪对准卡捷琳娜，数到三，然后哈哈大笑。

她的眼睛里永远是痛苦，头上开始脱发。灰暗的光秃秃的头，就像一颗鹅蛋，系着一条永远不换的头巾，只有洗澡时才取下来。

伊万要被送上前线，他请求她原谅。她说：

“都过去了，都是我们两人的事。你死了，我们就分开了。”

他高兴地看着她，就像看着一个孩子，他哭了。

一年后阵亡通知书来了。她不相信阵亡通知书，她想到的是正义的报应，笑了：“子弹是从我这里弹回去的……”

然而事实是：战争结束后，伊万在一个遥远的城市现身了，他与另一个女人在一起，已经忘记自己的家庭了。当时卡捷琳娜为儿子的事已经昏了头。儿子去找他的父亲了：一个傲慢和喜欢喊叫的儿子，在学校里别人嘲笑他是“资本家”。他坐在最后面的角落，恶狠狠地看着所有的人，两只瘦弱的手就没有安定过一会儿。那些抄本算倒了霉，他把剩余的所有抄本都拿出来，卖了几个钱，藏在一个长长的布袋里，攒起来要去买枪。现在他还没有枪，只用弹弓打鸟，把死麻雀串在绳子上，再把绳子围在脖子上走进了村里。孩子们在后面跑着起哄。

“资本家狩猎回来了！”

“你要卖麻雀？”

他回答：

“我要油炸它们！”他的眼里充满了喜悦，头顶上的一束白头发晃动起来。他的头发稀疏，卡捷琳娜把油涂在他头顶上，洒上三月水，可头发还是没有长出来。“秃头无福。”她伤心地想，更加疼爱她的儿子。

她因为格里沙[1]经常被学校叫去。她跟校长重复着一句话：

“我们是最后的人了。是孤儿。”

“他在摸别人的口袋！”校长坚持说，说完就把目光转到另一边。

“这是诽谤。他在家很听话……在读书！”卡捷琳娜在撒谎，恳切地看着校长。校长是个温和的人，一个外乡人，他安慰了她，答应多关照她的儿子。

“他会记着您的……只要活着就会记着您……”卡捷琳娜脸也涨红了，感激地抓着校长的夹克，突然又握住校长的一只手，然后又去握住另一只手，眼里满是泪水。校长就像对待病人一样送她到门口，等到脚步声消失，他才松了一口气。

格里沙很快长大了，离家去了城里，进了铁路技工学校，在机车库工作。很少给家里写信。只有在节假日寄一张红色明信片给妈妈，写上几句话——就连邮递员都感到惭愧。

到他结婚的时候，他发了一份电报。后来有一天他们回来了。他的

---

① 格里戈里的小名。

妻子娜佳，一个像喜鹊一样随时随地都快活、蛮横无理、喜欢纠缠不休的女人，时刻把儿子拴在绳子上。格里沙对她百依百顺，不敢生气，因为她是带着一大笔嫁妆来的。被男人宠坏了的她整天就是打扮，格里沙就是她的服务员，这不，娜佳从手包里掏出镜子，凑在她的嘴唇上。每天早上，她会从软管里挤出白乎乎的牛奶样的膏剂敷在脸颊上，但脸颊的皮肤还是显得很松弛。“她花了他那么多钱，” 卡捷琳娜对自己说，但马上又自我安慰，“既然他们到了一起，那就得过下去……”

最近一次回来，娜佳带了一件自己蓝色面料的外套。卡捷琳娜把它放在箱子上看了看……第二天早上，他们就坐大巴走了，从那以后就再没有来过。

伊万建的房子倒塌了。卡捷琳娜只好在别处生活：当过托儿所的保姆、集体农庄维修组的厨娘、集体农庄管委会的送信员。在哪里干活，就在哪里睡觉。去年，她的养老金解决了，有了面包和钱。面包有的吃，钞票就放在书本上。后来更让她高兴的是，农庄给她建了一个木头小屋。新主席对老人们十分关怀，他成了大家最喜欢的人。

她刚进了小木屋，忧郁就淹没了她的心。她已经习惯了人多的场合，聊天、食堂的会餐、孩子、眼泪、酒水，她已经习惯了有人安慰、调解，大家和睦相处，而现在，白色的墙壁和安静让她感到压抑。夏天结束了，庄稼收回到园子里，马铃薯的茎叶烧掉了，晚上老响起沙沙的雨声。她的脚在疼。她去森林里采回她秘藏的晚草，一根一根捡好，用水煎好，擦拭她的脚踝，但疼痛跳到了背部，好像被一根长针刺入。

天不黑她就躺在了床上，但满屋子阳光，哪里睡得着？眼睛刚刚闭上，天花板就爬到了她的额头上，墙壁在动，整个小屋就像一个纸盒子一样在扭曲，胸脯里所有的缝隙都被堵上了，透不过气来，一直要咳嗽。快天亮的时候，她翻身到右侧，睡着了，睡梦中看到她的儿子。好像他就躺在旁边，在生病，听得到他的呼吸声。她头脑里又出现一幕：集体农场的公牛乌龙从背后追上来，把儿子抵倒了。格里沙睡觉了。她在用药草液给他治伤，嘴里念着咒语，但伤处还是疼，疤痕边缘的皮肤变成了蓝色的。她用手指在蓝色圆圈上画着圈，低声说着："喜鹊痛，乌鸦痛，熊也痛，我的格里沙快好了。"格里沙已经长大，但印记依然留着。

清晨，寒冷一天天来了，湖水边上已经结了冰，学生们用木槌把冰砸开，冰洞下面的黄水在欢腾、冒泡。雪云笼罩着森林。牛的胃口不大了，饲料就减少了，人们都在急着卖牛。卡捷琳娜决定买一头一岁半的牛犊：栅栏里可以增加一些生活气息，春天就可以有奶了。邻居的一位老师在卖牛。她们两人都不会讨价还价，交易很快就达成了。

她给牛犊起了个名字叫沃尔努沙。牛背上的毛是棕色的，夹着灰白色的花块，角还没有长出来。小家伙生病了。早上，她用温水和麸皮喂它，还要陪它去草地。沃尔努沙体宽、温顺，允许每个人摸它，它会看着人，哞哞地叫。狗不会对它吠叫，猪见了它也不会跑开，它就从容地走自己的路。

晚上，卡特琳娜跟着它。沃尔努沙在森林边上两棵松树那里等着她。旁边就是通往城里的公路。到了晚上，汽车开着大灯，照着沃尔努沙的眼睛、额头，但它并不害怕。汽车总是跑得很快，匆匆忙忙地跑过，到了转弯处总会大声鸣笛，小牛几乎要踩到汽车的后车轮，这时候，它就会开心地张开鼻孔，想腾起蹄子追上去，超过汽车，再迎面冲来，让那玫瑰色的灯光触摸一下它的额头。但它那和善的性格让它没有行动。它时刻纠缠着卡特琳娜不放，它要她那热乎乎的手，它要她的声音，它通过气味和呼吸就能认出女主人。它从老远就能听出主人来：卡特琳娜的脚步声密实、沉重，因为病腿走起来是整个脚落到地上的，卡捷琳娜的喉咙发出轻起的唿哨声。然后，卡特琳娜会跟它说话："我的胖妞妞。回家吧，快点……不认识我了。快点呀。转向我……"但它没有动，只是颈上的鬃毛微微地颤抖，嘴唇在流口水。然后，它感到人的手指在它耳朵后面，手指触到了它的体毛，透进了皮肤里，又滑落下来，触到它的额头，有一点发痒，暖暖的。小牛抬起头，动了一下尾巴。卡捷琳娜把拳头伸到它嘴唇跟前，它的嘴唇碰了一下她的拳头，嘴巴在咀嚼，但它的眼睛闭着，好像在睡眠中。它不情愿地站起来，走在卡特琳娜身后。

十月，格里沙来了电报："我周日到。你哪里也别去。"她心里在苦笑："我会到哪里去，他不知道吗？……他真的什么也不知道……"但她心里还是充满了快乐："儿子要来了！"她喘着气喊着。这样的几分钟可就算是对她悲惨命运的补偿，对她的奖励。

周日，一辆小轿车停在卡特琳娜的小屋前面。方向盘后面坐着一个胖胖的戴着眼镜的男人，眼镜下面是一个凹凸不平的大鼻子。旁边是格里沙。他打开厚厚的车门，然后走到母亲跟前。

"你是不是变老了？好久不见了……"

卡特琳娜用手捂住她的嘴唇，笑了：

"可不，人已经僵硬了……"

"看你在说什么……这是米沙大叔，我们车间的头儿。"

那人把手伸给她。他离她不远，他人不高，滚圆身材，声音尖细。卡特琳娜觉得，说话的不是他，而是坐在他肚子里的什么人。

"我听到许多关于您的事。是啊……我们也是普通人，年轻时候也在麦地里……您篱笆里面有狗吗？"

"怎么？"

"不，不。我是害怕它们的狂犬病。我也没有带多余的裤子，哈哈……我自己留着。城里有贼。这里人纯朴。就是……大自然。"

他们坐在桌子旁边。格里沙已经老多了。卡捷琳娜拿来一瓶酒，她把瓶盖敲掉。

"道路还算方便，这里种黄瓜吗？"米沙大叔问。

“有，也有蘑菇。”

“这就好。”

卡特琳娜推辞了酒。她脸色有一点苍白。她在为格里沙的白发难过。

“上帝保佑,但愿不是最后一个……”米沙大叔说着,吧嗒了一下嘴。儿子的脸因为酒而燃烧，眼睛生出了一层薄膜，直盯盯地看着人。

“娜佳向你问好……”

“她怎么没有来？”

“她又去了餐厅。晚上工作，白天睡觉。”

“他们要工作……”米沙大叔刚刚说了一句，就吓人地摇着头，开始出汗：

“你知道，我的牙齿都被蛀坏了，我是囫囵吞下去的。”

“你装上牙就好了。”卡特琳娜叹了口气。

“要装就装黄色的，但我没有钱。”

“您别哭穷，米沙大叔……”

“你别插嘴。你有自己的工作，娜佳在搞外快，而我是一个人：儿子上了大学，还要建一个车库……”

“你一个人，你已经赚到了汽车！”卡特琳娜惊讶地说。

“不是我，是头脑在赚钱。头在你的肩膀上，假如你不想比其他人更糟的话，”米沙大叔生气了，喝了一口酒，“您就躲在小木屋里，什么也用不着管。可不是嘛……您躲起来就行了，反正您也没有家！”

“那格里沙呢？”

“他走了。从口袋里掉了下来——就不见了。他和娜佳把房子弄没了！”

“格里沙，你怎么不去造一个？”

“别墅是要的，我还有债务……”

“我给你。我给！我有 90 卢布。”

“哎，那只够买盐的钱……”儿子手一挥。

“城市生活需要很多钱，老人家。我是这样想的：现在是和平时候，我们就要过日子。还能怎么样？如果突然又开战了，而我……我就在战争中……”

“您没有打过仗，米沙大叔……”儿子眯着眼睛，人已经喝醉了。

“可是我亲眼看见过，亲眼看见过……有多少人在工作！不可思议！而当时哪还算是生活？哪还算生活！我已经 60 岁了。”

“同岁。”

“什么？”

“我与您同岁。”卡捷琳娜笑了笑，又拿来一瓶酒。

米沙大叔一只眼睛瞅着酒瓶子，另一只眼睛闭着：

“秘密藏品，是吧？好了，您坦白吧！”他笑了。

“不，在战争日子里，我没有存下食品。我只要有的都在桌子上。”

“您有存货，有存货……许多人连一天的日子都不好过。今天他有饭吃，还可以出去走一圈，而明天就得把牙齿放到架子上——没有东西吃，挨饿……我一直在战争中工作，正如人们所说，又苦又累，没有吃的东西，胃只能忍耐着。我在想，别人也像我这样吗？”

“要我看，那时候不是你一个人又苦又累。”卡捷琳娜说。

“是啊，有更聪明的人。战争爆发了，我们不会想到把食品存在地下室，可是有人会想到，所以他们不会挨饿，他们还会去偷。”

“那时候我们吃的是草。格里沙就是吃土豆长大的。你就是煮多少土豆也不够吃，人们都想弄一支枪，好打野鸭……就是没有钱。”

“我们也是什么都吃。见什么吃什么！拿着家里的东西到市场去换食品。一件外套加上裤子可以换到一个面包。然后，你要看仔细，一定要看仔细，看清楚面包的大小，有没有问题，而我的视力有问题，看得很费劲……”米沙大叔眯起了眼睛。

“那就换眼睛呀。听他们说，现在心脏也可以植入新的，眼睛当然可以换。人们的头脑可以换，人也可以变得更聪明，现在的人吃得好，有能力发明更多新的东西，想换什么就换什么……”卡捷琳娜笑了笑，疲倦地弯着肩膀。

“说得对，老人家。有了钱，头也能换。原来是工人的头，现在就成了经理的头！哈哈哈！”米沙大叔大笑起来，眼里泪光闪闪。

“是谁告诉您这么多的？”他又问。

“还会有谁？”

“你们不是在来看我的吗？”

她又打开一瓶酒，用毛巾擦好，放在桌子中间：“你们喝好。我再去取。”

“母亲，你不要开了。”格里沙说。他也喝了不少，醉意十足地眨巴着眼睛。

“有客人来了，要尽心招待。现在是什么时候？……要让客人喝个痛快！”

“是啊，妈妈！我就喜欢直来直去。好人哪有不喝酒的？”米沙大叔自己动手拿起瓶子把酒倒满，高举起酒杯，手指弹了一下杯子底。

“就算它是个泼辣的婊子，我也爱它！不喝酒不是俄罗斯人。胃，就是酒桶。对我们来说这就是好事，对其他人来说，比死亡还要难受……来，喝呀……”

格里戈里喝得也快，米沙大叔手拍着肚子，眯着眼睛。

“村里人会谈论战争吗，妈妈？说实话，你觉得会有战争吗？”他靠在椅子上，嘴里嚼着蘑菇。

“您怎么总是要说战争的事……但愿不会。”

“要我看，还会有战争。我为什么要喝？！啊！ 因为我还想活下去。没有人会买到第二条生命，所以我要好好地活着。喝吧，朋友！啊！‘我们的军队走到了远方，船锚抛在了法国海边。……’”

但卡特琳娜没有在听。

“总得有人去工作！喝，还是照样吧，干活的还是你们……”

“有道理！要我看，还会有战争。枪在手里，啪——啪——啪！”

“老天保佑你。”卡特琳娜摇摇头。

“别再折磨她了！收起你的那些废话吧。”格里戈里在替母亲抱不平。

“哈哈，说到你们自己家人了。不要碰我的人，不然我会揍你。哈哈！”米沙大叔大笑，再次把叉子伸到盘子里。

“我们谈正事吧。时间——时间差不多了！”格里沙几乎是在高喊，他离开椅子，展了展身子。肩膀上咔嚓一声，衬衫撕破了。

“我们的资产阶级想睡觉了。”

“你才是资产阶级！是你把我当朋友的，我没有请你来。”格里沙突然发火了，但很快就移开了目光，变得和缓下来，给米沙大叔填满了杯子。

米沙大叔嘴里不再嚼动，竖起一根手指：

“你吃菠萝，我嚼松鸡……妈妈，村子里那些孩子欺负过他吗？肯定有的，对吗？”

“村里有的是那些傻子……”卡捷琳娜叹了口气。

“别不好意思承认，有过就有过。那就带到镇上去吧……”

“谈正事吧，正事！……”格里沙喊道。

“啊，你就饶了我吧。别着急，再等一等。”他又拿起酒瓶，对着亮光看了一下，那是伤心的目光。

“一份弹药两人分，只够一只小鸟的……”他轻声说，“我们可以在您这里买到肉吗？”他直视着卡特琳娜的眼睛。

“我想，应该有的，怎么，你们那里没有肉？”

“你说的是商店？那还要你说！只是钱不是随时都有……”

“那当然得用钱。”

“这里只有一半的价格，现在买不到牲畜的饲料，牲畜也得饿死，乡下人没有别的办法，只能杀掉，市场上的肉多了，一定会掉价，所以，我们就来了……来，格里戈里，祝你好运——来一小杯，怎么样？你怎么皱着眉？啊哈！我知道了，我知道了，是良心的问题。你可要看住了它，可爱的良心，不然它就跑了。”

“别说了！”格里沙气呼呼地说，下巴在颤抖。卡捷琳娜走过去，两只手搭在他的肩膀上，轻轻地把他压在桌子上。

“伤了你的怜悯心。我怎么连自己人也不认识了，唉呀呀，你怎么没有一点气派，连燕尾服也忘了穿，一点面子都没有。但我原谅你，原谅你！”

“够了，别再伤我母亲的心。长舌头家伙。离了眼镜，我看不到你们。”他模仿他，歪了一下嘴。

米沙大叔的手颤抖着，站在桌子上，眼睛肿了。

“你少来这一套！”

“你对我有什么用。你倒是小心点，小心我收拾你！”

“得了吧，格里戈里，离开我你根本就玩不转！井绳断了，你掉在井里，深不见底。而我在上面，啪的一声就可以把井盖盖上！曾经的大老板，今天你什么也不是。哈哈……剖腹自杀吧！……”米沙大叔翻着白眼，双手合十放在嘴边，念念有词，仿佛在念悼词。

“你还是唱歌的高手……”卡捷琳娜用手帕捂着脸。肩膀在颤抖，无法平静下来。好像心里很悲痛。

“妈妈，亲爱的，别哭了。您去睡一会吧。我是在开玩笑的。真的，格里戈里……谁说到了良心？你把良心拿给我看！等一等，等一等，我们的格里戈里看到了。他说，他说谁相信良心谁就是傻子！良心就是狗屁！我相信：妈妈，他离开娜佳，去找了别的女人。他厌烦了同一条小路。您作为他的母亲，怎么想？作为一个正直的妈妈，您应该惩罚他，应该脱下他的外套，让他光着屁股，光着屁股，用棍子或者皮带狠狠地抽打他！”

“闭嘴！……还不都是因为你！”格里沙身子一振，头却倒在一边。米沙大叔坐在椅子上，似乎很得意。

“别喝了，够了！我们还要去打猎。我们要睡觉了，晚上……没错，晚上……”

“你们要去哪里？”

“你别问，妈妈。叫你别问，你就别问！你们大家都闭嘴……”格里沙醒了过来，勉强睁开眼睛，伸手去拿杯子。手在颤抖，杯子翻倒了，摔在地上。儿子抽出一支香烟来。烟卷很长，末端有一个金色的环线。他着急地抽着烟，使着大劲，咬着牙，鼻孔鼓鼓的，两只胳膊用力分开，他想把它们收回来，但又分开来，玻璃盘子被碰到了地上。叮当一声，碎了。格里沙颤抖着，迷迷糊糊地用手指着角落，然后指着米沙大叔。米沙大叔半闭着眼睛，咯咯地笑着。然后弯下腰从桌子底下捡起一块碎片，把它举到眼镜边，闻一闻。

“格里戈里，幸运了……妈妈，别难过，这玻璃太旧了。”

“是很旧了……”卡捷琳娜回答，心疼地闭上了眼睛。这是伊万结婚前一年送给她的生日礼物，当时他们的生活很简单，很幸福，人们都羡慕他们生活和美。多年来，她唯一珍惜的礼物就是这个盘子，她只把它在桌子上放过一次，就是她儿子和媳妇回来看她的那次。

米沙大叔用大拇指擦着眼镜片，打了个哈欠，解开了衣领。

“妈妈，我们要睡觉了。我们今晚要出去——运气好的话，我们就带着猎物回镇里了。要是不走运，我们就在这里过夜……没办法的。这可能不是第一次……以后会常来……”

米沙大叔躺在床上，儿子躺在了地板上，马上都睡着了。格里沙流口水了。卡捷琳娜用手帕把它擦干净，手帕塞进儿子的口袋里。村子在附近。她突然害怕一人待在家里；要么是闷热，要么是这种恐惧，她的心都碎了。她走到围栏前，坐在木凳上。卡捷琳娜的背疼，腿也不舒服："格里沙消瘦了……"她为自己的无能为力，对儿子的愧疚，对儿子的不公，对儿子喝了过多伏特加而僵直的眼睛感到难过，她的头脑一片空白，就像死前一样安静。她开始反悔：要是把格里沙留在家里，不让他进城，娶个乡下姑娘就好了……他又出现在眼前，一个瘦弱的小男孩，饥肠辘辘地想要牛奶和面包，而她们家在那些日子里从来没有吃饱过，也无处可去。她记得，自己很高兴儿子在城里找到了一个有免费面包、现成衣服的地方，她在邻居彼得爷爷家的黄色大圣像前为儿子点了一支蜡烛，爷爷为他祈祷了整整一个晚上，翻着一本厚厚的落着灰尘的书，而她自己不知道要祈祷。她平静地离开了圣像，继续她的生活，她的烦恼消失了，因为她的儿子分配到了工作，有了食物和衣服。现在她用最严厉的语言惩罚自己，并感到孤独和虚弱，她想要重新开始生活，重新拥有格里沙。

乌云在森林上方升起，上面是蓝色的，下面是完全黑暗的。乌云迅速扑向村里，吞下了所有自由的天空，直降到了地面。狗在大声吠叫，但不知何故，是尖叫，是故意的……她呼吸变得困难，背部和胸部都感到压得厉害。但卡捷琳娜不敢进到屋子里去，不敢看到格里沙。

她就这样坐了两个小时。他们两人在小屋里嘀咕了一阵，很快就出去了。

"妈妈，这不是再见。也许我们还要返回来。"格里沙说，胳膊肘差点碰到她。

“感谢您的面包和盐，” 米沙大叔说，“说老实话，我在您这里过得非常舒服！微风拂面，酒菜满席。对我这老头子来说，还有什么不满足的？有松林，有河流。夏天还有鱼。这里有狗鱼，还是鲈鱼？”

“各种鱼都有。”

“多少钱？”

“不卖。都是自己吃。”

“他们会卖的，妈妈。只是你不知道。卖鱼是要罚款的。政府会看到，会知道的……喂，格里戈里，请上马。”

“你就别操心了！老天自有安排。”格里沙板着脸说了一句，点了一支香烟。

卡捷琳娜站在篱笆前，绞着手帕，她想对儿子说点什么，但还是忍住了。米沙大叔钻进车里，挤到方向盘后面，格里沙坐在他身后。卡捷琳娜向前走了一步，手摸着坚硬的带凸棱的轮胎。

“您是我们的国王。小心，天要黑了。浅谷那里正在建桥……”

“噢，噢，我们是羚羊！”米沙大叔叫了一声，声音尖利。关上了车门。

卡捷琳娜进了小屋，想吃点东西，但喉咙里有块东西下不去。她开始收拾桌子，洗碗，然后躺在床上，但是毯子的味道很难闻，想必是米沙大叔吐了。她站起来，走到窗前。看着外面，脑子里一片空白，外面一片寂静。

人看不见了，狗也不叫了，红红的太阳就要落山了，成了一个大圆球。“冬天就要来了，就我一个人了。”卡捷琳娜在想，叹了口气。

天快要黑了。她想起了她的沃尔努沙，就去了草原。草原很冷，她也很冷，背在颤抖。别人家的牛早就赶回来了。她慢慢地走着，突然想起了丈夫：他在那一边过得怎么样。伊万会对他的儿子做什么？他会带他去哪里？但思想滑向了别处。她决定进城去一次，看看格里沙是怎么生活的，为什么他们不生孩子。有那么一会儿，她的头脑感觉很好，很轻松，身体感觉也好，呼吸也畅快了。早以前，她就想着要去看她的儿子，在大城市的街上走一走，散散步，呼吸呼吸他们那里那的空气，再到商店里给她的小主人买些有趣的东西。她早就不给自己买东西了，现在她有了自己的房子、自己的门槛、自己的地板和窗户，她迫不及待地想像别人家一样铺上地毯，挂上窗帘。

她的眼睛变暖了。“也许，儿媳妇根本不知道……”想到这一点，她的颧骨又疼了起来，疼痛冲上了她的额头。

沃尔努沙不在松树林子那里。她开始呼叫它，一开始低声叫它，轻柔地叫它，随后就大声喊起来，呼吸能持续多长就呼叫多长。她没有听到回应。有一辆车从它平时躺卧的那个平缓的低洼处开了过去。留下一条压在沙土上的狭窄凸棱痕迹，然后继续向前去了。洼坑里有一样发白的东西。她捡起来，手在颤抖——手里拿的是她亲手塞进了儿子口袋里的那块手帕。她把手帕凑到嘴边，闻到了一股烟草和酸臭的味道。她又弯下腰来：继续在松林里寻找痕迹。天上开着一扇窗户，树林子显得更清楚了。卡捷琳娜走进松林里，树枝在脚下发出咔嚓咔嚓的断裂声。她被一堆干树枝绊了一下，朝着地上望去。树丛下面是沃尔努沙的腿——露着蹄子上的灰斑。到处都是血，闻起来有咸酸的味道。“我们可以在您这里买到肉吗？”卡捷琳娜脑子里一闪而过，她抓住一棵松树，眼睛低垂，看着地面：到处都是长长的带着金色环线的烟头。

“打猎……”卡捷琳娜这时候明白了，她从地上把沃尔努沙的腿捡起来，挖了一个坑，把它埋了。她站着一动不动。她笑了：“儿子，你没有带走腿，看不上，是吗？……”

雪下得很大，盖住了汽车碾压的痕迹和卡捷琳娜旁边的小山坡。她抬起头。乌云笼罩在头上，雪花在翻飞。在离地面更近的地方，它更轻，更少，在顶部形成一堵白色的墙，越来越低，越来越低，直到它倒下。风来了。

沃尔努沙就出生在树林子附近，那里都是又粗又大的松树，直立在它背后，一直要向着天空冲去。冬天的风是干燥的，向着村里吹去，从下面吹来，腿能感觉到，但头上是空空的，静静的。

卡捷琳娜向前走了几步，但她走不动了。她坐在坚硬的地面上，号啕大哭。飞雪盖上了她的肩膀。

视察员奇尔科夫

音乐会的主持人、白齿黑发的小伙子在台上宣布：“下面出场加林娜·奇尔科娃表演的是俄罗斯浪漫老歌《检票口》……”随即舞台上飘来一个充满青春活力、身穿红色天鹅绒礼服脚蹬樱桃色高跟鞋的女孩。她稍稍停顿了一下，开始唱歌。她的声音起初似乎很平淡，没有激情——许多人唱得都要比她更好一些。但随后，突然间一切都变了——我陷入一个轻柔愉悦的梦境中，就像走在六月温暖的森林里，不易觉察的蒸气般的细雨落到了头上。我的心里忘记了所有的悲伤、忧虑——它只是在静静地休息，我的心灵。令人心旷神怡！是谁给我带来这样突然而来的轻快？哦，是的，是这个声音，是这个身穿红色天鹅绒礼服女孩的声音。我记起来，立即醒过来。大厅里响起掌声。歌手自豪地抬起头，微笑着。而那些着急的光斑已经溅到她的脸颊上，染了厚得过分油彩的睫毛在眼睛附近闪动。那是头发，当然，是她的，没有假。头发披洒在肩膀上，像披肩一样覆盖着肩膀……一条柔软的雪白披肩……但是，不，不，甚至不是雪白的。这些头发可以说是亚麻色的，针茅草色的，它们是被河沙漂洗过的最纯净的颜色。所有这些话都是公平的，每句赞美都经得起考验……

她唱了一首欢快的民歌。声音洪亮、自信，就像是喉咙里的某个东西被拿走了，消失了，于是现在所有的声音奔涌而出，飞了起来。有时她会用手势配合她的声音——挥动手臂，抬起脚跟，愉快地扭动她的细颈，此时的她看起来就像一只冬鸟，很可能就是灰雀……就像一只红腹灰雀，活蹦乱跳的灰雀，在白雪堆上跳来跳去。我不知道还有比它更漂亮的鸟没有……我回头环顾四周，观众都在听她的歌声，不敢有丝毫动静。多么令人感动的观众啊！但他们没有让我多想——掌声响起，仿佛我们老旧音乐厅的天花板倒塌了。主持人出来了。他笑了笑，观众安静下来。

“亲爱的观众，我告诉你们一个秘密。来自列宁格勒的歌手加林娜·奇尔科娃今天是在她的故乡演唱。她就出生在你们的土地上，帕杰林区……”

啊，就是从这里开始的！整个大厅的人都站立起来欢迎她的到来。我也在疯狂地鼓掌。歌手很快就走上台来，举起双手向观众致意。这是她闪亮的时刻。我坐在第二排，清楚地看到她发红的脸颊，快速闪烁的睫毛，风吹动她那额头上的刘海。那个黑发主持人又出来了。他做了一个安静的手势，大厅里静了下来。

“现在……”主持人停了下来，他的牙齿闪闪发亮，“加林娜·奇尔科娃将演唱她回忆自己童年的一首歌，回忆帕杰林区的一首歌。我说得对吗？”

“对！”大厅里声音轰响，我的心灵也在回应。突然我的呼吸一紧，难道是真的？！ 难道她是奇尔科夫的女儿，那个从帕杰林区里来到学校的视察员的女儿，那个可笑的小个子男人，就是有一次打破了我命运的他？但是，不，不！不大可能……我安慰自己，冷静下来，掌声又在冲击我的耳朵。她的声音再次在我头顶回响，现在已经是温柔的，伤感的，到了一个绝对高音。她不是在唱，几乎是在哭诉。她为什么这么激动？是要在舞台上杀死自己吗？……但是，这是最好的状态，在她的位置就需要这样，我在与自己争辩，我坦率地承认我钦佩她。这是怎么了！我已经爱上了她的声音、她的兴奋、她那小女孩的刘海、她那快乐的眼睛……嗯，当然，当然了，奇尔科夫有一双同样的眼睛，就像两粒黑色纽扣，或者两粒霰弹。你只要看到一次，就不会忘记。不过，怎么会，怎么会这样？！她是一个美丽的，真实的，有莫大天赋的女孩，而他，他是一个古板得让人讨厌的人，就是一只蠕虫。但事情就是这样，就在眼前！我内心又在反抗。我要是现在走过去，就能看个明白……但我没有过去，我不敢。音乐会很快就结束了，我没有急着回家，我有一个自由的夜晚。我慢慢地点燃了一根烟，站在门廊上。音乐厅大门附近，一辆大巴发出噪声停在那里。它可能是在等待艺术家。我没有弄错，很快，几个乐手从我旁边跑过。他们手里提着箱子，随后我看到了她。她步履缓慢，显得有些疲倦，脸色苍白。我在近处看着她的脸、她的眼睛、她的头发，她的红色头巾随意披在脖子上。她看起来像个十几岁的男孩，在迪斯科舞厅累坏了，现在要回家。而到家可能会挨骂，所以她并不着急，勉强移动着脚步……她右手拿着一个运动包，左手是一个装着乐谱的包。也许，不是乐谱——有谁会知道？她在我跟前稍稍停了一下，皱起了眉头，可能是对我的目光感到不快。于是，她用那黑眼睛狠狠地瞪了我一下，我的呼吸又停止了。在我的糟糕记忆中，马上响起了奇尔科夫的声音。过了这么多年，他还是找到了我。他在欢呼，踩在我身上，然后用锤子打我，直接打我的鬓角：“就不该允许您走上讲台，因为您不承认教学法的规划……”他的眼睛在旋转，在钻我，再有一刻，我就无法忍受了。好在记忆怜悯我，退去了，声音也没有了，它饶过了我。不知道为什么她忽然笑了，轻盈地跳上大巴车的踏板，仿佛是飘上去的。我又想起了那只冬天的鸟。飞啊，飞啊，从这根树枝飞到另一根树枝。今天在这里，明天就到了列宁格勒……大巴用绿灯和红灯向我眨了眨眼，仿佛在暗示一些人所共知的秘密，转眼就不见了，消失在拐角处。只留下我独自一人，慢慢走进小巷。

这条路把我带到主街上。这里明亮多了，很少有汽车带来的嘈杂声。我们的小镇已经睡着了，已经在做梦了。我很难过。不知道什么原因，我的心在疼痛。我知道它为什么会受伤，为什么难过。它记得那些遥远的岁月，我的学校，我的教学工作。我当时如何煎熬，如何痛苦——学校，村里，我自己……不堪回首！ 在村里，一直让人感到压抑、悲哀，尤其是在我20岁的时候。而这里的一切都不一样。这里暴风雪的声音更厉害，更令人厌烦，这里的晚上更黑暗，这里的雨下得更频繁。如果路上有孩子在哭泣，你的心里会很不是滋味。你无法躲开哭泣声——它已经进了你的耳朵，进了你的心中，它不会被双层窗户挡住，也不会被松木墙或厚重的窗帘淹没……或者，马在窗口下跑过，听得到马蹄在冻土地上的嗒嗒声，你的神经又紧张起来：送信人在给谁传去坏消息？到了冬天更糟——树叶凋落，所有的草都干枯了，更可悲的是，连一本好书都看不到。即使有书可读也是两回事，哪怕乡下人已经远离了城市的石头和钢铁，但他仍然安静不下来，总是被什么东西折磨。可能是那空荡荡的街道和公路在折磨他。但是，也有过我们的街道苏醒过来的时候。当有人去世了，街道就苏醒了，热闹了。所有的男人和女人都会蜂拥到这家里来。平日一大早，他们都躺在家里的炉子旁，或者高铺上，现在他们高高兴兴地相聚，又见面了。你就听周围的对话吧："喂，你怎么样，叶戈罗夫娜？""你怎么样，西兰季·德米特里耶维奇？"再加上笑话和笑声——人们不能说再多的话。所有的人都穿了礼服，所有人的眼睛都闪着泪光。对你来说这是葬礼，是悲伤的时候……它是什么时候的事情？真的已经过去20年了？我的心又在疼，我顾不上去安抚它。要是现在遇到一个朋友就好了，但是街上静悄悄的。只有天上的星星，但也是静悄悄的。我还是不想回家，家里等着我的就是那个空落落的角落：妻子和女儿昨天去了别墅。即使是猫斯乔普卡，她们也把它带走了。想起了斯乔普卡，我笑了。奇尔科夫的眼睛竟然和斯乔普卡的一样。他们看人都是直勾勾的那种，一刻也不移开。而且他们眼睛的颜色是随时变化的，有时候是绿色的，发暗；有时候会发亮，是明亮的黄色；有时候会变成一个几乎看不见的点，特别是当他生气，发出警告的时候。他的名字和父名是尼古拉·费奥法诺维奇。但人们私下只叫他小麻鸭。有一次，区里一个熟人给我们校长打电话说："你们准备好，小麻鸭要去你们那里了。"

他来学校通常是化名的，但对我们来说是一件开心事——其实我们早就得到消息了。不过，如果你知道死亡最确切的时刻——直到最后一刻，那还有什么比这更甜蜜的呢？不，当然，死亡不是甜蜜的。可怕的这一天来了。一个奇怪的小个子男人出现在我们教师休息室的门口。他那从牙齿里挤出来的话几乎让人听不清楚，他跟大家问过好，没有再说话就脱去了外套。人们说，第一印象是最准确的。我很少被人理解，我在学校工作才六个月，负担着教育学院的两门课程，还有函授部的课程。那天，这个陌生人站在我们面前。他小个子，有点显胖，不像是一个人，倒像是一个茶壶。他胖胖的腰身，衣服绷得紧紧的，斜肩。但头像一个苹果，尤其是脸颊。脸上涂了一层金黄色的什么，也许是唇膏。但我立刻就问自己：他从哪里弄来的唇膏？可能吗，在街上——零下40度？不，不，街上是在解冻。他脸颊炯炯发光，吸引着人们的目光，他的表情是严肃的，而眼睛不像眼睛，像玻璃，很可能是纽扣，眼睛上面是一副圆片钢架眼镜。我几乎忘了他外套的颜色，只记得他的夹克发皱，脏兮兮的，上面还有墨水的痕迹。但最重要的是他的头发！光亮，稀疏，有一点卷曲，像板刷。头发一直向上，直竖起来。他不经意地抚平它们，但它们就是不肯服帖。他的声音把大家推远了。

"我叫尼古拉·费奥法诺维奇。如果你们怕忘了，就记下来。"他说话带着女声腔，我们甚至不敢相信这是他的声音。好像是他在说，也像是别的人在说。然后他还说了别的，但我们没有回答。我们都愣住了，是他的面孔吸引了我们：当他说第一句话的时候，他的嘴唇就开始做一串可笑的动作。我马上想起了斯乔普卡：它换了一个新地方，在别墅那里怎么样？是不是没有胃口？然后我的目光又转到了小麻鸭这里。他把我变成了他的第一个牺牲品。我记得，上课的铃声响了，他带着狡黠的微笑来到我面前，要我把备课教案展示给他。哎呀，那个笑容我永远不会忘记：薄薄的嘴唇拉成了长方形，他的眼睛里有什么东西在跳跃，好像有什么好玩的。然后，他的嘴巴咧开，我看到他那稀疏但坚实的牙齿。我简直无处可逃，无处可躲。他甚至会咬断铁丝。我当时嘴巴干得要命。

“我是来听您的课的。您欢迎吗？”他嘿嘿笑着。

“请，门是开着的。”我回应了挑战，也许，我当时脸色苍白。他看到我的紧张，甚至高兴地笑了一声。

“好吧，您带我去。”他大声说着，拿起一个大公文包。

这一声“好吧”完全不适合他。他可能是在模仿他的某个导师，也许，这样说显得庄重。我们已经到了教室门口。小麻鸭在我身后咳嗽。而这一声咳嗽是一个警告：不，你别把我骗到谷糠堆里，我看得明白，你骗不了我……所以我打开日志，点了名。接下来，我应该说点什么。本课的主题是“代词的分类”。我不喜欢这类内容，但偏偏遇到了这样一节课，还要加上陌生人的干扰。小麻鸭坐在最后一排的课桌上，旁边是留级学生萨沙·帕霍莫夫。我看到视察员在检查他的功课，他要他打开书包，取出所有的练习册，翻开来。然后他拿起他的日记翻看。我一下子蒙了，萨沙几乎从来没有写过日记。小麻鸭摘下眼镜，一页一页翻过去。也许他不戴眼镜看得更清楚。然后，小麻鸭提了一大堆问题，对我来说，这简直就是突然袭击，就是在给我出难题！开始，他要求一个学生解释“小册子”这个词，随后又问了几个前缀的用法，最后大声提出了他的主要问题：

“谁第一个告诉我，亚历山大·谢尔盖耶维奇·普希金是哪年出生的？”

孩子们知道答案，但不知道为什么都不作声。他指着涅克拉索夫的肖像，气恼地问大家：

“这里挂的是谁，是托尔斯泰，还是契诃夫？”

学生们都不作声，只好我来替这个小个子下台。

“我们现在开始学第六课。”

但小麻鸭看都不看我一眼。我的世界立刻变成一片灰烬。我要遭受什么惩罚？难道就没有一个人会出面替我说情？……没有人听我说话，我差点哭了。

接下来最糟糕的是对我课堂教学的分析。小会是很晚时间关起门来进行的，只有我们三人：我，奇尔科夫和校长帕维尔·伊万诺维奇。我什么指望都没有了，但小麻鸭的表现出乎我的意料。他要我自己来回顾我的教学，甚至自己来评估。我说了十个字，然后沉默了。他拿出自己的记事本，撇了一下嘴，做了一个鬼脸，好像咬了一口酸的东西，露出了牙龈。然后，他叹了一口气：“我不知道我到了什么地方。我没有注意到教学法……”他的脸颊再次通红，鼓胀起来，似乎溅上了血。我看着窗外，听着暴风雪的声音。风在放声高歌，小麻鸭的声音也加了进来。他说了很长时间的话，也有很多停顿，他对我的教学进行了无情的批判。他不时揉一揉他的手，咂巴一下舌头，仿佛在品味其中的乐趣。我要反抗，他打断了我：

“我来说吧。如果您忘了，您要把它记下来。您手里应该常有一支钢笔，或者一支削好的铅笔。”他的眼睛闪闪发光，头发直竖起来，他用他的手压服它们。已经是深夜，暴风雪小了一些。我们还记得要休息。校长邀请小麻鸭去他那里，但他害怕地挥动着手臂——不，不，不。可能是他怕流言蜚语，于是我们在教师休息室给他铺了一张床，在长长的桌子上铺上报纸。他当着我们的面就躺在了报纸上，朝着我们挥手：“好了，你们走吧。”他夜里吃了什么，喝了什么，对我们来说完全是秘密。也许，食品就藏在他那个巨大的公文包里。

我无法入睡，一直到早晨。所有的时间我都在回味，无法理清思绪。第二天早上，他又来到了我的课堂。他要来听课是在上课铃响之前才对我说的。

“我又来听您的课。欢迎吗？”无须等到回答，他就拖着步子跟在我后面了。他的身高只到我的肩膀处。我斜着眼看他，感觉就像是刽子手走在我旁边，只是他的右手没有拿斧头，而是夹了一个公文包。那是很大的一个破旧公文包。我想，小麻鸭应该是晚上用它做枕头的。视察员的呼吸声，时有中断。我在呼喊命运，在乞求——让他马上就死去，就现在！但什么都没有发生，我走进了教室。

我当时安排的是原来学过的内容，我让孩子们自学教材的新课：简单句型和句子的主要成分。孩子们事前就得知了这些问题的内容，所以我来碰一下运气。事前我就想到了：在小麻鸭看来，我当时安排的内容既奇怪又疯狂。你怎么能在没有任何解释的情况下就开始新的教学内容呢？只有懒惰或自以为是的人才会这样去做。但是事情更糟，更糟……他甚至没有对我的课进行课后分析，只是哼哼了一声，嘴唇前伸，这一天连话也没有跟我说过。但我的苦难还没有结束。第二天早上，他要求我的六年级学生进行听写测试。又是没有预告突然袭击。他亲自去把做完的作业本收起来，而作为教师的我，他十分不信任。后来，他把一大沓练习册放在校长的办公桌上，并且把门锁了起来。当他锁好以后，脸上露出神秘和愤怒的神情，嘴唇又拉成了长方形。

到了晚上，他开始检查作业。错误，当然是我来纠正，我是教师。但他把每本练习册拿在手中，并详细研究它们。从封面开始，他先去闻，然后对着灯光再看，再把封面凑到眼镜跟前，然后再拿开来，接着，从头再来一遍。我忍耐着，真想揍他一顿，把他从椅子上拉下来，但有什么东西抱住了我。也许是恐惧，也许是怨恨。而他看着我就像在看一个小偷，绝望地摇了摇头。

评判范本放在他面前的桌子上。我已经检查了一半的作业，但他突然从椅子上站起来，在教师休息室里快步来回走动，手里抓起一个听写的本子，开始计算单词的数量。我擦着手，出了很多汗。最后，他做出了自己的判决："我们挑选了听写，这是一个弱项，完全没有按照教学法进行。"他再没有说话。我两天来一直在琢磨他的这这句话，但不明白……小麻鸭这些天观摩了所有的数学、动物学课程，甚至检查了我们的体育老师，又召开紧急教务会议。大家都沉默不语，只看着地板。小麻鸭宣读了检查结果。至今我还记得他说的话。好笑，悲伤，自责。难道会议就这样到此为止了？小麻鸭摘下眼镜，又戴上，继续一字一顿地说："学校的老师只有在开阔眼界的情况下才能工作。在普及训练方面还有必要反思……学校正在进行这项工作，有两个人因病没有参加。还有其他问题，例如，教育工作的各项计划编成了一册，使得检查有一定的困难。我们需要进行自我教育，所有的教师应该注意阅读教学法的文章和相关材料。学校的动物学和体育课程是有缺陷的。在动物学课上，没有指出人类与猴子的区别……"他讲了很长时间的话，没有一刻休息。讲完后，他请大家提问，但没有一个人响应。我们坐得累了，实在受不了了。他训斥我们就像训斥二年级小学生一样，我们得罪了他，所以也得委屈自己，只好坐着煎熬，无言地忍受：如果每个来访者都可以对我们发号施令，我们就别活了！但小麻鸭不知道，他也不会想到。他坐在离我们很远的领导人的位子上。但他的眼睛一样能扫到我们，一样能抓到我们……

两个月后，他又飞到我们这里来了，正好是我们学校有一点麻烦的时候。老师休息室的墙壁被烧坏了——荷兰壁炉烧得太厉害了。小麻鸭到来的前一天我们开始修理——给墙壁抹灰泥，粉刷。总之，视察员当天没有地方过夜了。我决定带他到我那里去。到公寓的一路上，我们两人都没有说话，连一个字都没有说。春天的雪在我们脚下嘎吱嘎吱作响，欢快的鸟儿坐在杨树上，我们没有看对方的眼睛，只有沉默。你会觉得我们之间发生了争吵。其实，当然，没有发生争吵……

正如我所料，他拒绝了晚餐，但还是要了喝的。我准备煮茶，从橱子里拿出茶叶。他提醒我："我不喝茶，不习惯它。我也不喜欢糖。"我就给他倒了一杯开水，在一块面包上涂上黄油。他双手接过面包直接凑到眼镜跟前："黄油应当是好的？""是的，是的。"我答道，他又仔细地看了一遍面包，但不知道为什么还是没有吃。他看到我书架上的手风琴。我捕捉到了他的目光，马上脸红得像个女孩。手风琴是我的五年级同学科利卡·扎苏欣留下的。他拉起手风琴就像一个专业艺术家，我喜欢听他的演奏。所有这些想法在我头脑里闪过，但小麻鸭打断了我的思绪：

"你的手风琴？"他的眼睛在他的眼镜后面闪亮。原来，他的眼睛是活的。

"谁的手风琴？"他又问了一遍。

"我的，我的！"我吓得低声说，救了我的朋友科利卡。但小麻鸭不知为什么没有听到，只盯着手风琴，一眨眼，手风琴已经在他手中了。他用右手压住琴键。"哇！"我想，我不知道是在钦佩，还是在谴责。小麻鸭已经拉起了琴，他的头好笑地倾斜向一侧。现在，他的头特别像一个红润的苹果，那么诱人。他演奏了一首简单的、熟悉的歌曲，一边演奏一边轻声哼唱："窗口的少女，燃烧的目光……"他结束了这首歌，然后生气地把手风琴放在椅子上，摘下他的眼镜。

"学生们知道你有手风琴吗？"

"知道。村子里的人都知道。"

"真糟糕。糟糕。"他得出结论，开始抿着白开水。

"为什么糟糕？手风琴不是伏特加。"我说。

他晚上没睡多少时间，他的床一直是空的。我看到他在记事本上认真地写着什么，也许在准备明天的工作。他在两三点后才躺下，就躺在毯子上，没有脱衣服，这让我感到困惑。但更让我惊奇的是他这样放自己眼镜：眼镜盒显然没有用，他用旧报纸包裹眼镜，再用线把这一卷东西仔细束紧。之后，他又低声自言自语了几句，看着四周……

早晨，他又同昨天一样，出声地喝着白开水，吃了两块饼干。这就算他的一顿饭。我们该去学校了。我们两人谁也没有说话，保持着两米的距离。我在前面，他在后面。让我想到有趣的一幕：警察带着一个被抓到的人，场面可能就是这样的。那天上午他又去听我的课，又问了我的六年级学生几个问题。他们没有回答，小麻鸭感到困惑，他的脸颊发亮。到了下午，已经很晚了，他在教学分析会上又说了那个让人害怕的句子："我看，就不该允许您去上讲台，因为您不承认教学法的规则。"他的眼镜在电灯下闪闪发亮。在我看来，在这个亮光下，他就是要我悲伤，甚至是要迫害我。小麻鸭突然不再讲话，看着天花板。他把头后仰，不急不慢地露出他那坚实的牙齿，说："我会在区教育局对他们说，不再给您配备教材教法的资料了，明白了吗？如果不明白，您就记下来……"他的目光扫了过来，我知道，那些霰弹很快就会杀了我。很快……

今年天气开始变暖和了。五月风吹来，他又来到我们学校。他是来向我们的艺术家加莉娅·萨韦利耶娃求婚的。她是我们俱乐部的负责人，民歌唱得很好。他是什么时候同加莉娅认识的，对我们来说还真是个谜。一个月后，在帕杰林区中心，他俩举行了婚礼。太奇怪，太悲伤，太荒谬了：奇尔科夫突然要办婚礼！而且，更让人惊讶的是，他只比我大三岁。只是三岁，但在我看来，他是个老人。

一年以后我离开了那个村庄，但很长一段时间还是有来自那里的信和电报。朋友在城里找到了我，叫我回来。我也回了信，但我没有答应回去。小麻鸭不大会允许我回学校，我也有其他的羁绊。我已经习惯了与乏味、苦涩，有时毫无意义的城市生活相处……是的，苦涩。因为我身边没有了大自然——没有草地，没有树木，没有浓密的松树林。我甚至会想念小麻鸭：他现在会骂谁？欺负谁？我甚至梦到过他：小个子，金属架眼镜，眼镜闪闪发亮。我很伤心，我的心不知道为什么会疼痛。

后来就没有信件再来了，也没有什么可以说的。他们说，湖泊和河流也干涸了，我们的记忆也干涸了……两三年又过去了，我慢慢地忘记了小麻鸭。突然有一天，晚春的一天，我的学校校长写信给我。

帕维尔·伊万诺维奇写道，他们送别了视察员尼古拉·奇尔科夫。他从船上掉到了洪水中，立即沉到了水底。他既笨又瞎，还不会游泳。“唉，你呀，小麻鸭，小麻鸭，”帕维尔·伊万诺维奇在信中责怪他，“为什么你要干我们男人的活，为什么你要去干这个钓鱼的活？”接下来，校长在整页纸上叙述了小麻鸭走遍了帕杰林，要求得到渔网，但别人没有给他的事情。而他还是收到了五张渔网，他带走了。然后他发现了一个很深的河湾，靠近岸边，出事了……但是，这还不是全部，校长告诉我，他们还有其他的消息：小麻鸭的妻子，加莉娅，已经收拾好了行李，带着女儿去了一个遥远的城市。但是，人们说，她很快会回来的，在异乡，生活太艰难了……

但她再也没回来。她很快就被人们遗忘了，即使是小麻鸭也被人遗忘了。五年后，我开车去帕杰林，想去看他的坟墓。我向别人打听，别人惊讶地看着我——您是谁！您还记得什么？我们每周都会埋葬人。不，不，我们不知道。是的，您要去问他的妻子或者女儿……没有一点收获，我只好离开了。

然后我也就把他们忘记了，他们也有让我惊讶的时候，有时就会再次想起来。如果不是那个黑发小伙子，我的耳朵里不会再次嗡嗡作响：“亲爱的观众，我告诉你们一个秘密。来自列宁格勒的歌手加林娜·奇尔科娃今天是在她的故乡唱歌。她出生在你们的土地上，帕杰林区……”但是，不，不，不可能，莫非，我们的小麻鸭还有另一个女儿？另一个……又有问题，我的心又剧烈地疼起来。晚上我睡得不好，只有到早上我才睡了一会。刚刚有一点睡意，又看见了小麻鸭。他坐在一条大船上向我挥手。我也认出了他，但不知道为什么我没有回应他。他在使劲挥手，使劲，眼镜在闪光。然后船不见了，但他的声音来了："在动物学课上……没有指出人类与猴子的区别……"我对他点点头，微笑在他脸上闪过。在那一刻，我睁开了眼睛。昨天的事情又出现在我的脑海里，不让我安宁。这位歌手真的是小麻鸭的女儿？……难道她的声音就是要我来回忆？她就是那只冬季快活的鸟儿？我为什么还要这么煎熬？电话就在我的眼前，我抓起电话，就像抓到了救星。

"哪位？是酒店经理吗？请给我接歌手加林娜·奇尔科娃的房间。"

现在是她的声音：

"我是奇尔科娃……"

"打扰您一下，我从远处说起，我昨天在演唱会上……是的，是的，我很震惊。这是我最喜欢的抒情歌曲。"

"您是谁？怎么称呼您？"

"我是一位教师，当地的教师。顺便说一下，如果你有兴趣：学校视察员奇尔科夫·尼古拉·费奥法诺维奇又一次分析了我的课堂教学……"

"怎么？！ 真的？是我的父亲！"话筒里传出簌簌声和轻轻的咔嚓声，好像成熟的西瓜破成了小块，然后又是她的声音：

"您知道，我要报答您。听到您的电话，我多么高兴！我对他知之甚少。您要来看我吗？是的，是的！现在！您要告诉我一切……您听到了吗？"

"我听到了，但我不能去……"我轻轻地说，立即痛苦地闭上了眼睛。我的心已经要从喉咙里跳出来了。

"为什么，为什么？是您自己找到我的……"她在要求我，几乎要叫起来。我拿出决心：

“我是从车站给您打电话的。我乘坐的快速火车五分钟后就到。对不起……”我立即挂断了电话……然后，我又把话筒拿起来，在手里握了很长一段时间。但话筒已经冷了，毫无生气……就像我的小麻鸭。我可能根本就不认识他，作为人，他是个谜。否则，他就不会有这样的女儿。我的耳朵里响着：“您要来看我吗？是的，是的！现在！……”而我又不知道该怎么回答她，只有低声对自己说：“对不起，对不起……”

风暴

火车气冲冲地疾驰，车厢就像小船一样在摇晃。“司机这是要急着去哪里？要去哪里？”阿廖沙一边想，一边狠狠地抽着烟。窗外的树木弯着腰，鸟儿在乌云里闪过——也许是鸽子，也许是寒鸦。鸟儿似乎感觉到了冬天，所以它们在尖叫，在不分东西南北地乱飞乱撞。

鸟儿可以互相倾诉痛苦，阿廖沙面对痛苦却选择了出行。他从南方温暖的大海边来，在那里他有过一次意外。现在的他看着秋雨，看着悲鸣的寒鸦，他只想着一件事，一件事。

一年前，阿廖沙病了。医生说，不要紧，他现在每天失眠，不要受刺激，少读书，少思考，去海边待上一个月就好了。医生看得清楚，母亲却很悲伤，姐姐也哭了，她握着拳头说：“把你的书扔掉，阿廖沙！”而他考试又得了“优”。他通过了最后一门功课，全家都很高兴。他还得到一张疗养证——他是该休息休息了。疗养证是秋季九月的。这就是一个麻烦，九月是功课刚刚开始的时间。“算了，学校反正不会烧掉，就让它等一等吧。”全家就这样决定了。

最初，他去了克拉斯诺达尔的童年朋友那里。他们曾经住在一栋楼里，同在一个单元，亲密得就像兄弟。他去了，但尼古拉不在：他去姨妈家帮忙收葡萄了。姨妈家在亚速海附近。

克拉斯诺达尔炎热、干燥，杨树上都落满了尘土，树枝树叶向下垂着，道路却拥挤不堪，除了汽车，就是汽车，满街的车就像快乐的牛群，不知道要跑到哪里去。而且人也多，熙熙攘攘，来去匆匆，不明白他们在干什么。他去了邻居家。邻居笑着说：“怎么了，孩子？到尼古拉那里可以乘公共汽车，直接到捷姆留克，就在附近……”

“我为什么要去？为什么？”他又疼得闭上了眼睛。但还有比疼痛更无法忍耐的。疼痛可以忍一忍，分一分心，但这里得不到一点安静，就像有人把一颗大钉子靠在鬓角，晃动了一下，马上就要钉进去，他们要钉了，但又在延迟，还是快点钉进去吧，快点钉进去吧……他无法忍受，一抬头，身子一哆嗦，他人退到角落里：门口站着一个陌生人，面容苍白，像是在生病。

“我吓到你了？”

“还好，还好。”阿廖沙嘴里喃喃着，心里甚至更加害怕了。

“我轻一点，不打扰您……”但他仍然站在门口，眨着眼。

于是，阿廖沙说：

“您就坐这里吧。就我一个人……”

“我得按车票坐。”

“要到站了？”

“刚才……”

但阿廖沙没有看到车站，错过了。

“孩子，我不抽烟就得死了。我会熏着你吗？”

“您可以抽，可以抽！”阿廖沙不知道为什么高兴起来，他有一点慌乱，觉得有一个陌生人更好，不然自己就完全失控了。他不再沉默，微笑着。

“你去过海边吗，孩子？”

“海边……”阿廖沙伸出脖子，回答说。风扇里的风像狗号一样在呼啸。

“你会晒黑的。你怎么向母亲交代？”

“我不能享受日光浴。”阿廖沙尴尬地低下了头，“他们不让。我有高血压，控制不好。”

“你会治好的！”阿廖沙听了变得轻松了，不知不觉开始了谈话。

“只要生命在就好，放心吧……来抽支烟，大学生。”

“您怎么知道的？”

“难道你不是大学生？我看到了，小伙子。你有两条胳膊两条腿。”

“什么？”阿廖沙不明白，突然意识到对方是在说笑话，他笑了，呼吸又轻松了，好像无意中发现了一朵温暖的云，一把紧紧地抓住。邻居走近他。

“你就叫我瓦西里。你也可以叫我瓦西里·彼得罗维奇，不要叫瓦夏叔叔。好像也有点不妥，我是你的什么叔叔？”

阿廖沙什么也没说，他看着窗外。黑乎乎的田野、小树林一闪而过，田野上的作物都被收割了，留茬地犁过了，现在要休息了，直到明年春天。大地一片安静，雨水就像给它加了一条毯子。阿廖沙也平静下来，车厢单调地轻轻地敲击着轨道，包厢干净、凉爽，可以闻到新鲜内衣和香烟的味道，车轮没有闭嘴，只顾自己跑啊，跑啊，忘记了一切，迷糊了，然后又醒来，重新幸福地生活着，母亲，还有姐姐，近在身旁。瓦西里·彼得罗维奇分散了他的注意力。

“课业重吗？”

“不重，可以说还算轻松。”他笑了，点燃一支香烟。

“别吹牛，到处都艰难。战争、家庭、工作，都艰难。而学习同样是在工作。”

“您打过仗？”阿廖沙振作起来。他喜欢退伍老兵，羡慕他们的生活、回忆。

“我从头到尾，走过全部战争。就我这样的，孩子，你看到了，火烧过，水淹过，土里也睡过。但我站起来了，抖一抖身子，又继续走了。我以为我的生命是永恒的。可是，你看，不是永恒的。现在一切都很糟。”

“您会拿到疗养证的，瓦西里……您的父名是什么？我忘了。”

"让我们喝一杯就记住了。"

他从手提箱里拿出一瓶"首都"酒，用手帕抹干净，放在小桌上。他慢慢地取出杯子，突然就像在自己家里一样微笑着。他的两只眼睛眯在一起，又睁开来。

"我有烦心事，小伙子，我要去一个葬礼……现在，我和你坐在一起，悲痛在咬我、在啃我。不，我不能，说真的，让我们喝一杯……"

他们碰杯，都站了起来，脸如此接近，阿廖沙在他的眼睛里看到了那些静脉，有的在膨胀，有的在下陷，显然，这是悲痛……

伏特加是温暖的、呛人的。阿廖沙一直皱着脸，抽着烟。他看着雨，看着黑乎乎的屋顶，突然，他感觉到心脏狂跳。是他的病又犯了。起初，是小鸟在啄。这并不可怕，但一分钟过去了，两分钟，这个生病小鸟的翅膀已经不再扇动，它喘不上气来了，然后沉默了下来，好像小鸟已经不在了。这种沉默——痉挛——是最糟糕的，而阿廖沙一点也没有觉察到，他什么也不记得，只是在心里乞求：救我，救我！心脏开始伸展，扩大，然后填满了整个胸部，一直到喉咙，到了难以忍受的程度。小鸟又复活了，开始抽搐，但现在他已经连忍耐的力气也没有了。阿廖沙的眼睛里再次升起徒劳的乞求，悲伤，可怕的悲伤，钉子又一次钉在他的鬓角上。再有一会——钉子就刺入鬓角了。

"小伙子，你不能再喝了，再不能了。要中毒的。"

阿廖沙打了个寒战，抬起头，起初他不明白瓦西里·彼得罗维奇在哪里，是谁在说话。

"谁在那儿？"

"是我，孩子。你怎么了？不，别喝了，别了！"

"我有病。我已经病了很长一段时间，"阿廖沙突然说，"我必须得小心……"他刚说了一句话，喉咙里的肿块就堵了过来，他深吸了一口气。

“医生说我的神经……都是因为神经的问题。”

“天啊！神经在哪里？”邻居笑了起来。

“您不要笑，医生都知道。”

“医生，医生……不听不对，多听受害。”

“您怎么会这样说医生，瓦西里？……”

“我——瓦西里·彼得罗维奇，不喜欢他们。他们吓唬所有抽烟的人。不要抽，不要抽，不要抽，而他们自己却在咀嚼烟草。甚至他们那些女人们，穿白大褂的——嘴里一样叼着自己的卷烟。”

“为什么要这样说？医生也是人。”阿廖沙鼓起力气回应。当他说话的时候，轻松了一些。但邻居抬起头来。

“怎么称呼你？”

“阿列克谢。”

“好吧，廖沙——阿廖沙。你开始生活了，而我，你觉得，我已经在人生尽头了。你不用在人群中对我点头，你已经长大了，你明白，谁是人，谁是绿色蝗虫……而你的病，我了解。”

“哦！”

“你不要‘哦’，我们不是在医院。我看到了你。是全部，小伙子，我看到了全部，虽然我不在你身体里……你有病，消瘦，而你的心灵是一片树叶。什么树叶？就是用力一吹——就会落下来。你又有病又瘦弱。你都可以包在纸里……”

“你在说什么？”

“你听着。在家庭中，你被娇惯。好了，你不要对我眨眼，不要激动，我看到了，你的眼睛都告诉我了。你不是现在还活着吗？那就喝，你想喝就来喝。是的，每个人都想着挣钱，都想着有自己的车库、汽车。哪里会去想内心和精神世界的强大……”

“我听不明白。”阿廖沙站起来，点燃一支香烟。

“你不明白你就做事，你要自己学会赚钱，你会坚强起来，增强体魄，你所有的疾病就会一扫而光。你大学毕业后，就来我们工厂。我们班组就有一群女孩，你一见到她们，马上就会坠入爱河，忘记了一切……”

“可我学的是教育。”

“好呀。教师是第一需要。我们村里有一所学校，十个年级都有……”

“也许，我想去贝阿铁路[①]。”阿廖沙笑着，眼睛里闪过疲倦。他想转到另一个话题，这样，邻居就不会再教训别人了。他想独自待一会，不想有人干扰。“他是谁，这个旅行者？为什么要对我指指点点，还要给我什么建议？他有什么权利？……”但他的思路又被打断了。

“你不要去贝阿铁路，孩子。你现在有病，受不得刺激。”邻居笑了，摇了摇头，但阿廖沙一样没有注意，“那里是原始森林，冬天有九个月。那里需要的是强壮有力的人。孩子，那里现在正在进行一场大战。你来得太早了，会在树下冻死的。”

“怎么是这样？”阿廖沙脸色苍白。他在努力克制自己。

“别生气，孩子，别再多想了。你就先去教书，先尝试一下。你不要叹息，别摇头，生活本身都要经过磨炼的。你自己会明白，你是个什么人：或者你是一条被绑在鞭子上的皮绳，别人甩你到哪里，你就去哪里；或者你有自己的思想，不会任人摆布，你有自己的主意……”

“您是个哲学家，”阿廖沙笑道。他没有听清楚他说的话，好像邻居自己也喝醉了，而且还在喝，“随便他去，爱说什么就去说什么，我正好看看窗外的景色，冷静一下……”

他看着窗外，抽着烟，但外面还是老样子，无聊：空旷的田野，小树林，白桦树立在寒冷的雾霾中，雾霾像烟雾一样在盘旋，突然，他的平静被另一个想法挤走了。这个问题在头脑里一下子滑过：“我为什么要去，为什么？……”他的嘴唇在抽动，他在自言自语，邻居躲开了。

---

① 贝加尔－阿穆尔铁路。

“你喝多了吗？我们是不是喝了不少，那就别喝了。”

“没有，没有，您继续，我在听。”阿廖沙想起了什么。他在隐藏自己的状况，他在控制自己。

“那我继续。我在与你说话，我也好解放一下。我背着这样的悲伤，阿廖沙！……我不能沉默，不然立刻就得躺在担架上，死了。”

“我在听。”阿廖沙说。那人眼睛直视着他。

“我们在做什么？……我们在生活。生活，我要说，生活本身是要经受考验的。1942年夏天对我就是一次考验……”皱纹在他额头上跳动，眼睛在流泪。烟雾在干扰他。他不停地抽烟。

“你抽了很多了……”

“你不要管，孩子，不要打断我……我们被带到那个地点。火车就走了，我们留下来——大家挺开心的。死在一起也好。指挥官要我们站成横队，步行去小树林。而那里，是德国人，乘降落伞来的敌人……”

“我们能不能别再说那些敌人？”阿廖沙抬起头，嘲弄地看着他。他的意思是：你说也说够了，训人也训够了，你该坐下来，安静一会了。但邻居有他自己的理解。

“我没有喝醉，孩子，你别挤眼。我在对你说话，让我说完。就这样，我们去树林里抓他们，解除他们的武装。我们走了整整一夜，所有的衣服都被撕碎了，而恐惧，恐惧——即使现在我也无法回首。大家想到的只是——坐在黑暗的灌木丛里，枪口瞄准你的额头，你等着下一刻。我的腿受伤了，靠着支杖一步一跳地行走。树枝在我脚下嘎吱嘎吱发响。下雨了，衣服都湿透了，我们还活着，算是活着。我躺在地上，指挥官喊着继续前进！这样活着不是快乐。你自己也会想，干脆杀了你，你也就不会痛苦了。指挥官一直在对所有的人喊叫前进。到了早上，一个人也找不到。我们的两个排没有了。连长把我们编在一起，宣布说，连队组建完成。我们坐下来想：难道这就是战争？演习就是这样，孩子，指挥官是正确的，后面的情况更糟，坦克真的冲了过来，而且是朝着我们冲来的。这时候，你，孩子，刚刚还在演习，现在生活就在你面前了，你要做好准备，保护好自己……”

“您不要评判我。您不是检察官，我也不是被告。”阿廖沙霍地站起来，在包厢里走来走去。他早就想打断这位邻居的啰唆，但他还是拖延了，他停住脚步，忍耐不住，脸抽搐着：“您评判我，可您不知道我。您对我什么都不知道，只知道我的名字！”

“对不起，孩子，不要生气。我是在评判自己，收不住嘴了。你会发现，我恨不得杀了自己，撕成碎片，抛撒四处。我内疚。我不会宽恕自己。我只有悲伤，永远赶不走的悲伤。”

“您在说什么？……”阿廖沙站在那里，心又堵在喉咙里，还不知道它要跑到哪里，头也在痛。他想一个人待一会。但邻居没有沉默。

“我有个儿子，一样安静、用心。你像他，只是名字不一样。我们也宠他，娇惯他，他同我们一起去度假，去了疗养院，从这个海边到那个海边，只要有钱。他也有神经疼痛的毛病，贫血，把父亲和母亲折磨得要死。最后，被人家关进了监狱。有什么办法？我和你说话，就像是我在和他说话。那是监狱……我们的女儿，她也走了。”

“她怎么了？”阿廖沙走近一点，然后坐在他旁边，瓦西里·彼得罗维奇的脸让他一惊：他的脸已经全是红的了，仿佛血冲到了他的头里，甚至还在继续上冲，然后一下子落下来——人要倒下了。突然间，他的脸色变得苍白，然后又是红色的，他在低声呢喃：

“我埋葬了她，平好了冰冷的土地……小鸟飞走了，声音不响了……”他用手遮住脸，身子在摇晃，“我不能，我不能去死。你要活下来，瓦西里，瓦西里。你会活着看到……你不明白，孩子。”

“我也是……”

“什么你也是？女儿埋葬了，就像在火中。让人难过，小伙子，是在火中……”

“您冷静一下，”阿廖沙深深叹了口气，他已经为对方感到难过了，“您冷静一下。”他又说了一句，看着他的眼睛。但瓦西里·彼得罗维奇无法忍受，又用手遮住了脸。

“你别说了，孩子，那是我们自己的血缘……”

“每个人都有痛苦。没有人没有痛苦。”阿廖沙轻轻地说，这些话仿佛是对自己说的，但邻居听到了，抬起头来。

“来，阿廖沙，你来教一教老人。我儿子也指教过我，现在该他被人指教了……”他笑了，倒了一杯酒，慢慢地喝了。他的圆圆的、发白的脸红得更厉害了。然后他发疯地眨眼：

“你有什么悲伤？严重吗？是不是在海边坠入爱河？我儿子也离开了他的未婚妻，在等待……”他脸上的红色在消退，变得严肃、认真起来。他的眼睛睁开了，等待着。他在等待阿廖沙的回应。

“我害死了一个人……”他突然说了一句，立刻又停住了。胸部的小鸟又活了，又开始透不上气来。“你在说什么？为什么？……”阿廖沙心里在问。但邻居很平静，只是不明白。

“我们都害死了一个人，只是你说出来，自己就轻松了。告诉我，就更轻松。我们的心灵是井水，很干净，关上它，不要让人们把水弄酸臭，否则就完了。也有另一种办法：把钥匙交给别人，你来，你来取水！水甚至会更多。”

“我明白了……”阿廖沙又开始了。他已经不再胸闷，平静了下来，所以他做了一个决定。他决定毫无保留地把一切都告诉陌生人，让对方来评判，也许那样会让阿廖沙更为轻松。如果在一个小时前，这样的决定会让他感到惊讶，但现在河开了，带着所有的浮冰、漂流木，还有他已经积累了多少个小时的等待，随着急流一起向前漂去。他听从了这一呼唤。邻居在鼓励他：

“说出来吧，孩子，解放自己。你是第一次去海边？”

“是的。我在克拉斯诺达尔有朋友……”

“要去见他？”

“没找到他。他去了姨妈那里。霍尔姆村。我要去那里。”

“在捷姆留克？”

“您怎么知道？” 阿廖沙一愣，不再作声。

“我住了很长时间，很熟悉……”现在邻居紧皱眉头，神秘地看着他，但这个谜不知何故很有诱惑力，就像有时候在桥下，或者悬崖的深处有人呼唤你，于是你急切地跑过去看一看。为什么还以为是深渊在呼唤你？

“怎么，孩子，你害怕吗？我在那些地方打过仗……别担心，我不是巫师，我的灵魂是人类的……”

“人有灵魂吗？”阿廖沙笑了笑，长叹了一口气，停了下来。他担心，他想说话的时候被打断。但邻居的目光在等着他。

“有啊，当然，有灵魂。不会是空的。它会在你那里，会怦怦直跳。还好你没喝酒。我喝一杯，再听你……”

“听什么？已经好了！尼古拉夜里带我去了海边……”

“我的老天爷，晚上去海边。你想去裸泳吗？”

“您想到哪里去了？当时风暴已经升起了。”

“哎呀，阿廖沙，风暴来了，那你们是怎么躲过去的？”他笑了，咳嗽切断了他的话。“呵呵，你们笑了，你们什么都忘了。你够男人，阿廖沙，我看出来了……你像我儿子，完全一个样。老天保佑他健康。那里不是他的生活，只是实习。你还记得我前面说的是前线的事，然后告诉我，因为我们被拉到了小树林里。你，阿廖沙，一样是在实习。以后会更艰难，所以不要做懦夫，要有一个男人的样子……让我为你们喝一杯。上帝赐给你一个女人，赐给你孩子，还有孙子，孙女，为的不是被埋葬，而是长大。”他喝完，叹了一口气，转过身，“你要有很多孩子，阿廖沙！你是个好人……”他转过脸来，掏出一支香烟。阿廖沙现在才看清楚他的脸。白白的，圆形的，但眼睛大大的，黑色，几乎是乌黑油亮。他的瞳孔一直在不停地跳动，在变化，血液在瞳孔走来走去，在玩耍。一头直立的白短发，灰色的鬓角，而眉毛又粗又黑，有一点吓人。“你怎么不作声，阿廖沙？你在那里害死了谁？你说呀，你说出来就轻松了。你说，我在听。”

“您怎么就知道会轻松！”阿廖沙气呼呼地说完，又不作声了。但他立刻又后悔自己发脾气了，无底深渊在吸引他，呼唤他。他想说出来，想承认，但……邻居打断了他：

“我知道，孩子，别不高兴。告诉我，她穿了什么衣服，她说了什么？”

“她是谁？”阿廖沙很惊讶，看着他。那人的眼睛没有回避，瞳孔又变大了，仿佛马上就要流泪。

“你别逗了！你在海边会没有朋友？”他的语气已经是在命令了。阿廖沙不再坚持，屈服了。

“她叫玛莎，玛丽亚……”

“玛丽亚？！”他低下头，在哭。阿廖沙一脸雾水，什么都不明白。他只是看着对方的脸和肩膀。瓦西里·彼得洛维奇像一个生病的人一样，肩膀无力地耷拉着，在发抖。然后，他抬起头，手抓住领口。衬衫从上到下被撕裂了。

“您怎么了？我去拿水……”

“好了，小伙子，我需要的不是水。你别这样看着我，不要。我女儿就叫玛丽亚。她已经睡在地下。”

“她生病了吗？”

“什么病？他们说发现了肿瘤，就切掉了。如果孩子是某个领导人的，那就好了……”

“医生应该不会错的。”阿廖沙轻轻地说，但他听到了，立即抓住了阿廖沙的胳膊。

“我明白了！我都明白了……你原谅老头子，孩子。我现在也会因为肿瘤死去。她不久前就住在这里，塔曼附近……”

“我去拿水来？”

“你坐着，不要去了。我喝了那么多。不是我这个年龄该喝的了。也许，我该去睡觉了。”他没有脱衣服就躺在铺位上，马上就打起了呼噜。接着，他的呼吸加重，变得均匀，一定是睡着了。

阿廖沙也躺下来，闭上了眼睛。车厢一直在摇晃，风在头顶呼啸，风扇在吹口哨。那个被悲伤压倒的邻居睡着了。阿廖沙已经习惯了他的呼吸和声音，他想说更多的话，他胸中的河水在翻腾、狂奔，他已经完全接受了——水流卷着他，向前而去。他胸膛开阔，呼吸自由——充足的空气。他感觉非常轻松、自在，痛苦一瞬间就消失了，心脏在平稳地、自信地跳动，就像他有时候在姐姐跟前、在母亲跟前的感觉。“这样多好，干吗还要去治疗？我不应该去，我宁愿待在家里。”突然间，他心情如此之好，如此畅快，他要飞到那里去。不，他没有飞起来，只是站在悬崖上，他的心脏在跳，他想飞起来。他知道，这一切是因为大海，因为空气，因为遥远的道路……然后他们去吃晚饭，科林娜阿姨也来了，就像看小孩子一样，一直看着他，嘴里在说：

“你好好吃，好好吃，你们要体谅你们的主人。感谢上帝，葡萄酒、水果、浆果，都是自己家的。你们就留下来，就在我们这里住下。”

又来了一个邻居——玛丽亚·瓦西里耶夫娜。她也被邀请到餐桌旁，玻璃酒壶摆好了，他没有马上注意到她。他喝醉了，沉入了幻想，而她坐在他一旁。

“你干吗这样拘束，阿廖沙？你是叫阿廖沙？”她看着他，她想做什么事，把她的头发撩到身后去。那是一头浓密的秀发。尼古拉放好了唱片。

“哦，你是多么疏远，你是多么冷淡，我的登山人，我的攀岩人！”唱片在怒喊。唱片在唱什么？她邀请他，拉起他的手。房间很热，不能跳舞，但他们跳了起来，什么都不顾。唱片里的曲子很长，而且激昂，维索茨基在吓唬什么人，几乎要窒息，但他们两人感觉很好。

“你多大了，阿廖沙？”

“25，你呢？”

他随口给自己加了四岁，而她明白了。

“多少，多少？你不告诉我，我也要减去我的年龄。庄稼汉抛下了我们，我就减年龄。”

“庄稼汉？”他抬起头。

玛丽亚笑了，她把头一扬，头发就又回到了后面。

“就是丈夫，阿廖沙。他抛下我和女儿，去找年轻的女孩了。我们不哭。只管去跳舞。”

尼古拉又换上了一张唱片，也跳起舞来。风在外面呼啸，树叶沙沙作响，雨在下，后来雨停了，风还在刮。窗户是开着的，没有窗帘，近处的大海也在哗哗地响着，他多想看到大海，他已经厌倦了桌子上的美食。但他没有后悔，还是来了。他知道，桌子上的美食是专门为他准备的，这顿晚餐，甚至唱片，都是只为他而备的。尼古拉讲了一个好笑的故事，大家都笑起来，接着又唱起了维索茨基的歌，这歌让人伤心，久久地在心头徘徊。歌声与风融合在一起。一个姑娘来找尼古拉，他们一起去看电影。最后只留下来三个人：姨妈，阿廖沙，玛丽亚。女主人还要倒酒，玛丽亚制止了她：

“好了，别倒了。我的酒更好。我们去喝我的酒，阿廖沙。”她出言直率，行事果断，根本不考虑别人的感受。姨妈一下子不高兴了，去了厨房。

“走吧，阿廖沙。你别怕，我不会咬人的。”玛丽亚说话很快，完全不等别人回答。

他们去了。玛丽亚很高兴。探照灯在远处空中搜索，黑夜显得更加深远，更加黑暗。

“这里为什么还有探照灯？船不会在这里航行……”他在问，没有什么必要开口，只是他不想沉默。话一出口，自己也觉得多余，他生起自己的气来。有什么要生气的，还咬着嘴唇？已经来了，听天由命吧。旁边是她的声音：

“为什么，阿廖沙？为什么，亲爱的？为了不让你害怕我。它在发光，我就可以看到你。你看到了吗？你看到我了吗，阿廖沙？”

“看见了，看见了，”他笑了，突然感到自信，“你丈夫去哪儿了？他现在要是能看到……”

“他不要我们了。就让他看……”

“对不起。”他觉得心脏被重击了一下……

“好了，好了，我原谅你了，一切都原谅，阿廖沙。你为什么这样呼吸？你的心脏疼吗？”

“经常会疼。我要去疗养……”

“哦，可怜的人！吻一个，可以吗？”

她笑着，抓着他的胳膊肘。他感到羞愧，不自在，不知道为什么想起了自己的姐姐。她不会原谅他，母亲也不会原谅他……

“到了，阿廖沙。这是我的小屋、栅栏……你看多好看的栅栏。木板加木板，天然美。”

“我没有看到……”

“等我打开灯。”她把开关打开，眼前亮了，到处都是葡萄，整个栅栏上都爬满了藤蔓。这时候，他听到了大海的嗡嗡声，那愤怒的声音好像是在地面上行走。

“这么嘈杂……”

“什么嘈杂？啊，是嘈杂，我们已经习惯了。很快就秋天了，风暴要来了。我们站着干什么，阿廖沙？进来，不要害怕。我女儿不知道跑到哪里去了。母亲前脚走，孩子后脚就走了……”

房间是新的，很干净，满屋葡萄的气味。她把下酒小菜和玻璃酒壶放在桌子上。

“现在，阿廖沙，听着。这是我的家，是我和我的女儿的。相当新，才三年……”

“那又怎样？”他很惊讶……

“你不要骂我。我只是喜欢吹嘘，哪有不喜欢吹嘘的女人。周围是我的葡萄园。去年我花500卢布收拾好的。我自己酿酒，所有的活都是我自己干，没有当家的。还能怎么样？习惯了……我想带你去看看地下室。走，我们去那里喝一杯。”

他乖乖地站起来，跟着她。她笑了，头一甩，仿佛她要带他去看电影，或者去跳舞。

院子里有一个地下仓库。上面是建好的顶部，下面更深，要下台阶，一直往下去。两人沿着台阶一直往下走。墙壁冰冷潮湿，水滴在他们身上，让人颤抖。一个小灯泡亮着，里面有一些沉闷的声音，很神秘，他真想快点转身返回去。

“你知道我这是要带你去哪里吗？你害怕吗？”

他不知道该说什么，看着她，她俯身吻了他，慢慢地，爱抚地，就像对待孩子一样。

“就是这样。你害怕了。”

“我没有害怕。”他感觉自己很自在、轻松，他什么也没有去多想。突然，他抚摸了她的头发，完全是无意的。她静静地俯身向前。柔软的长发——手淹没在头发里。

“不要，阿廖沙。我自己，我还是自己来……”她又俯到他的脸跟前，亲吻他的脸颊、眼睛、下巴。孩子们就是这样亲吻他们的玩具的。他抱住她，搂着她的肩膀，紧紧地，直到有一点疼。她的手臂已经发胖，不是很结实，她有成年女人的肩膀，但他现在什么也没有去想，什么也没有看到，只觉到她的头在他胸前，他闻到她头发上蜂蜜的气味。但时间不长。她闪开，退出了，接着就换成了一个全新的、冷静的人。

“你冷吗？”

“我不觉得冷。”

“当然，‘我不觉得冷’。猜猜我多大了？”

“不知道…….”

“你不想说，我32岁。说实话。我说真的。我太胖了，我太笨了。我都看不上自己了——一切都在向我奔来。你听到风暴了吗？ 有一次，捷姆留克的大海升起来……”

他愣住了，在听。似乎地面在震动。

“薇罗奇卡去哪儿了？她要出了事，我就不活了。”

“好了，别多想了，”阿廖沙笑了，“是大海的嗡嗡声，是你神经紧张。”

但她突然变得严肃、阴沉，完全变成另外个人。他们走上来，深吸了一口新鲜空气。温热的针叶林味的空气从四面围过来，落到脸上。探照灯的光柱在村庄上面移动，一直在寻找什么人。玛丽亚拉着他的手，紧紧地握着。他觉得她心情又好了，她的手热乎乎的。

“阿廖沙，我们很长一段时间没有见面。我生你的气，你也不问一问玛丽亚·瓦西里耶夫娜的事。我是土生土长的本地人，就是捷姆留克人。我们的村庄是新的，这个农场扩大了，我就到了这里。开始在鱼厂工作，坐过办公室，干过葡萄园。现在不知道女儿哪里去了。很长时间了，我在想这事。你怎么不说话？你在找我，怎么找到的？你是来看我的，阿廖沙？你说呀，是来看我的，对吧？”

她笑了，又把头扬起来。她喜欢自己的头发，她为它感到骄傲。随后，她又笑了，但很快又停住了。她也许是在等待别人的赞许，也许是在回味他拥抱她、爱抚她的那些时刻。她没有等到。他显得焦躁、忧伤，而忧伤对她来说已经过去了。

“太美了，阿廖沙。在这样的夜晚去死有多美。”

“为什么？”他吓坏了，他要抽烟，他要驱赶恐怖，驱赶焦虑——总算渐渐地过去了。

“为什么，为什么。多美的夜色！风，风暴，大海，还有阿廖沙和我在一起……”探照灯就在头顶，她沉默了。然后她在灯光里移动，又在说刚才的话：

“死多美啊，阿廖沙！一切已经过去，过去了。我们已经见面了，还要等什么？黑夜也要过去，我们就要分手了。没有了阿廖沙，没有了玛丽亚·瓦西里耶夫娜。”

“为什么？”

“因为，因为——你听到海了吗？过来，靠近我一点，再近一点。就这样，就这样。我这就看到你的眼睛了。你的眼睛在燃烧，在闪闪发亮……我的薇拉去了哪里，你知道吗？她是因为你才不进来的，她害羞。她就在靠近栅栏那里，没有过来。你还想去海边吗？”

“走吧……”

他跟在她后面。没有月亮，周围的一切似乎已经死掉了，甚至连狗也不再吠叫。海浪的噪声越来越大，滚滚而来，空气是如此轻柔，可以感觉到空气中咸咸的水雾立即融进了血液里。玛丽亚叹了一口气，望着四周。

“你在等谁？ 有什么心事？”

“我在等女儿，担心她。她去了洛巴诺夫家，也许我们应该去那里找她？”

“你的女儿不会有事的！”他变得紧张，点燃了香烟。

“哦，阿廖沙！这里都会……”

他们去了悬崖边。探照灯发狂地探望着大海，滑过波浪的顶部。这些波浪成了一列光柱，看上去那么冷峻、吓人，但也一直在向人招手。玛丽亚说：

“我们下去透透气……”

他又一次听从了，跟在她后面走。一种力量推着他，推着他往前走，他无法阻止它。他们沿着沙滩前行，沙子在他们的脚下吱吱作响。海浪就在近旁，海浪的呼吸沉重、深长。风现在从侧面吹来，有力、温暖，甚至在这里，在波浪的边缘，风还是温暖的。他很惊奇，已经是十月了，秋天了。在远处，在西伯利亚那里，雪很快就要飞起来，湖泊也会结冰了。小学生会拿着木槌在湖面上玩耍，冰面已经很坚固了，湖水要一直睡到明年三月了。

她被一个黑乎乎的长东西绊了一下，那是渔夫拉到岸边的船。玛丽亚笑了起来，马上跳上船，俯下身子。

“我要去听海，这里听海更吓人。”

突然，一股强大的电流推了他一把，他踏进了船里，站在了她身旁。他想拥抱她，但她打了他的手。

“不要。我忘了跟你说女儿的事……”话没有说完，探照灯就发现了他们，她低着头，身子在颤抖。突然，村子里传来喊叫声，是那种不祥的喊声：不是刀子，就是斧头伤到了人。

“我先走了。有点不对劲。”

“我跟你一起去。”

“你待着！不用……”

她跑上岸。他什么也不明白，只在船上等着——听着她那沉重的、吓人的呼吸声。她的声音消失了。他随即跟着跑去，一脚踩在水母上。他不记得怎么仰面朝天倒在地上的，但就在那一刻，一个海浪追来。他不知道怎么回事，只觉得有一只大兽在后面用力拉住他，而他全身都湿了。这是在救他，但他不知道。如果他知道，如果他看到，感觉到——一个巨浪正在从头上飞过，浪花洒在了他身上，他两手牢牢地抓住旁边的砾石，他不一定会经受得住。当他站立起来，头在眩晕，他坚持往前走，就在这一刻，他听到了海的声音。大海在嗡嗡作响，如野兽般咆哮，恐惧向着阿廖沙袭来，他跑了，咬着嘴唇用尽全身力气在跑，他只有在童年这样跑过，好像身后有一匹马在追他。很快，他就把海落在了后面。跑到悬崖边上他才喘了口气。村里传来低低的叫声，只是远处的街道上有汽车的嗡嗡声和大灯的灯光在匆匆地搜索天空。他不知道她在哪里。房子都是一样的，让人迷糊。这时，尼古拉赶来了。他是个不爱多说话的人。很快，他们就到了围栏跟前。这里灯光全亮，一个高个子女人站在那里。她在和别人说话，然后另一个女人走过来。尼古拉抓起他的手。

“我们等一等，抽支烟。”

但女人说话的声音很大，阿廖沙都听到了。

“等一下，卡捷琳娜，等我们安排。”这是尼古拉的姨妈在说话。

“科里亚已经告诉你了……”

“我什么都不知道。”

“玛丽亚的薇拉被摔死了。在摩托车上……”

“什么摩托车？”

“米沙·洛巴诺夫得了奖，得了一台新‘乌拉尔’摩托车。当然，先要清洗，这是必要的。而他女儿宁卡嚷着：跑一圈，跑一圈！人们说，他不愿意，但女儿坚持要去。最后，他们坐上去，走了。宁卡坐在后面，薇拉坐在挎斗里。跑到山坡前面，就栽进了排水沟。他喝醉了，他活着，女儿活着，只有薇拉没有救活……”

“医生呢？”

“医生在自己家。已经去捷姆留克叫医生了，但来不及了。”女人在哭，在叹气，用手帕捂着脸。

阿廖沙身子在摇晃。

“我去找她，去找玛丽亚……”

“你不要去……”尼古拉说，“你最好在这里休息一下。”

他一个人来到悬崖边。大海嘈杂，探照灯在搜索……阿廖沙意识到，生命已经去了，消失了。他看着前面，没有人会看到他，他哭了。“是因为我，她的女儿是因为我死的！我如果让她去找，也许……玛丽亚问过我……”

他无法原谅自己。第二天，他没有起床。科林娜姨妈就像护士一样守在他的床旁边。

“你不要责怪自己，不要！你是成心跟自己过不去，阿廖沙？我不知道该怎么跟你说。不是你的错！…… 是哪个混蛋点燃了那家伙。你自己有病，疗养证不要白白废掉……”

他不作声，转向墙壁，他的喉咙在痉挛。科里亚眯着眼睛，笑了。

“你去，你去自首。就说是你干的！是你驾着摩托车！”

“你闭嘴，科利亚。我难受得要命。玛丽亚在哪？”

姨妈又站起来：

“每个人都有自己的命运，阿廖沙。谁也不会跳得比命运高。你有你的前程，都会好的，只会更好……”

“你怎么，孩子，你在叫谁？你再看一看，清醒清醒……你怎么了？”

他睁开眼睛，一个陌生人站在他身旁。他在回忆，在看着他，想不起来……

“是我，我，瓦西里·彼得罗维奇！你在做梦。我儿子在睡眠中也会说话。我会喂给他一茶匙酒，他就醒了。十五岁前我喂他，现在还用得着人喂他？”

“我怎么了？”阿廖沙坐了起来。

“没事，没事了。你翻到右侧就会平静下来。啊，我看出来了，你们有伤心的事。得让你们站起来。不然，我们死了，谁来接班……”

阿廖沙已经认出了他，平静下来。他转到右侧去，安静下来。他马上沉入一个奇怪的声音中。遥远的地方有号角的声音。他穿好衣服，走到院子里。那里没有人，村庄也空了，荒废了……“人们在哪里？”只有号角的声音，声音深沉、忧伤。声音是从上面，从远处的山丘上滚下来的，直奔大海。四周静默，连草茎也一动不动，因为声音是如此轻缓、明快。或者，他们是在放声演奏。他现在猜到了——是一支乐团，是大号在演奏。他走到外面，站在山坡上。马上就看到了人。那么多人，他很害怕。他们爬上山坡，走得很慢，仿佛腿被绊住了。但他们一直在往上爬，爬得越来越高，很快，天空和山顶之间已经没有了空隙。上面都是人，阳光灿烂。光线直射下来，那里有什么东西在响，闪闪发亮。“这是一只棺材，是棺材的盖板。”阿廖沙突然猜到了，整个人僵硬了，心里直发紧。震耳欲聋的乐声——大号在尽力嘶吼，人们已经翻到了另一个山丘，现在他们走得更快了。乐声再次长叹了一声，静了下来。人们都不见了，都走了。阿廖沙没有动。“现在他们要到墓地去了，玛丽亚要告别……”他没有说错：乐声又从山丘那边传来。他再也无法忍受，走进房子，躺在床上。第二天他走了。在刻赤附近他又看到了大海，渡过海峡。大海平静、清澈，人们笑着——夏天回来了。远处，在最干净的蓝色的水中，海豚在追逐着玩耍。他第一次看到海豚，但海豚骗了他。它们看上去就像长长的黑色狗鱼。一天后，他去了疗养院主楼，见到院长，说他收到一封电报：母亲生病，尽快回去……他被批准了几天假，并说给他留着床位。而他自己知道，他不会再回来了。离开的那天早上，他来到岸边。大海好奇怪，阴冷的灰色，微弱的月光，波浪已经升起，风暴正在酝酿。海风生冷、强劲——在威胁路人。随后，车轮的声音也加入到了海风中，成千上万只车轮，数以百万计只车轮在敲击他的头，敲击他的后脑勺。他抬起了头，醒了。

“你休息好了？我喝过茶了，一包烟都抽完了。你放心，不会熏你了。我在塔曼拿到一个座位，三个小时过去了，我想了——我这样做不大好。我把钱给了列车长，让他转给你。我要下车了，我把你挤得也不舒服……”

“您在做什么！”

“没什么，我快下车了！前面是一个小镇，我先去那里。儿子在那里的工地上。看守人员已经撤走了……很快就用不着监视了……给你们介绍认识一下。”

“您不是要去萨拉托夫？”阿廖沙一惊。

“然后我会去萨拉托夫。急什么？就我一个人，妻子被我留在了塔曼，就让她一人在坟墓里了。她在这里，也会让玛丽亚开心一点。我还能说什么。我没有保护好她们，唉……”

“也是玛丽亚？”阿廖沙打了个寒战。

“我女儿，女儿。我不知道你的事……我们两人都有一个玛丽亚，但我们总是不珍惜。”

“我不明白……”阿廖沙整个人又僵硬了，就像那天看到山上的人们时那样。

“以后你就会明白，都会明白的，孩子。你还在实习。你要记住，我说的那些小树林里敌人的故事。你也会遇到战斗的。只要你不低头，别胆怯！”

“好的，”阿廖沙笑了，“我得谢谢您！”

“谢我什么？什么也别说，什么也别想。我也没能劝服你。不，孩子……我没能劝服你！……我把自己说服了，说服了自己。一个人不知道要经受多少风暴，而这只是一次……别想那么多了！我们还会去游泳。

阿廖沙！既然发生了，就让它过去吧！……你要写信给玛丽亚。”

“好的，好的，”阿廖沙答应，浅浅地腼腆地一笑。

“看，那里，我的房子！……它们过来了，来了。孩子，我想到这里，就心情愉快。”

阿廖沙看着窗外，眯着眼睛。现在呼吸很畅快，一点疼痛也没有……

火车突然减速了，停了下来。邻居把手伸给他，走进了过道。阿廖沙很快就在月台上看到了他吃力的驼背的身影，然后一转眼就不见了。一分钟后，火车开始动了，很快就冲向郊外，车轮转动越来越快。车厢摇晃着，他觉得自己又站在了悬崖上，接着是波浪、波浪和波浪，只要往下一步就会把人淹死。但他一步也动不了，因为玛丽亚抱着他。又有人来了，站在他身后，他从呼吸声立即就感觉到了。这是母亲——是她的呼吸。他转过身，看着她们的面孔。这些面孔移动到了一起，他看到了光亮，亮得刺目，他马上睁开了眼睛。雨停了，太阳出来了，田野明亮。大地已经平静下来，在准备迎接第一场雪。

一切都会过去的，玛丽亚……

两个人走在静静的林边空地，四周是青草和发霉树叶的气味。天要黑了，雾气已经笼罩在田野上空，就像瓦灰色的牛奶一般向下流淌。

他们一直在树林里徘徊，手里的篮子里是白色的蘑菇。黄昏中，蘑菇发着淡淡的光亮。玛丽亚脸色苍白，受凉了，在咳嗽。安娜·叶菲莫夫娜对一切都好奇，她会被一点声响吸引，会为初秋的田野浓雾而欣喜。在稠密的，还没有收割的燕麦地里，鹬突然呻吟了一声，安娜·叶菲莫夫娜打了个寒战，紧张起来，两只手马上捂在太阳穴上。星星已经在天边升起。安娜·叶菲莫夫娜唱了一首奇怪的歌：

树林旁小路平坦，
小路弯弯铺着细沙，
我知道，我知道是谁踩出的小路，
小伙子朝着姑娘走去……

凄婉的歌声诉说孤独，抒发内心的苦痛。这是一首古老的民歌，所以像安娜·叶菲莫夫娜这样的老人十分喜欢。

“玛丽亚，他们现在不这样唱了。”

“我要走了。您是知道的。明天我会把这份申请给科金。他会高兴的。他会去跟区教育局说的。”

“不要胡闹，玛丽亚。你所有的委屈都是干草……风一吹，就没有了。唉，一切都会过去的，玛丽亚……一切都会过去的。科金永远当不了校长。”

“安娜·叶菲莫夫娜，听我说，力气都使尽了，我不想再回头，而科金总是在忙他的工作计划，他把所有的记事本都嗅过了……不，我要离开。”

“你自己体弱有病，玛丽亚，为什么？我想直截了当地说，这可是真的？……你的委屈，不就是因为不留家庭作业的实验教学？也许这只是在尝试阶段？你很聪明，不会在用过的水里洗澡……你到底想要什么？”

玛丽亚咳嗽了一声。很难判断她是在哭，还是在咳嗽。

“原谅我这个老妇人。我最后问一次……”

两人都不说话了。田野睡了，桦树也睡着了，草也睡了，鹬也去睡了。雾在月光下慢慢地摇摆，昏昏欲睡，它似乎总在寂静的晚上出现在田间，在收割机、汽车不会来这里的时候，司机也不会骂骂咧咧的时候，在雷雨大风不会对桦树肆虐，冰雹不会再追赶燕麦，野鸭子也不再尖叫的时候。多么希望踏上这片大地，哪里也不去，忘记一切，感受这夜，这静谧，还有那些没有生出的思索。不想在这个夜晚纠缠一个人，诉说那些伤心事，只想说些温柔的、入心的事，洗去心中所有的痛苦、忧虑，变成一个容光焕发的人，忘掉那些不快，只记得愉快。

“一切都会过去的，玛丽亚，你会看到的。所有的悲伤都会飞走，因为你会学着与科金周旋。他算什么东西？……你还年轻，你有的是力气……哦，你太年轻了！哎呀……我不是曾经也年轻过，自信过……我也爱过，把丈夫送上了前线，他只给我写过两封信……不知道他现在躺在哪里……那里一样也是黑夜，静谧，路上有人，星星。就像现在这样……小儿子已经去了部队，结婚了，很快就要有孙子了。是啊，我还在继续跑，只要不被绊倒……时光飞逝……没人会两次来到这个世界。也许只为了留下回忆？必须活下去，为了留下回忆。而我们却在抱怨，互相伤害。生活本来就这么简单，互相搀扶，就像这片大地一样。秋天——收获粮食，冬天——好好休息，春天——鲜花绽放。大地知道我们的一切，它平静、永恒，它用面包喂养我们……唉，玛丽亚，我在等待简单的生活、自由的呼吸、可爱的孙子，我会漫步在树林里，走进一个陌生的城市，漫无目的地走在街上，就这样……而不再为今天的生活操心，好像一切都是理所当然的，然后静静地死去。躺在家里，与大地为伴。在静谧中……在白桦树的静谧中……所有的人会记住我，记住我的生活，他们会说：她教过我们，让她现在去睡吧。”

“……唉，玛丽亚，玛丽亚……我退休了，生活有点变化。我很高兴，离开了学校，不再有教务会议和没完没了的训斥……最后的那一段工作很辛苦。教研组都是年轻人，所有的老人，像我一样的，都退休了。年轻人来了，都是学者，咬文嚼字，一个字也不放过。你要让每个人都满意，要帮助每个人，要好好相处。也有过不顺心的时候……大家在想，新校长要取代我了——一切都会摆平了，平静了。但是我看见您这里闹得更厉害。对您来说烦心、很痛苦……您这样下去会毁掉学校的。唉，说什么好呢……我都不知道现在该怎么生活。我不会生活。蘑菇腌好，喂好奶牛，去医院走一圈？……我很害怕，玛丽亚。住了一个月——就像坐在水井里一样——就我一个人。我一想到学校，血就会冲到喉咙。为什么要惩罚自己？为什么？您都看到了，一个陌生人科金在这里，一个陌生人。人们说，他排队买了一辆新车，院子里的草地浇了水泥，添建了房子……为什么，玛丽亚？您要去哪里？就他和他妻子两人，连孩子都懒得要……唉，玛丽亚！说到他，我的头也疼。毕竟这个死人科金！他活着，在走，管着您，而他已经死了。腐烂的树倒在水中阻塞了河流，而您该怎么办？怎么办？您手里有孩子，有那么多孩子，您想抛下他们，良心哪里去了，被狼吃掉了？一切都会化为灰土……科金给自己做了一个温室，公牛瓦西卡把学校的花园为它自己隔开来……一切都会化为灰土……你的良心呢，在哪？啊，亲爱的，他们忘了你，他们把你抛在瓦西卡的牛角上了。我受不了了……”

“一切都会过去的，安娜·叶菲莫夫娜，一切都会过去的。”玛丽亚笑了，又咳嗽。

“你在气头上。你需要一个家庭，否则你会枯死的。我已经离婚 19 年了。我的父母是一对老顽固，想让我们结婚，我差点就掉进冰窟窿完蛋了。我坚持住了……这不，你是厌倦了科金，所以你挥舞着申请……你为什么不试着踢那棵朽树一脚呢？那就是一棵腐朽的树，一点用都没有的东西。你的力量哪里去了？……只要有第一个人站出来，就会有人支持你……一定的……然后会有更多的人来追随你，一个接着一个来追随你，他们会踩出一条路来……这就是第一步的意义所在。接下来更简单，大家都会站在你一边，没有人会指责你……而你总是迟迟疑疑，不肯冲上去……哦，亲爱的，你要不顾一切地冲！”

“说得容易。”

“为什么？过去，我多少次为你的实验在区教育局支持你。你一直是个通情达理的人。你课堂上的气氛很轻松——用不着给孩子们布置家庭作业，就完成了教学任务！你在课堂上做得很好！把时间留给了家里的孩子们。你在保护他们的童年……你很聪明！只知道忍耐。你为什么要这么忍耐？为了谁在忍耐？你的忍耐会毁了你的事业。你要有自信！到时候自然会一清二楚……难道你要妥协，再用老一套教学方法来上课吗？你要给自己留下什么回忆？……”

玛丽亚哭了。

流星划过。田野变得更冷，道路消失在雾中。雾在下沉，在地上沉重地滚动。她们在深及膝盖的雾中行走。似乎，这个夜已经布满了整个大地，早晨再也不会到来，鸟儿再也不会醒来，也不会再出现在天空。

森林后面的山谷里，村子里的灯光闪烁，一个女人的尖叫声在呼唤着什么人，声音好像就在耳边。他们跟着声音往前走，声音就在前面，好像是在呼唤他们，也许是在呼唤自己。走路变得轻松了。安娜·叶菲莫夫娜的胸部开始发热。她把心里的话说出来后感觉好多了，她多么想念学校的生活。她早就知道自己为什么伤心。她怎么能不伤心呢？她的一生都在学校。她在那里遇到了她学历史的丈夫格里沙。她在学校里开始变老，生病。她在学校变老了。这一切都过去了，不会再回来了，但很痛苦，很难彻底放下。

科金做了校长，他很年轻、傲气，长着嘲讽人的嘴唇。起初，她甚至梦见他是一只小小的窄脸啄木鸟。他啄着她，她尖叫着。然后他清洁他的羽毛，他的眼睛咕噜咕噜打转，红色的，一双空洞的眼睛。

梦应验了。她已经退休，她在教师休息室的时候，注意到科金在看她，他的眼睛在说："这个老妇人来做什么？……"科金对自己总是很自信。他认为自己是村里最聪明的人。他受过教育，会说两种语言，只是他讨厌别人。他对每个人都有自己的标准，当人们感觉到这一点的时候，就慢慢地疏远他。时间越久，他越感到一人的孤寂和压力，他周围没有什么能让他振作起来的东西。这里不再需要他，他就像一棵枯死的桦树。科金对此也有一种模模糊糊的感觉，他特别讨厌周围的人。他总是穿着光亮的大衣，戴一顶棕色的圆帽子，是用鼻子说话，他说话的时候，不会看着别人的眼睛。她为自己不喜欢他而生气。她想找出他的优点，但梦中一只啄木鸟又在飞翔。当她醒来的时候，嘴里都是苦味，很难咽下唾液。她战战兢兢地走到镜子前，害怕自己一夜之间头发全白了。白发还是有了，脑子里闪过那些黑暗的想法，回想起生活中自己所有的错误，所有因为科金而带来的怨气。一闪而过的青春复活了，她想起了已经睡在地下的丈夫格里沙，远离家乡，远离孩子们，他什么也听不到，而科金又站在了一旁，穿着那件就像铠甲一样包着他身体的光鲜大衣，她用拳头敲打他那生硬但光滑的铠甲，但那只啄木鸟又从上面飞来，又要用喙啄她。每天早上，她数着头上的白发。照镜子时，她觉得自己看上去完全像个老太婆，她的眼睛累了，肩膀就像经受了长时间的工作一样垂了下来，脸色苍白，下巴皮肤下垂、发黄。她用指甲掐了掐，皮肤不再感到疼痛。她的心在颤抖，手指在出汗。没有人能帮到她。在区里，他们尊重科金，因为他去那里对咨询的每一个问题都很认真，他默默地听着，听着。别人似乎在说一些又重要又严肃的事情，而科金显得很专注，他的眼界很宽，他的所有行动都是事先有所准备的。

每逢大的节日，科金都要去区里和朋友们大摆酒席，喝昂贵的酒，俯首帖耳地听他们在酒桌上的高谈阔论，赔着笑，然后，他会讲几个英语幽默笑话，所有人会给他鼓掌，其实他们根本就听不懂，但是大家都会想到，别人一样听不懂，但都会来捧场，然后都看着科金，众口称赞，把他当作重要的朋友。安娜·叶菲莫夫娜知道这一套，大家也都知道。如果区教育局领导来他们学校检查工作，总会在科金家过夜，大窗户的灯光会亮很长时间，栅栏里的狗会吠叫一整夜，链条不停地哗啦啦作响，窗口里传出震耳的音乐来。早上，科金和他的客人无精打采地来到学校，他们的脸都被葡萄酒泡肿了，就像两个被摸脏了的粉笔头，老师们都不好意思地躲开了。放学后，大家都跑来找她，默默地坐着，叹息着，眼睛里闪着温柔。她爱这一刻，她爱她的客人，她爱他们眼中的温柔，温柔在所有的老师那里是永恒的。客人们走了，她又一个人待着，厌恶科金，直到胸脯开始疼痛，她惋惜今天的学校。然后她开始生自己的气。为什么要待在家里？为什么离开了学校？为什么学校有了麻烦，而她却整天因自己变老而喋喋不休？她从丈夫那里学到的勇气和直率哪里去了？现在格里沙会怎么说她？……想到这些，她开始感到痛苦。现在，在寂静的田野上，走在夜晚的白桦树林中，她和玛丽亚单独在一起，听着自己的心声，自己的思想，更加深入清晰地理解，再次感到痛苦。当她想到玛丽亚，想到玛丽亚的胆怯，想到玛丽亚斩不断的悲伤，她想要玛丽亚放下悲伤、自卑、愧疚。她想马上就告诉玛丽亚，一个人很容易忘记不愉快的事情，而快乐不会忘记，所以，所有的悲伤都会过去，快乐会留下来。让她忘掉科金，只记得她的孩子们有多爱她，记住那些温柔的快乐是她活着的理由。格里沙也是这么说的。他的生命结束了，他走了，当这一刻来临的时候，悲伤开始了。但它又消失了，因为格里沙活在他们的儿子的心里，活在她身上，活在总是要给别人带去快乐的她的思想里。现在，在一条空荡荡的安静的路上，她在和玛丽亚说话，在用母亲细腻的话语安慰她的同时，她总是会想到自己，想到格里沙，她开始明白，丈夫也会指责一个被科金压得喘不过气来的女人。她已经是在用愤怒的话语来责问自己了。

“玛丽亚，你认为什么是诚实？”

“用不着回答。我明白您的意思。事实上，每个人都认为自己是诚实的。所以您用不着问。我一样什么都经历过。我没有童年……战争期间，我们埋葬了瓦莲卡，她是我的妹妹！……我因为饥饿几乎死去。您想得到吗？我记得，母亲第一次从商店带回来姜饼。那是战后了，给了我一个，其余的装在一个袋子里。而我剪开了袋子，拿了一半，剩下的留给了老鼠，就是这样。我就是这么对妈妈说的。我当时十二岁……您说，我偷了吗？我是偷了……不然，我当时也许就跟着瓦莲卡去了……如果战争突然又回头，又要死去多少人……您别叹气，别叹气……多少人现在就这样活着。他们又建了房子，生了孩子，一天到晚乐呵呵的，突然有一天，战争爆发了。然后呢？又是饥饿，又是棺材，所以他们得活下去，大口呼吸，不要用诚实来吓唬他们。他们是坏人吗？如果有战争，他们第一个会去战场。”

“那科金会吗？”

“为什么不呢？”

“那我们就想到一起了。也许，他人也不错？我们两人说也白说……也许是出于对生活的渴望，他也想活着，突然战争来了，又要死去多少人。”

“他恨我……”

“唉，傻瓜。如果他是爱呢？他会去爱别人吗？”

“我只要一个安安静静的工作。我有一个自己的目标。目标！您是知道的……我在区里进行一项没有家庭作业的教学实验。我相信会成功，孩子们也相信。而他却要掐我的脖子，这是不诚实的……您想要答案，我回答了……”

“是啊。不诚实。如果一个人是演员呢？他要扮演诚实的样子。演员喜欢，人们喜欢戏剧。只是表演的时间很短，然后又回到了生活、工作中，爱你的丈夫，照顾孩子，同邻居争吵……你知道吗，玛丽亚？你又是在做梦！……是的，原谅我，你在做梦！你需要，我需要，每个人都需要。没有别的办法，这是唯一的。”

“我也梦想过，但科金粉碎了一切。吵也没有用，他有权力……”

“不要吵，要打，玛丽亚，要打！用牙去撕咬。你以为呢？几乎每个人都有天赋。但不是每个人都一定能达到自己的目标。有些人承受不了战斗的危险，神经崩溃了，不再去战斗。另一些人顾虑自己的家庭，不能去战斗。第三类人开始战斗，但是被官僚打败了。这是耻辱……一棵腐朽的树桩子挡住了路，不肯让开，但人们不敢踢开他，因为，譬如说，他是校长。就像他们说的，这也行不通，那也行不通，什么也做不成。生活就是这样的，玛丽亚……我不明白你在说什么：目标，目标，这是你说的，但你害怕迈出第一步——突然要有洪水怎么办？突然天上掉下石头怎么办？突然，狼把我们吃了，那又怎么办？……”

“您别说了，安娜·叶菲莫夫娜。您自己已经离开了学校，靠退休金过日子……您别生气……您就什么也别说了，我就这样了。”玛丽亚低声说，握着她的手。

“我见的世面比你多。你可以犯错，而我就不能吗？如果我们错了，接下来该怎么办？你有很多心理问题……有一件事我永远不会原谅你。是的，不会原谅你。你脑子里各种各样的目标都有，却没有实现目标的任何行动……你知道为什么吗？懦弱！不管你怎么说，这都是懦弱的表现……格里沙得到一张保留证，我们有了儿子，而他去了征兵办公室……他向我道歉，留下了我一个人。当他伤害到我的时候，总是向我道歉。哦，玛丽亚，我当然很生气：他不是工作到很晚，就是在农场会议上待到半夜，而我就一个人待着。对别人来说，这就是为什么每个人都会记得他……不，他不会让房子关着，他时刻想着别人的需要。如果格里沙还活着，他会和我们一起与科金战斗……”

安娜·叶菲莫夫娜陷入了沉默。她有点不对劲。指尖开始发冷，胸口发胀，喉咙开始发热，她等着心脏刺痛，然后就躺在路上，直到疼痛消失。来了，她的心脏在抽搐，就像是有人打了它。眼睛什么也看不见，她向前迈了一步，几乎摔倒，然后她的眼睛又亮了起来。她听到了玛丽亚的脚步声，看到了低垂的天空，繁星点点，她为自己的软弱感到羞愧。玛丽亚在咳嗽，但没有听到她清嗓子。她不想让玛丽亚知道她心脏的麻烦。雾落在她的额头上，凉凉的，她平静了下来。她想测试一下自己，加快了步子。心脏沉默了，好像遇到了不知道从何而来的抵抗力量，然后好像不再记得她，开始平静而稳定地跳动。胸中的热度消失了，手掌又有了力量。像往常一样，疼痛过后，身体会发出某种声响，她觉得无力，有点头晕。

她意识到自己在生玛丽亚的气，她无法忍耐，想用拳头打玛丽亚，但还是忍住了。她很高兴自己还有力量控制心脏，让它听话，也就是说，她离死亡还有很长的路要走。

一条长长的空巷子里，温暖的灯光照亮了村庄。她们离村庄越来越近了。狗在叫。有人在一旁演奏手风琴。手风琴像门一样吱吱作响。玛丽亚不再哭泣，但人并没有解脱出来。我想她会去一个没有科金的地方，在那里找到一个适合自己的人，这就是玛丽亚一直在想的，她一直在想。只是现在，因为把孤独归罪于别人，她才更为自己感到难过，把希望当作生活。今天又没人在家等她，又要一个人走进一个空落落的干净房间。她经常问自己：如果她不是在学校里结婚，是不是就不会有家庭？但在学校里，一切都很愉快、美好，因为孩子们喜欢她的课，喜欢她，认为她是世界上最好的老师，所以生活平平静静的。其他学校的老师来听课，感到十分惊讶：怎么会没有家庭作业？然后，他们看到孩子们在课堂上学习语法，理解课文，写出句子，他们的眼睛快活地燃烧起来，就像玩一场快乐的游戏一样，玛丽亚的心怦怦直跳，真想去亲吻他们，就像亲吻自己家人那样。然后他们在教师休息室分析课堂教学，外校来的老师们称赞她，就像面对著名的芭蕾舞演员一样看着她，他们的眼睛里一样充满了喜悦。她就在自己的教学中生活着，并为此感到骄傲。科金毁了她的一切。他说，没有家庭作业的教学在许多人看来是愚蠢的借口。也许，她只是为了博取眼球而故弄玄虚。在这种情况下，教学实验将付出高昂的代价。现在她完全有理由为自己感到难过。在对自己的怜悯中，她感觉好了一点，就像在温水里游泳一样，她喉咙里的那个肿块松开了，头脑里一些模模糊糊的想法在循环上演，一个接一个，不肯停歇。现在她已经忘了自己，眼里突然浮出科金的那顶帽子，然后是他的脸，然后又是安娜·叶菲莫夫娜那些老旧的训导，突然她听到旁边村里有人在演奏手风琴，又是湿草的味道——她的两只手完全没有了知觉，差点把篮子丢掉。而安娜·叶菲莫夫娜又开始了激动人心的讲话，滔滔不绝，就像滚在地板上的豌豆一样，地上的豌豆够多，简直无法把它们收起来，玛丽亚也无心去收，因为自怜又来到了心头，她一口吞了下去，在她的想象中会很快到来的那一刻，所有的人都会同情她，于是，玛丽亚的心平静下来，头向后仰去，置身于温热的野草气味中，虽然在村子附近，但气味一样强烈，与在田野里没有太大区别。

安娜·叶菲莫夫娜突然不再去说科金了，她为自己今天走了 10 千米从未休息一刻而感到欣慰。这意味着她有力量。她决定回学校去。一旦下定决心，就马上轻松了，她忘记了科金那张又长又窄的脸，忘记了和他的争吵，忘记了她要义务工作，把所有的教室都打扫得干干净净，她不久前刚刚满 60 岁。她总是羞于人们把她当作一个老妇人。

“一切都会过去的，玛丽亚，一切……”她轻轻地说了几句话，以为她对自己的恼怒和忧伤已经过去了。她想让每个人都清楚。

“别走了，玛利亚！我们会找到新郎的。在村子里，不是小伙子在挑选，而是女孩子。来吧……我们一起打科金。”她笑着说。

“我们一起？”

“用四只手呀……”

“可我……”玛丽亚叹了口气，用一件厚重衬衫的领子捂住喉咙。她总是会感冒。

走进了村庄。狗吠叫着扑到她们跟前。一道道白光从窗户里射出来。一排排房子，明亮的窗户，狗的叫声，这些都让安娜·叶菲莫夫娜感到高兴，田野里没有动物的声音，没有人的声音，她受不了那里的沉闷——现在她兴奋地四下望去，好像自己是第一次走进这长长的不见尽头的村庄，胡同里传出来的嘈杂声衬托出四周的温馨与和谐。一股新的力量在她的灵魂中升起，使她的胸脯发热。流星，这些正在熄灭的星星，寂静的空旷的田野，雾，夜晚微弱的声音，使她的思想变得简单又简单。

“而懦弱，玛丽亚，也会过去的。我们把它压在自己心里，然后扔掉。不能离开生活，不能，相信我……人生来就是为了梦想。这不是什么高谈阔论，你终究会明白的。再过五年、十年，梦想就会成真！如果失去了梦想，那就意味着你没有生活，你只是坐在洞里，就像你看到的那些人，他们趴在自己的豪宅里，关起门来……你知道的，他们在那里做什么？哈哈，做什么？他们喝着伏特加，讲着笑话。他们不是人，是鹅。他们很诚实……你别去烦他们，玛丽亚。他们毕竟也不会马上……”

“您要说什么？”

“别傻了，你知道的。你必须这么做！如果你现在失去了它，到年老时你就别想……必须现在就着手……”

玛丽亚没有作声。她又开始咳嗽了。她很乐意现在咳嗽，这样就用不着回答了。温暖的灯光照在脚下。一对情人坐在长凳上，当她们经过的时候，他们安静了下来，然后就又开始接吻——在这个安静的夜晚，你可以听到一切。她们俩的狗已经认出了她们，没有吠叫，只是冲过来，看着她们的眼睛，呜咽着。

“没关系，我们会活着……我们还会活着的，玛丽亚！看看！我们会留下记忆！哦，玛丽亚，谢谢你，谢谢你……我走了，我一直在责备你，其实，我是在责备我自己。现在煮好了……”

“什么煮好了？”

“唉，可惜你……你很明白的，你很酷，青春四射。然后……谢谢！”

她们告别了。星星落得更频繁。天气变冷了，手风琴的声音越来越大，村里也有雾，狗叫着，雾霭中的星星变得更亮了。几匹马在附近打着响鼻，在马厩里跑来跑去不安分地想出去，被主人厉声呵斥。

玛丽亚拐进了小巷角落的房子，安娜·叶菲莫夫娜快步走到村子的尽头，那里的一栋白色老房子是格里沙建的。她被路牙子绊了一下，走得更快了，但她没有在意，也没有去看，好像人在梦中，她的手按着太阳穴，心脏在剧烈的震动中跳动，似乎她又年轻了，充满了欲望和预感——也许，生命会给她带来奇迹，格里沙会从那里回来，白发从头上掉下来，关爱不知不觉又燃烧起来……

早上，两名妇女走进新校长办公室。他看到了她们，开始在一个大本子上写什么，用了很长时间。他面孔紧绷，胎记在脖子上很明显，他的笔在本子上更加有力地移动。他想知道这两个人为什么来了。如果那个老妇人现在对他大吼大叫，为年轻的辩护，他就知道该说什么了。也许他不会听，他会出去，这样更合适，但她们带来的是申请。玛丽亚要求辞职，而安娜·叶菲莫夫娜要求给她一点工作。科金没了主意，为了不做出错误的决定，他马上要去区教育局咨询。当他发动他的绿色新摩托车时，玛丽亚痛哭起来，羞愧地用手帕蒙住了眼睛。安娜·叶菲莫夫娜很高兴，她大声地说着，开着玩笑，大家都笑了，祝贺她重返学校。然后他们把她抱了起来。他们轻轻地把她抛起来，轻轻地，她在大家的手臂上旋转，“啊呀，啊呀！”孩子们走过来，唱起了歌。当他们唱到“在飞机的翅膀下，绿色的泰加海洋在歌唱”的时候，她的声音是最响亮的。她不想让这首歌结束。

一个冬天

——献给卡佳

冬天终于露出了本性：严寒来到了圣诞节。早晨，浓雾笼罩着小镇上空。街道慢慢地苏醒过来。零零星星的路人将脖子蜷缩在大领子里，尽量加快脚步。一团团冷气从商店门口飞了出来，温度计的水银柱越来越低。

在一月的一个寒冷之夜，我下班回家。那天我心情不好，我有一种模糊的感觉。有些人，他们的痛苦，他们的不快，总是会提前感知，提前哀悼，整日惴惴不安，不过这往往是徒劳的。也有预感到快乐的时候，快乐的理由更容易理解，但快乐并不总是随之而来。我，大概，属于那种人……

有什么东西在我家门前阻止了我，我就像触电了一样。是什么？我抬头一看，看到我家公寓的窗户亮着灯。大房间里的通风小窗开着，我妻子在往外看。她对我又是喊叫，又是挥手。天知道她是怎么在人行道上看到我的。我一下子弄不明白。

“停下！雪堆里有一只小猫！”她尖叫着，好像有人死了。我走到院子里，确实，我看见篱笆旁边有一只小猫。它又黑又小，叫声很大。它的叫声就像婴儿的哭声，我的心冻结了。我不能忍受婴儿的哭声。

一只小猫在松软的雪地里挣扎，它要把脸抬起来。我弯下腰，把它抱在怀里。它抓住我的袖子，浑身在发抖。这种颤抖和绝望把我的心揪了起来，我的心怦怦直跳，我想做点什么。我把小猫抱在怀里，一下子就跑进了楼。公寓的房门已经开了，我的妻子和女儿卡佳站在门口。卡佳的眼睛急切地寻找着，妻子笑了。她们俩都想尽快把它接过去，所以都朝着我走来。但我把小猫带到走廊里，小心翼翼地把它放在垫子上。小家伙急急忙忙地从我身边跑开，径直撞到了墙上。它一定是被亮光弄糊涂了，所以没有注意到有什么东西挡住了它的去路。现在它靠在墙上，看起来很虚弱。直到现在我才能好好看看它。但这次检查又让我心痛了。它腹部肿胀，总是把一只脚悬着，肯定脚上有一根刺。也许，它的腿被擦伤或冻伤了。

“我们去喂它吧！”卡佳说，妻子马上给小猫端来几片香肠，把牛奶倒进小盘子里。它一下子就把香肠吃掉了，但拒绝喝牛奶。我想，它从来没有吃过这种食物，所以它不知道该怎么办。牛奶就这样放着。

“它真可爱！”卡佳叫着。

“也许吧。”妻子含糊其辞地叹了口气。我又开始观察拾得物。

它像焦油一样黑，只有胸部有白色的斑点，斑点几乎是雪白色的。眼睛总是在变，有时是黄色的，有时是绿色的，有时是完全不确定的颜色。人们有时也是这样……

五分钟后，卡佳又去喂了它。小猫什么都吃：香肠片、面包屑，甚至已经干硬的奶酪它都会去啃咬，但奶酪就是不屈服。吃完晚饭后，它开始熟悉这套公寓。现在它走得很慢，它的右腿一直在打滑，几乎站不起来。它的肚子鼓起来，拖在地板上。它到处都要仔细地嗅一嗅，看一看，经常会把毛发直竖起来，胡子会朝不同的方向伸出去——当它害怕什么，或者有什么不明白的时候，就是这个样子。然后我的拖鞋吸引了它。但就在那一刻，隔壁房间的门无声无息地开了，老猫格里戈里站在门口。它和我们在一起已经 10 年了，我们非常爱它，格里戈里觉得自己就是这间房子的主人。现在它站在门口，盯着小猫。然后它慢慢地向我走来，喵喵叫着。格里戈里一定是在问我什么，但我不知所措，不知道该说什么。

我妻子帮了我一个忙：

“格里戈里，带上新房客。”

那只老猫转过身来，冷冷地打着哈欠。它的冷漠是在显示它的力量，它的优越感。好像在说：别烦我！但是小猫并没有害怕它。它的毛发像刺猬一样竖起来。它一直盯着格里戈里，不知什么原因，它不停地眨着眼睛。突然，它停止了眨眼，小猫喵喵叫着，跳了起来，在老猫脸上拍了一巴掌。它是用那只虚弱有病的脚爪打的。

“啊呀！打起来了，打起来了！”卡佳拍着手。

“它们会一直打架的，”妻子轻声说，她的脸变黑了，好像生过病一样。

妈妈从商店带回来满满一大袋子东西。她勉强爬到三楼，呼吸急促。年轻的时候，她的肺部有过麻烦，现在人老了，病又复发了。通常情况下，她会自己去拿药，现在她会和小猫待在一起。

“啊！小鬼头！你在哪里？”

“啊，又在找事。”妻子转过身，愁眉苦脸地看着我，好像要与我吵架。女人就是这么有趣——是她在窗口尖叫着，急得要死，等我把小猫抱了回来，她仍然不开心。

昨晚，他们打电话给所有的朋友，希望把小家伙的事情通报一下，但是没有人愿意来。第二天没有，第三天也没有。于是，我们一家人聚在一起，给小猫起了个名字。

“叫它小鬼吧，”母亲说，“它长得像小魔鬼。”

“不！叫它贝卡[①]，就叫它贝卡！这和音乐有关。”卡佳高兴地尖叫着。她今天去了一所音乐学校，她被这些新术语吸引了。

“不！一定要叫贝塔。”我说，“当我还是个孩子的时候，我有一只很好的狗叫阿尔法，这只捡回来的小猫就应该叫贝塔……”

---

① 音乐中的本位号。

“这件事情我们是不是就这样了？”妻子怯怯地说，但她的话只悬在空中。我们的卡佳已经敲着琴键了，钢琴的嗡嗡声盖过了所有的声音。

贝塔就留在了我们的公寓里。它已经习惯了牛奶和肉汤，现在不再用爪子打格里戈里了，而是用温柔的目光看着它。贝塔睡在一张低矮的洋娃娃床上。它静静地躺在那里，像洋娃娃一样安静，卡佳经常给它唱摇篮曲。

每天早上，妈妈会早早起来给我们做早餐。格里戈里和贝塔肯定会在一旁守着她。它们走得很近，喵喵叫着，让我打开冰箱。格里戈里吃完早餐后，喜欢在地毯上伸展四肢。贝塔一直在等待这一刻。它跑过走廊，跳到老猫身上，骑着它。格里戈里不情愿地击退了它，但它似乎也喜欢听任小猫摆布，它那母性的懒惰在折磨它。贝塔咬它的耳朵，抓它的尾巴，而格里戈里所做的就是闭上眼睛，发出单调的呼噜声。但有时候，格里戈里也会放下架子，和它年轻的室友一起玩。在这场玩耍中，它会尽量不伤害小猫，不让它疼痛。看起来，格里戈里很喜欢它。是啊，贝塔再也离不开它了，看到它们两个侧身紧贴在一起躺着，或在走廊里走来走去的时候，那场景令我十分感动。在早餐时，格里戈里会把最美味的东西给它。

随着时间的推移，贝塔长大了，但它还是每个人的最爱。早上，女儿喜欢把它带到她的床上，在那里，当它第一次被抚摸的时候，它会发出呼噜声，它的眼睛里会传递出幸福感。

贝塔很好奇，任何声音都会吸引它。任何新事物都不会被它忽视。

“太神奇了，从没发生过这样的事。”母亲说，兴奋地看着贝塔。

“是，是不一般，而且非常非常不一般……”妻子同意，神秘地眯着眼睛。她也全心全意地爱着贝塔，现在，讽刺的是，她隐藏了自己的真实感受。

每天我们都要带格里戈里出去散步。在街上，它会先来一个仰面打滚，然后慢慢地绕着院子走，累了就躺在地上，自己找舒服的感觉。就像人们说的，老了不是一件开心的事。

有一天，母亲没能及时关上格里戈里身后的门，就在这时，它跑进了贝塔的门口。从那以后，它们就开始一起散步。贝塔嬉戏着，跑来跑去，而那只老猫呼吸着新鲜空气，看着它的朋友。

春天来临了。寒冷的阳光立刻变暖了，我们全家准备去别墅。收拾好行李，我们走了。很快，贝塔和格里戈里就自在了。格里戈里以老主人的身份来到别墅。它立即闻了所有的角落，走到地下室去检查了一番，然后躺在门廊上，热得闭上了眼睛。贝塔却一直不离妈妈。她去拿牛奶，贝塔就跟着她。她去河边取水，它也会跟了去。妈妈喜欢它，她的心情总是很好。

贝塔最喜欢的事就是在院子里跑来跑去。有时它会躲在草地里，然后它的眼睛会变得非常绿，显得惊慌不安。它想抓一个人，想偷偷接近一个人，但院子里没有任何人。

它喜欢睡在书柜里。我们也是偶然发现的。不知怎么搞的，我们失去了它，然后开始寻找，但没有找到。后来，我需要一本书，站在书柜前，发现它仰面躺在那里，双腿朝天，幸福地呼噜着。从那以后，这个地方成了它最喜欢的地方。然后我们意识到，它的这个习惯——仰卧在一个僻静的地方——可能是在它无家可归的童年时期养成的。事实上，贝塔已经改变了很多。它有很多令人钦佩的举止。它很温柔，它知道自己的名字，很忠诚。

“它这个品种是从哪里来的？我想，它是在垃圾堆里出生的……”妻子笑了。女儿立刻就听到了，她拍着手，说：

“拉迪斯卡娅太太，拉迪斯卡娅太太！我想到了！”

从那以后，我们的贝塔有了一个新绰号。

拉迪斯卡娅太太取得了巨大的成功。邻居的那些猫经常到我们院子里来，扯开嗓子呼喊贝塔。于是，格里戈里出面把它们收拾了，但是老猫的力量越来越弱，很快就会有不速之客来挑战格里戈里，再也不怕它了。

贝塔生命的第一年就这样过去了。然后又是冬天。然后是霜冻、暴风雪，我们很快也忘记了，不久前还是夏天，有温暖的河流和绿色的草地。

最冷的月份是一月。一月底，出了一件不幸的事。和往常一样，格里戈里出去散步了。它在院子里转了几圈，然后就跳进了地下室。不管妈妈怎么叫它，不管怎么求它，它都不作声。两天过去了，格里戈里还没有回来。全家人都焦急地等待着。大家心里有一种不祥的预兆：如果猫离开家，必定会有麻烦。每天晚上，我和妻子都会绕着邻居家周围转一圈，呼叫着，喵喵叫着，亲切地叫着："格里沙！ 格里沙！格里戈里……"但是猫已经穿过地下走了。我有个令人不安的想法：它可能被杀了，也可能是被偷了，还可能……一天晚上，我们在院子里遇到几个青年。妻子对他们说：

"你们见过一只老猫吗？会不会被人拖到了什么地方？"

"见到一只山羊在拉手风琴！"红头发男孩回答。另一个人附和他：

"什么样子？是不是还戴着帽子？"他不正经地嘻嘻笑着。

"走开，小流氓。"妻子生气了，心里更难过了。

一周过去了。贝塔一直闷闷不乐，默默地躺在地毯上。它不吃东西，只喝了一小口牛奶。我们决定带它出去。起初，它很平静，但后来变得焦躁不安，鼻子在闻周围的气味，走到地下室的窗户前，它哧溜一下在黑暗中消失了。

妈妈吓坏了，开始呼叫它。她大声地喵喵叫着，过了一会儿它出来了。格里戈里在它身后几乎是爬出来的。它浑身是泥，毛发蓬乱，内疚地眯着眼睛，泪流满面。当它看到妈妈时，想要喵喵叫，但只听见又细又弱的吱吱声。贝塔就在跟前，不停地嗅着它，从头到尾嗅着它，舔着它的脸，侧身摩擦着它。

格里戈里被抱到三楼。我们给它喝水。渐渐地，它动了，苏醒过来。早上，它像往常一样还是躺在走廊里，贝塔在它身上跳来跳去，玩它的尾巴，咬它的耳朵，一句话，原谅了它消失这么长一段时间。

但格里戈里的日子屈指可数了。它已经到了这个年龄，因为长期缺乏食物和热量，我们已经无法留住它的生命。它死得很痛苦，就像一个得了重病的人一样。当猫感觉到死亡来临，它们通常会离家出走。格里戈里死在了家里。我带它去了乡下别墅，把它埋在浴室后面的木箱里，我对它如此依恋，家人也有很长一段时间无法安定下来。妈妈听到它的声音，女儿坐下来吃饭，想起了它向她要香肠。一句话，格里戈里的离去让人十分难过，如果没有贝塔在，情况会更糟。

现在我经常看着贝塔，想着我的家人，想着我的工作。我想要平静的生活，我想让家里的每一天都充满快乐。有时我感到悲伤和痛苦，在这样的时刻，我就想起了贝塔——它的命运，它的生命。因为，只要它还活着，我就会感觉轻松、安心，因为我们——树木、飞鸟、走兽、人，都是这个地球上的兄弟。

乡下人

春天就在窗外，所有的生命都被它吸引住了，好像感觉到了变化。太阳晒得很厉害，夏天的时候，树叶在树上滚来滚去，但最快乐的是鸟儿，五月是它们的时间。柳德米拉·马克西莫夫娜听着鸽子在窗台上猛拍爪子，自鸣得意地咕哝，她用手帕擦了擦眼镜，疲惫地叹了口气："天哪，它们就不觉得无聊吗？有时它们咕噜咕噜地叫，有时它们像老鼠一样挠窗户……是啊，是啊，就像老鼠一样……"她生气地眯着眼睛。不知道为什么，她头又在痛，呼吸困难。"一定是太热了。当然，当然……"她突然间想打开气窗，让新鲜空气冲进这间闷热的课堂，然后……"然后呢？"她笑了笑，盯着窗框看了很长时间。它仍然被关得严严实实的，就像冬天一样，每个缝隙都被石膏密封着。"我们的人从哪儿弄来的？肯定，又是一种什么关系……"烦恼再次闪过她的脑海，她用手压住太阳穴。疼痛并没有消失，后脑勺上形成了绷紧的沉重感。这种情况在天气变化的时候时有发生，柳德米拉·马克西莫夫娜感到不安。今天，学生们的课堂反应十分迟缓呆板，她的历史课淹没在单调乏味的话语中，她感到羞愧。"这么说，是我教得不好。"她又生气地想，但马上就放弃了。要是这样想下去，会让她彻底崩溃，这是她最害怕的……

窗外是五月的喧闹。教师的桌子几乎是靠在窗框上的，柳德米拉·马克西莫夫娜清楚地看到学生们在院子里扔球和挥手，但听不清他们的尖叫。她从椅子上站起来，猛地推开气窗。哗啦啦一阵巨响，鸽子从檐板上掉了下去，立即飞到了最高处。柳德米拉·马克西莫夫娜被这些鸟儿吸引住了。鸽子在天空中画出一些复杂的曲线。阳光映在它们的翅膀上，白色的鸟看上去成了粉红色的。这些鸟就像是画出来的，彩绘过的……

“去你的，去你的鸽子！”柳德米拉·马克西莫夫娜在命令自己，她不耐烦地用染过指甲的手指敲着桌子。然后又无法忍耐地看着坐在离她两步远的那个女孩。

“喂，杰尼索娃。我们的暂停时间还在延长。这么说，你是不是不知道考签的事？”

“不是的，我知道。我只是忘了。”

“好吧……”这让她很不舒服。柳德米拉·马克西莫夫娜觉得很多学生都不喜欢她。虽然她试着不去想，但他们的不信任还是伤害了她。“你怎么解决这个问题？”现在她很想说点什么，让卓娅·杰尼索娃平静下来，但她哭得像个孩子一样，把考签揉成了一团。但压抑的怨气阻碍了柳德米拉·马克西莫夫娜对自己的控制，说出来的话是她平常的讽刺语气：

“你们来看一看，我们的杰尼索娃是不是在准备一部戏剧？还是在等着伊万三世的怜悯？我看，您还是把悲伤赶快讲出来……”

“不，不，我稍稍想一想！”

“还要想一想……这么说，您不知道自己该说什么？”

“不！我知道，只是我忘了……”

“天啊，”柳德米拉·马克西莫夫娜大声叹了口气，摇了摇头。然后怨恨又回来了：“什么样懒惰的人都有，但那些人不是学生。哪怕你把头撞到墙上，也教不了这样的人……”说到这里，她马上想起了一个月前检查这个小组的笔记的事情。轮到杰尼索娃了。但是她没有笔记。“你是怎么回事？”她狠狠地斥责了杰尼索娃，但她只是笑了笑，那双无辜的眼睛眨了眨：“我有笔记，但我找不到了。我说的是实话，您不相信吗？”“是的，我相信，”但她没有饶过杰尼索娃，“不过你应该有一个专门的笔记本，对吗？”杰尼索娃又眨了眨眼，急急忙忙地说：“我说过了，我找不到了……我有笔记本，难道您不相信吗？”这段记忆多少让她高兴起来，使她分了心。柳德米拉·马克西莫夫娜眯着眼盯着那个学生。

“我们还要沉默多久？”

“我再稍稍想一想！”

“好好想一想。我们有耐心。”

卓娅·杰尼索娃真的不知道该说什么。她的眼睛向邻桌女友寻求线索，但女友紧张地摆摆手。卓娅垂下了头。太阳光点在她的头发里乱钻，在她的湿睫毛上滑过……

“就这样等着，杰尼索娃？”

“我知道，我会想起来的……”

“你能不能快点，否则我们要到明天早上才能完成……”

柳德米拉·马克西莫夫娜的脸在抽搐。看来，考试要进行得很晚，而他们今晚还要去看电影，票已经提前买好了。如果她不能按时回家，她丈夫真的会生气的：他会一个人在沙发上坐着，一言不发，直到深夜，嘴里一支接一支地抽烟……这已经不是第一次了。剧院的票早就没有了，不知道他们从哪里弄来的。现在不得不把电影推迟到星期天。生活呀生活，都让这些学生断送了……每次都是这样。学生们不会知道基辅罗斯，她会感到难过。不久前，她的心里还满怀期待。她在想，学院是那么大，大得令人难以想象……这是一份让人发狂的工作，因为在这份工作中包括了你的全部生活——学生聚会、科学小组、论文，还有很多大大小小让人提前感受美好的头晕目眩的东西……

她突然想起，她当时是如何答辩的。那是在相邻的一个城镇。这个城市又吵又乱，周围没有一张可亲的面孔。在答辩会上，一样没有一个亲近的人。她已经不抱一点希望了，一切似乎都没有了，一切都消失了。但就在那一刻，阿列克谢出现在门口。太高兴了！简直不可思议……他辞掉工作，来到这里。她看着他，不敢相信。但那就是他，那是他！最亲爱的，最想看到，唯一的……他手里拿着一大束紫丁香。窗外是春天。阿列克谢的眼睛里也是春天，她知道，一切都会好起来的。

两个月后，他们结婚了。开始他们的生活很好，一切都好……现在它坏了：丈夫走了，他把自己关在工作和朋友之外，她看到他对她感到厌烦。“但是为什么，为什么？他是不是和别的女人玩得很开心？也许……也许，他不再爱了。”她害怕这些问题，害怕寻找理由，所以她对所有人都有怨气：对她自己，对学生，对她的丈夫。但他总是待在家里，远离她的眼睛，远离问题。她想知道，他在工作中是什么样子的？他在工厂里和谁亲近？他的梦想是什么？他的焦虑是什么？但他只是微笑着，烟盒被拍得啪啪响。她已经厌倦了这些沉默的家庭场景，她甚至害怕阿列克谢会很快离开她，永远离开她。学院的人知道这一点，理解她，同情她。就连学生们也猜得到她的家庭很糟糕。

“你怎么样，杰尼索娃？如果你还是不知道，最好就坦白。”

“我知道了，我想起来了！”女学生兴奋起来，两眼闪闪发光，她兴高采烈地笑着，好像看到了字条内容。“嗯，当然，当然，她一定是在什么地方找到了一份夹带。”柳德米拉·马克西莫夫娜在猜想，疲倦地闭上了眼睛。她想知道学生在说什么，一开始她知道，但后来一条线就断了，整个想法都消失了。她听到了所有的话，但什么也不明白，什么也感觉不到，很快她就开始想到别的事情那里了……别人还会以为她睡着了……

在过去的几周里，她经历了一些事情——头痛、失眠。如果头痛再持续一段时间，她会对一切都无动于衷。更让她难过的是，她好像生活在梦中，不再注意别人的声音，甚至是她最亲近的人的声音。当然，她看到了一切，听到了一切，但这些声音就像是穿过墙来的，也许是穿过水来的。有时候，当一个人在浓雾中呼唤某人时，就会发生这种情况。他使劲尖叫着，直到筋疲力尽，但声音很快就消失了，几乎就没有离开他旁边。当他意识到这一点时，他不再尖叫，不再呼喊，不再憎恨——现在只能相信命运，相信天意了。柳德米拉·马克西莫夫娜也相信她的命运：随遇而安吧。但另一种悲哀很快就来了，她的记忆开始淡薄、模糊。这是最让她痛苦的。她只能靠她的身体听到、感知到她的思想被编织成一些模糊的、复杂的花纹，无法解开，也无法理解。“天啊，我已经疯了。如果他们现在没有注意到，他们很快就会发现的。”柳德米拉·马克西莫夫娜在挖苦自己，但现在挖苦也没有用。事情变得很糟糕，比如说，柳德米拉·马克西莫夫娜会让她妈妈给自己倒杯茶，而她会从书架上给自己拿一本书。她为什么需要一本书？……母亲是一个普通乡下女人，她不读书……而有时候情况更糟糕：她最亲密的朋友安娜·伊万诺夫娜打电话给她，她听到了朋友的声音，却忘记了朋友的名字。她把安娜·伊万诺夫娜叫成加琳娜，要不就是波琳娜·伊万诺夫娜。麻烦还不止于此。“这是你丈夫在欺负你。是他把你弄成这样子的，他在折磨你。是啊，是啊，你别不高兴。我们都是乡下人，安分守己的，所以任由丈夫来摆布我们。”安娜·伊万诺夫娜在开导她，一刻不离地看着她，好像知道一些事情，却不肯告诉她。她的朋友比她大十岁，所以她敢无所顾忌地挑明一切。谁让你是我的朋友来着！柳德米拉的母亲也是如此想的。“你一切都是从他那里，从阿廖沙那里得到的，”她的母亲—— 一个善良的老人对她说，“他是个流浪汉，无家可归的人。你一转身，他马上就会去找他的那些同伙朋友。而你却坐在你的书后面，折磨自己。你还是应该原谅他，我的女儿。原谅是女人的力量……你想一想，为什么会有那么多不幸的丈夫和妻子？”突然，妈妈在问她，直视着她的眼睛。接着，母亲自己做了回答：“因为这些妻子不会原谅她们的丈夫，不会原谅伏特加，也不会原谅年轻女子……你可以举出任何一个母亲，或者父亲。他们会容忍自己孩子的任何过错，即使是最严重的罪。你为什么不说话？也许，我说得不对？不，我的女儿！没有人会反驳我。道理是明摆着的。”

母亲痛苦地噘着嘴唇，意味深长，甚至好像她在生别人的气，强忍着不满。而柳德米拉·马克西莫夫娜听着母亲这些平静的教诲，不知怎么的，她觉得自己也成了老太太。一个月前的今天，她 30 岁。“这是胡说，这是青春！”安娜·伊万诺夫娜对她说。她听了安娜·伊万诺芙娜的话，点头赞同，但她认为自己根本不是 30 岁，可能已经 50 岁了。她在别处读到过，痛苦会延长生命……

“柳德米拉·马克西莫夫娜，第一个问题我已经完成了。”

“什么，什么？”柳德米拉·马克西莫夫娜颤抖了一下，然后意识到那是卓娅·杰尼索娃的声音。这让她平静下来，也振作起来。

“继续你的第二个问题。只是你要简明扼要……”

“好的，好的！”卓娅·杰尼索娃在纸上沙沙地写着。过了一会儿，她那自信的声音又升到了天花板上。“看来，他们把纸条都递过来了。但是，他们是怎么弄到的呢……”柳德米拉·马克西莫夫娜笑了笑，细细地看着卓娅。奇怪，她很喜欢这个学生。她看卓娅的时间越长，这种感觉就越强烈——很可能是母亲的感觉。卓娅的脸特别吸引人。不，不是脸，是头发。太阳光点又在她的头发里乱钻，所以头发看起来有点红。上面是亮的，鲜亮，而下面是暗的，别着一个新的螃蟹发夹，也许是青蛙发夹，在下面暗处熠熠发亮……“这太俗气了……”柳德米拉·马克西莫夫娜在心里点评，然后立即止住了自己。“别再对好人抱怨了。我丈夫也有这样的头发。是的，是的，阿廖沙也是这样的！非常温暖，非常柔软，你把它们放在手掌里，它们马上就会滑下来……”她笑了笑，半闭着眼睛。“他在我心里就是美男子，很帅。甚至不是那种蒲公英丈夫！这些头发就够了。啊，头发……”她感到一团锋利而温柔的东西划破了她的喉咙，然后就好了。“哦，头发，头发……”她又对自己说了一遍。然后头脑里又浮现出愤怒和苦涩：“我坐在这里进行这场无聊的考试，也许这时候正有女人用手愉悦地抚摸它们……但不，不！我得把这些胡思乱想都说出来！”她给自己下了命令，但她什么也没有做。情绪已经被破坏了。她想起了那封匿名信，伤口马上就开裂了，伤口还没有结疤。柳德米拉·马克西莫夫娜又一次看到，真的看到了，那快速向左倾斜以掩盖真迹的笔迹。那贴着红色邮票的蓝信封，她也看到了。她心跳加速，呼吸急促。“哦，上帝，上帝，我为什么要这样做，为什么……”她心里在低声说，但眼睛没有停下，字母一遍又一遍地排成一排愤怒的队列，径直朝她走来，走到了跟前：“您要看好自己的丈夫。您的爱在十车间。我们为您感到难过。木樨草。”这是些什么话？而签名呢？这是什么花——木樨草？也许是个好心人……柳德米拉·马克西莫夫娜的嘴唇颤抖着，为了掩饰自己的感情，她走近窗户。白天过去了。天空已经暗下来，是灰色的，再过一两个小时，太阳就要下山，到了晚上，黑夜会很长，她会焦虑，没有睡眠，没有休息……那天晚上，丈夫也很晚才回来，他说开会去了。她不想把那个信封递给他，但她忍不住问：“阿廖沙，你们工厂有十车间吗？”他惊讶地抬起眉毛：“当然，有啊，怎么了？……”他十分平静地回答，仿佛她问的是一个扣子被扯掉了的事，或者是一件琐事。她把信封递给了他。丈夫一刻也没有多想，手里挥着这张纸在眼前很长一段时间，然后，当他意识到什么时，开始朝着她大喊：“傻瓜，这是个阴谋家。你怎么能相信一张肮脏的纸？”“我不相信。”她轻声回答，几乎听不见，甚至是在恳求他。话说到这里，任何人都会平静下来了，但男人叫得更厉害了，甚至嗓子都喊破了。她意识到：他可能是在装样子。他装得很自然，她无可挑剔。她制止他：“阿廖沙，你应该去乡村剧院。那里的人总是大喊大叫，两手乱挥。”他咬牙切齿地回答道：“你就是个老蠢货，乡巴佬。”她马上抓住他的衬衫，把它拉过来——衬衫撕裂了，她说：“你再说一遍！你是说我老了，老了？……”这是真的吗？即使是现在想起来，她仍然感到耻辱，难以忍受……从那以后，这个家在她心里就像地狱一样。地狱的生活现在还没有结束。甚至学生们也发现了，他们都看出来了。在这个小城镇里你能躲到哪里去？……她又看着卓娅·杰尼索娃。她盯着天花板，嘴里嗒嗒嗒嗒地说个不停。柳德米拉·马克西莫夫娜听着。学生讲述的内容正确而且流畅，所有的事实都与现代联系在了一起。“她从哪儿弄来这么好的纸条的？也许，就是她自己想起来的……但是，不会，不会，”柳德米拉·马克西莫夫娜笑了，“如果不是在她脑子里，那能想得起来吗？”这时候她打断了自己的思路：“为什么我会这么多疑？都是因为他，是他！是我的丈夫彻底把我毁了。我们还没有孩子，而且以后会不会有——那是干草叉打水了……我老了，真的老了，过了年我就 31 岁了……”在那一刻，学生有事，咳嗽了一下，柳德米拉·马克西莫夫娜不高兴地抽动了一下嘴唇。她的声音像沙子一样干燥：

“你好了吗，杰尼索夫？”

“我把所知道的都告诉您了。”

“那就把你的成绩单给我。‘及格’可以吗？”

“当然，柳德米拉·马克西莫夫娜！我不需要奖学金。”

“你爸爸会养活你？”她的眼睛睁得大大的，高兴起来，卓娅·杰尼索娃马上就注意到了。

“我们有个好爸爸！他要养活整个城镇。他刚买了一辆新车，他是长途汽车司机，就像一名足球运动员：三天在家，一个月在外面。”

“怎么像一名足球运动员……”柳德米拉·马克西莫夫娜笑了。

“是妈妈给他起的名字。他人很好，不会生气。”

“好的，杰尼索娃，我不会再耽误你了。下一个是谁？”

下一个是塔尼娅·因萨罗娃。她看起来真的很漂亮。高高的个子，身材十分匀称，一条长辫子直到腰间……柳德米拉·马克西莫夫娜看着她，心里在羡慕：她的头发多漂亮。这是幸福，幸福，但塔尼娅可能并不珍惜……

“那我们从第一个问题开始？”

“那还用说，当然，从第一个开始！”塔尼娅开始整理她桌子上的笔记。

“我组织了一个回答提纲。可以按我的提纲进行吗？”

“我不介意。我只要求你切入正题。如果你不知道，那你就坦白……”

“是，柳德米拉·马克西莫夫娜！我知道考签，我保证。就是说，这样……”但她还没来得及说下去，就有人从门口向里面张望。门吱吱作响，轻轻地动了一下。那吱吱声既烦人又令人不安。柳德米拉·马克西莫夫娜忍受不了，悄悄地走到门口。但他们还是听到了，注意到了，因为马上就有脚步声和笑声。她转过身看着那个女生。塔尼娅垂下了眼睛。然后又慢慢地抬起眼睛，脸红了。她突然说：

“对不起……是阿廖沙。他为我担心，甚至请了假离开了工作。”

“什么工作？”

“他在汽车修理厂……再过十天，他就要参军了，春天征兵。”

“这么说，你们是朋友？”

“啊，我也不知道。阿廖沙还不是那么认真。他是来关心……”

“他不是关心，他简直是在捣乱。考试不是曲棍球。”

“您说得对，柳德米拉·马克西莫夫娜。阿廖沙是不够认真……”她又脸红了，使劲儿眨着浓密的睫毛。柳德米拉·马克西莫夫娜又看了一眼塔尼娅，深深地叹了口气。“怎么搞的，这里也有一个叫阿廖沙的。唉，你呀，阿廖沙，阿廖沙……”她重复了好几次她丈夫的名字，开始听学生讲述。塔尼娅的声音厚重、饱满。只有非常健康、非常自信的人才会有这样的声音，而且，她似乎知道这些。很快，她的话语就汇集成一股不可阻挡的洪流：塔尼娅找到了灵感。“但我要刹住你，”柳德米拉·马克西莫夫娜在想，她还有很多事情要做，“我不会让你再说下去了。但我又为她感到难过，因为她人长得漂亮，又干净利落，而且还在恋爱中。

但是……”

“因萨罗娃，你跑偏了。我请你，阅读你的第一个问题。”

“马上，马上……”塔尼娅应答着，但她并没有停下来。相反，她的声音越来越大，她骑着她的热马跑得更快了。很快，回答的内容就变得混淆了：名字、日期和事件……成了一团奇奇怪怪的东西。这团东西在讲堂里转来转去：坦尼娅的声音高到了不能再高的程度，再过一秒钟，一切都可能破裂、崩溃……于是，柳德米拉·马克西莫夫娜决定干预：

“因萨罗娃，你不知道《恶魔》这首诗吗？在舞台朗诵过，你想起来了吗？”

“您在说什么？”塔尼娅脸色苍白。

“我在说什么？亲爱的，我在说什么！我说的是土豆，而你说的是豌豆。你是在开玩笑吗？”

就在这一刻，一声粗野的响声，门开了，就像被踢了一样。柳德米拉·马克西莫夫娜差点被愤怒窒息，但有什么东西阻住了她……门口站着一个身材高大、浅色头发的小伙子，长得真像她的丈夫。“他们就像是双胞胎……还有我的阿廖沙，和这个人。天啊，你分不清他们！”柳德米拉·马克西莫夫娜甚至从椅子上站了起来，但她的激动并没有消失……然后她看了看，她注意到小伙子手里拿着一束紫丁香。那束花很大，很有生气。年轻人看着柳德米拉·马克西莫夫娜，又看着塔尼娅，他那双深蓝色的大眼睛里充满了快乐。然后他径直走到桌边，用一种坚定而愉快的声音说：

“是您丈夫给您的。所有的鲜花。就这样！”小伙子又说了些什么，只见那双蓝色的蛇一样的眼睛又在闪亮。

“他到底在哪儿？在哪里？！”柳德米拉·马克西莫夫娜激动地问，但小伙子已经到了门外。她兴奋地慌乱成一团，心里那根被紧压的弹簧，这时候又松开了。“这么说来，他自己想来，有一点不好意思……花好香！我头都要晕了，我无法……”她把脸埋在鲜花里，然后又看着门，心灵又复活了。“天哪，我为什么整天生他的气？为什么要折磨自己？那个匿名者该诅咒。那些都是不值一提的琐事、谗言。不，人必须靠信任活着。”她走到窗前，猛然把窗户打开来。鸽子都从檐板上掉了下来，翅膀拍击得就像枪声一样啪啪作响。“是的，我们得活着，我们要快乐，因为我们还年轻，我和阿廖沙还要有一个儿子。对呀，对呀，一定要儿子！”她相信他的心，她的心也去追那些漂亮的鸟儿了……“但是，他怎么知道我在教室里？哎呀，我真傻！这有什么难的？他去一下系主任办公室，他们就会告诉他。当然了，他们肯定会说给他的……”她真想笑一笑，真想把这个美女塔尼娅抱起来转几圈，然后跑到外面去亲吻路过的每一个人——让他们都知道她有多么快乐，她有多么开心，她前面还有很多幸福，很多很多……

“历史在重演，塔尼娅……他已经带着花来过一次……”

“您要给我考签？”

“不，不，你继续。”

“我已经答完了。”

“太棒了。拿你的记分册来。”

塔尼娅还没有来得及关上身后的门，就已经在楼道里大声喊起来：“姑娘们，她给我记分册上打了‘良好’，我都答完了。阿廖沙，你干得真棒。我们的一把鲜花把她逗乐了。这是您丈夫给您的——简直把人乐死了！她的脸一下子就变红了。变得就像新娘一样。哈哈哈！”

但是柳德米拉·马克西莫夫娜已经听不到这些话了：厚厚的墙壁、厚重的房门阻挡了声音。她的心脏剧烈地跳动，柳德米拉·马克西莫夫娜甚至担心自己会倒下来。“他没有亲自来，他是想给我一个惊喜。就是这样，就是这样……”她又开始看鸟了。然后她想起了一件事，转过头去。另一个学生已经坐在桌子后面了。

“你准备好了？”

“是的，是的……”她那细小而结结巴巴的声音。

“别紧张，慢慢地回答，不要着急。我们有的是时间，你把自己的记忆集中起来，然后就搞定了。”柳德米拉·马克西莫夫娜走到那个女孩跟前，把手放在她的肩膀上。

“另外，我在研讨会上已经考虑了所有答案。你总是准备发问，举起你的手，不是吗？”

“是的，是的……”女学生弱弱的声音响起，她缩紧着自己窄小的肩膀。

“别紧张，在你的人生道路上，还会有多少这样的考试，恐怕数也数不过来……”柳德米拉·马克西莫夫娜笑了。她现在已经不再生气了。说到底，学生不需要像老师那样了解课程。这个简单而天真的想法使她完全平静下来。她再也不想让考试尽快结束了，她又把头埋进了鲜花里。

译后记

接到维克托·波塔宁的稿子是今年年初。作品是俄罗斯国际作家协会联合会主席伊万·别列维尔津推荐的。波塔宁是谁？我们一点也不了解。只知道波塔宁出生于 1937 年，库尔干州人，他一生的创作生活都没有离开过乌拉尔地区。

波塔宁以短篇小说见长。而且题材都是乡村、小镇的人和事，难怪在俄罗斯他被称为“当代乡土作家”。《不速之客》是一部短篇小说集，收入 13 个短篇。有患病的女孩，有善良的乡村教师，有固执刻板的区教育局视察员，有一生收养孤儿的牧人，有已经冻僵而又再获生命的小猫。通篇都充满了爱——对大自然的热爱，对生活的热爱，对一切生命的热爱。患有先天性心脏病的农村女孩卡佳，要去到大海边疗养，一路上她的心理自白把一个女孩子对生活的渴望，对周围的敏感、好奇以及调皮的天性展露无遗，而同时作者描绘了母亲在农村生活的艰辛场景，表现了农村人的率直与淳朴（《等海》）。乡村教师叶夫根尼对自己学生“甜瓜”的悲惨命运倾注了最大的爱，不惜与恶人正面对抗（《仁心叶夫根尼》）。贫困的乡村大学生斯拉夫卡爱上了娜塔莎，却被命运嘲弄遭到抛弃，在遇到好朋友危难的时候，不惜自己性命把大量鲜血献给朋友，彰显了精神的高度（《蓝珍珠》）。牧人季莫费老人收养孤儿，收留孤寡无依的老妇，用自己的心温暖别人（《明亮的星星》）。来自区教育局的视察员奇尔科夫对一位年轻教师的教学进行检查，要求严格简直到了刻薄的程度，但他对自己的生活与对待工作一样严苛，多年以后的年轻教师回味起来，原来那是一段成长的必经之路，他由此发出无尽的感叹。奇尔科夫的形象令人肃然起敬（《视察员奇尔科夫》）。多年不见的老同学马尔秋舍夫来访，本来以为是要叙旧，却未想到，他是要借同学的手写一篇吹捧他的报道。刻画在纸面上的马尔秋舍夫那无耻的嘴脸，让人鄙视（《不速之客》）。卡捷琳娜是村里最贫困的孤寡老人，陪伴在母亲身边的小牛沃尔努沙是她唯一的安慰。这天，远在城里的儿子回到乡下“看望”自己的母亲。酒足饭饱后的儿子却杀了小牛沃尔努沙，带回城里换钱，只给母亲留下四只牛蹄子（《看望母亲》）。

作者用大量的描写展现人物细腻的心理，给人一种与主人公同呼吸同悲欢的体验，加上故事情节的跌宕起伏，让我们一会儿为悲剧人物的命运扼腕叹息，一会儿为大自然的辽阔畅开胸怀，“望着空中翻滚的小鸟，尽情释放自己”，深深地吸上一口针叶林的湿润空气。作者在心理描写的同时还会穿插不同的生活画面，既完善了故事的各个侧面，也丰富了想象空间。

作者的语言是乡土作家专有的，或者说，是作者专有的，如“鸟儿的痛苦可以互相倾诉，而阿廖沙的痛苦……”“房子从这里看去就像一株株蘑菇”，“树上的海鸥飞走了，它一定是看腻了这两个傻瓜”，“把牙齿放到架子上”（指的是没有了可吃的东西，挨饿了），“一份弹药两人分，只够一只小鸟的”（说的是烧酒不够喝）。作者用大量的乡村口语（习语）来表现人物的性格，却给译者带来不少的困惑。其中的幽默、含蓄和暗示，即使译者得到了俄罗斯朋友的帮助，依然不能完全地传达。

波塔宁已经出版了 59 本书，几乎每年都有新作和读者见面，五卷本文集已经出版。波塔宁的大部分作品已经被翻译为欧洲语言。他的作品多次获得国内图书奖项（2016 年获俄罗斯大书奖；2018 年获东正教大牧首文学奖）。2017 年 8 月 8 日，库尔干州儿童图书馆以维克托·波塔宁命名。

最后，我要感谢俄罗斯朋友维达利和尤利娅·梅德韦多夫斯卡娅给予的帮助。

徐永平
2019-9-6
于太原